사랑의 택시
인생극장

사랑의 택시 인생극장

초판 1쇄 발행 2013년 5월 6일

지 은 이 백중선
발 행 인 권선복
편   집 김소영, 김정웅
디 자 인 김소영
기록정리 한영미
전 자 책 신미경
마 케 팅 서선교
발 행 처 도서출판 행복에너지
출판등록 제315-2011-000035호
주   소 (157-010) 서울특별시 강서구 화곡로 232
전   화 0505-613-6133
팩   스 0303-0799-1560
홈페이지 www.happybook.or.kr
이 메 일 ksb6133@naver.com

값 15,000원
ISBN 978-89-97580-77-4   03810

도서출판 행복에너지는 독자 여러분의 아이디어와 원고 투고를 기다립니다. 책으로 만들기를 원하는 콘텐츠가 있으신 분은 이메일이나 홈페이지를 통해 간단한 기획서와 기획의도, 연락처 등을 보내주십시오. 행복에너지의 문은 언제나 활짝 열려 있습니다.

Taxi of Love Theater of Life

사랑의 택시 인생극장

백중선 지음

도서출판 행복에너지

대한예수교 장로회 총회 **이성진** 목사

책의 마지막 페이지를 읽는 순간 잔잔한 감동이 밀려온다.

어떠한 고난 속에서도 삶을 포기하지 않고 오히려 지난했던 그 세월을 디딤돌 삼아, 주님 안에서 하루하루를 열심히 살고 있는 필자의 모습이 참 아름답다.

그가 운전하는 택시에는 그의 친절함에 감동하여 한 손님이 지어 주었다는 '사랑의 택시'란 팻말이 놓여 있다고 한다. 한때는 잘나가는 주식회사 대표이기도 했던 그가 이제는 어떠한 각오로 택시운전을 하고 있는지 짐작할 만하다.

12시간에 가까운 근무시간 동안 빠듯한 사납금을 채우기 위해 동분서주하면서도 그는 지금 이 순간에도 손님들에게 사랑과 친절의 바이러스를 전파하고 있을 것이다.

이것이야말로 진정한 의미의 선교이다. 보다 낮은 마음과 항상 기도하는 자세로 묵묵히 자신의 자리를 지킬 줄 아는 것.

주님을 향한 간절한 사랑이 배어 있는 이 책을 통해, 오늘 고통 속에서 신음하고 있는 모든 이들이 따뜻하고 희망찬 삶의 메시지를 얻게 되기를 기도한다.

대한예수교 장로회 총회 **박영진** 총무목사

『사랑의 택시 인생극장』 출간을 마음 깊이 축하드립니다.

이 책에는 "구하라, 그리하면 너희에게 주실 것이요. 찾으라, 그리하면 찾아낼 것이요. 문을 두드리라, 그리하면 너희에게 열릴 것이니. 구하는 이마다 받을 것이요, 찾는 이는 찾아낼 것이요, 두드리는 이에게는 열릴 것이니라."라는 성경말씀이 오롯이 담겨 있습니다.

이 모든 것이 어제의 고통을 통하여 하나님의 은혜를 깨닫고 주 안에서 새롭게 태어났기에 가능한 일입니다.

사업에 실패하여 이루 말할 수 없는 빚 독촉에 시달리면서도 자신과 가족과 믿음과 희망을 버리지 않고 끝까지 찾고 구했기 때문에 하나님께서 그 문을 열어주신 것입니다.

치열한 삶의 현장에서 손님들이 없는 시간을 쪼개어 한 자 한 자 정성껏 이 책을 써 내려갔을 성도님의 모습이 떠오릅니다. 그러므로 이 책은 지금 환난 속에 머물러 있는 이들에게 건네는 성도님만의 따뜻한 기도서입니다.

모쪼록 이 책을 읽는 모든 이들에게 하나님의 긍휼이 있기를 기도하며, 일독을 권합니다.

천만 서울시민이 애용하는 교통수단인 택시. 그 택시를 운전하는 백중선 기사님께서 그동안 느낀 인생경험을 진솔한 필체로 그려낸 역작이 탄생하여 우리에게 소개된 것을 진심으로 환영한다.

서울시 교통정책을 총괄하는 서울시의회 교통위원장으로서, 택시를 이용하는 일반 시민으로서 택시 기사들의 근로여건이 얼마나 고되고 힘든지 어느 정도는 이해하고 있다. 그 고된 시간을 쪼개 택시 기사로서의 소중한 경험을 하나로 엮어낸 것에서 백중선 기사님의 성실성과 인간됨을 미루어 짐작할 수 있다. 그런 백중선 기사님의 택시를 탄 승객들은 기분 좋은 서비스와 함께 즐거움이라는 뜻하지 않은 선물을 받았을 것이라 생각한다.

사실 시민들이 느끼는 택시에 대한 인상은 그리 호의적이지만은 않다. 승차거부나 난폭운전으로 대변되는 불친절이 우리에게 먼저 떠오르기도 한다. 하지만 『사랑의 택시 인생극장』은 불친절한 택시에 대한 인상이 그야말로 선입견일 뿐이지 대다수 선량한 기사들에 대한 인식이어서는 안 된다는 것을 증명하고 있다.

이 책의 출간이 비단 백중선 기사님의 개인적 영광에 그치지 않고 선량한 우리 택시 기사들의 사기 진작과 이미지 개선에도 크게 기여할 수 있을 것으로 기대하면서 또 다른 『사랑의 택시 인생극장 2』가 조속히 출간될 수 있기를 기원한다.

서울특별시의회 도시계획관리위원회 위원 **윤규진**

어려운 환경과 열악한 택시운전 생활 속에서도 손님들에게 친절과 감동으로 봉사하여 우리 사회에 빛과 소금의 역할을 하시는 백중선 씨의 『사랑의 택시 인생극장』 출간을 진심으로 축하드립니다.

저 또한 오랫동안 성내3동에서 살아오면서 서울시의원으로 지역 발전을 위해 지난 20여년 학생통학을 도와주는 등 나름대로 봉사하사와 존경의 말씀을 드립니다.

성서에는 "누구든지 자기의 유익을 구하지 말고 남의 유익을 구하라."라고 했습니다. 봉사란 남을 위해 자신이 어떤 무엇인가를 희생한다는 의미인데, 남을 위한 희생을 하면 이 또한 자신도 행복해지는 것, 이것이 봉사이겠지요. 그런 면에서 백중선 씨는 행복한 삶을 사시는 분이라 생각해봅니다.

아무쪼록 이 책에 담겨있는 희망의 글들을 통해 우리 사회가 더 밝아지고 사랑이 넘치는 계기가 되기를 기원합니다.

대지운수 대표이사 **손완식**

"오늘 아침에 탑승한 서울 33아 2652 택시의 백중선 기사님을 친절 직원으로 추천드립니다. 자칭 '사랑의 택시'라 하시며 긍정적인 마음으로 친절히 운전해 주셔서 아침부터 기분이 좋아졌네요. 말씀 들어 보니 당연한 일이지만 정말 택시의 존재를 직시하시고 열심히 일하시며 좋은 일도 많이 하시던데, 사장님이 이 사실을 아셔서 보너스라도 챙겨주셨으면 좋겠네요.^^ 이분 택시 또 타고 싶어요." (shal****)

우리 회사를 이용한 손님이 남기신 글이다. 회사를 책임지고 있는 사람으로서 자신의 직원이 칭찬받는 일만큼 기쁜 일이 없다. 더욱이 열악한 근무환경과 질 낮은 서비스로 종사자와 소비자 모두가 불만인 우리나라 택시업계의 현실 속에서는 더욱 그렇다.

나는 오랫동안 택시회사를 운영하면서 수많은 기사들과 만났지만, 이런 어려운 상황 속에서도 손님에 대한 친절과 봉사의 정신을 지키고 있는 그와 같은 이가 있다는 것은 정말이지 행운이 아닐 수 없다. 더더욱 파란만장했던 그의 삶이 고스란히 담겨 있는 이 책『사랑의 택시 인생극장』을 읽고 나니, 절망을 희망으로 바꾸어 자신에게 주어진 일에 최선을 다한다는 것이 얼마나 아름다운가를 느끼게 되었다.

그는 오늘도 '승차거부·부당요금 없는 택시'를 모토로 서울 시내 곳곳을 힘차게 누비고 있다. 이 땅의 많은 택시기사들이 그를 귀감으로 삼는다면 우리나라 택시문화도 한층 성숙될 것이라 믿어 의심치 않는다.

한림의대 내과 외래교수/이준상내과 종합검진센터 원장 **이준상**

"악한 자의 집은 망하겠고 정직한 자의 장막은 흥하리라."

(잠언 14장 11절)

우리의 인생길에는 여러 가지 굴곡과 고난이 찾아옵니다. 때로는 그 속에서 우리는 정직을 잃어버리고 성실을 놓아 버리고 현실과 타협하거나 당장의 유익을 위해 옳지 못한 삶으로의 미혹에 넘어지거나 아니면 비관하는 사람으로 전락하기도 합니다. 그러나 자신의 주어진 삶의 여건이 어떠하든지 정직과 성실과 사랑을 잃지 않는다면 참으로 빛나는 삶이 아닐까요?

제가 만난 많은 사람 중에 백중선 씨는 의사와 환자로 만났지만 알아갈수록 정직과 성실이 천성인 분인 것을 느낍니다. 여러 역경 속에서도 그 천성을 잃지 않는 그의 삶의 모습의 조각들이 모아져 한 권의 책으로 세상에 나온다니 참으로 감사하고 반갑습니다.

많은 사람들이 『사랑의 택시 인생극장』을 읽고 느끼고 변화되는 계기가 되기를 바랍니다.

리체부부치과 원장 **유한림**

진료시간에 쫓기다 보면 정신이 없을 때가 많다. 그날도 급한 용무가 있어 택시를 탔다가 그만 지갑을 놓고 내렸다. 지갑 안에는 신용카드뿐만 아니라 나와 아내의 주민등록증과 자동차면허증까지 들어 있었다. 무척 중요한 것들이어서 어쩔 줄 몰라 하고 있는데 지구대에서 연락이 왔다. 한 택시 기사님이 주인을 찾아주라고 맡겨 놓고 갔다는 것이다.

요즘같이 각박한 세상에서 한번 잃어버린 물건을 되찾는다는 것은 쉬운 일이 아니다. 더구나 감사함을 표하는 나에게 그 기사님은 오히려 당연한 일을 한 것뿐이라고 손사래를 치셨다. 그분이 바로 이 책의 저자 백중선 기사님이다.

나는 아직도 그날의 잔잔한 감동을 잊을 수 없다. 기사님의 진심이 느껴졌기 때문이다. 격무에 시달리면서도 자신의 일에 자부심을 느끼며 친절함과 웃음을 잃지 않고 일하시는 그의 모습에서 또 다른 삶의 지혜를 배웠다.

그의 택시는 오늘도 각양각색의 인생을 싣고 달린다. 그와 손님들의 진하디 진한 인생의 향기가 녹아 있는 『사랑의 택시 인생극장』을 통하여, 여러분 또한 나와 같이 잔잔한 감동을 공유하게 되리라 생각한다. 더불어 언제나 묵묵히 자신의 자리를 지키며 살아가고 있는 사람들에게 더 큰 위안과 친구가 되어 주리라 믿는다.

우리 모두 이 책의 저자처럼 아무리 힘든 상황에서도 꼭 한 번씩만 더 힘을 내기를!

이 책 『사랑의 택시 인생극장』에는 힘이 있다. 사연 많은 사람들의 현장감 넘치는 인생을 만날 수 있기 때문이다. 그 이야기들을 쫓아가다 보면 어느새 삶의 향기가 짙게 배어 있는 영화 한 편을 본 듯한 느낌이다. 오늘도 밤낮을 가리지 않고 서울의 거리를 힘차게 달리고 있을 '사랑의 택시'의 무사고와 행운을 빈다.

— **박영완**(대흥공신 주식회사 대표이사)

이 땅의 자랑스러운 아버지로서 남편으로서 택시기사로서, 오늘도 자신에게 주어진 책임을 다하기 위해 뛰뛰빵빵 서울 시내를 누비고 있을 그의 모습이 무척 감동적이다. 나는 고통을 이겨내고 치유하는 지혜를 이 책에서 배웠다.

— **최종희**(한국 도형심리 상담학회 강사)

책장이 휙휙 넘어간다. 굴곡진 인생 속에서도 포기 대신 희망을 품을 줄 아는 사람들의 이야기는 언제나 재미있고 아름답다. 거기에 진한 땀 냄새까지 배어 있으니 말해 무엇하랴. 불평불만의 소리로만 가득한 요즘 같은 시대에, 이 책의 필자처럼 진솔한 사람들이 더욱 많아지기를 소망한다.

— **전병덕**(법률사무소 정상 대표변호사)

투명하고 건전한 사회의 근간을 이루려면 우선 사회 구성원의 정신
이 맑고 밝아야 한다. 맑고 밝은 정신은 자신의 위치를 바로 알고 그
에 상응하는 행동을 취할 때 얻어진다. 이 책의 저자야말로 그런 이
들 중 한 사람이다.

– **이용섭**(선거연수원 시민교육담당 대표)

『사랑의 택시 인생극장』은 지금 고통 속에서 신음하고 있는 사람들
에게 꼭 권하고 싶은 책이다. 다른 이의 신산했던 삶을 거울삼아, 지
금 자신이 갖고 있는 것이 얼마나 소중한 것인가를 새삼 깨닫게 될 것
이다. 험난했던 어제의 고갯길을 넘어와, 행복한 오늘을 살아가는 그
에게 뜨거운 갈채를 보낸다.

– **박효근**(연세대학교 의학과 팀장)

'사랑의 택시'에서 상영되는 다양한 사람들의 인생 역정이, 이 책 한
권에 고스란히 담겨 있다. 책을 읽는 내내 눈물과 웃음과 안타까움이
교차하면서 얼른 다음 장을 넘기게 했다. 누구의 삶인들 귀하지 않을
까. 그들의 이야기를 맛깔나게 풀어낸 저자의 솜씨에 감탄사가 절로
나온다.

– **김경욱**(경기도 광주 본치과 원장)

일이 고되고 힘들다 보면 좀처럼 웃게 되는 일이 없다. 그런데 나는 운 좋게도 그런 사람과 만났다. 백중선 기사님이다. 미소와 친절로 손님을 대하는 그의 모습에서 진정한 프로라는 생각이 들었다. 이 책을 읽고 나니 그 생각이 더욱 확실해졌다.

— **김재기**(잠실 5단지 봉사하는 친절한 아저씨)

사람답게 산다는 것은 자신의 책임을 다한다는 것이다. 소박하고 꾸밈없이 써내려 간 그의 글들이 그 어떤 소설가의 글보다 감동적으로 다가오는 것은, 그 역시 친절과 봉사의 정신으로 자신의 본분을 다하며 하루하루를 열심히 살아가고 있어서이다.

— **주진희**(MBN 매경미디어그룹 보도국)

파란만장한 인생을 살았음에도 불구하고 그것을 자신에게 있어 독이 아닌 약으로 쓸 줄 아는 현명함. 그것이 지금 그가 행복할 수 있는 이유이다. 행복은 어쩌면 아주 가까운 곳에 있는 건지도 모른다. 우리가 눈치 채지 못할 뿐.

— **이건우**(한국해양 수산개발원)

『사랑의 택시 인생극장』출간을 축하한다. 일하는 틈틈이 손님들과의 대화내용을 메모하고 없는 시간을 쪼개어 하나하나 정리해 나갔을 그의 열정에 박수를 친다. 우리네 평범한 이웃들의 인생극장을 통하여, 보다 많은 사람들이 용기를 얻고 희망찬 내일을 살게 되기 바란다.

– 한종만(법무법인 태한 한종만 사무장)

우리나라의 열악한 택시 환경 속에서도 그는 늘 불평 대신 성실로 맞선다. 자신이 다소 손해 보더라도 손님에 대한 배려가 먼저인 그의 진심은, 손님들에게도 그대로 전해진다. 그의 택시를 다시 찾는 이유가 거기에 있다. 많은 택시기사들이 본받아야 할 점이다.

– 백병기(서울 대지운수 노동조합 위원장)

필자의 부단한 노력과 열정의 산물인 이 책『사랑의 택시 인생극장』에는, 필자 본인은 물론이요 서민들의 애환과 염원이 서려 있다. 이들의 가슴으로 들려주는 이야기를 통해 독자들 또한, 다른 책에서는 느낄 수 없는 친근한 소통의 힘을 만끽하게 될 것이다.

– 황은영(가천대학교 미술 겸임교수)

그의 글에는 군더더기가 없다. 어떠한 가식도 찾아볼 수 없다. 자신의 삶을 솔직하게 오픈하고 돌이켜보면서, 지난날을 절망이 아닌 희망으로 가는 건널목으로 삼았기에 가능한 일이다. 이 책이 어떤 책보다 진정성 있게 다가오는 것도 그와 맥을 같이한다. 앞으로도 더도 덜도 말고 꼭 지금과 같으시기를 빌어본다.

– 진영선(동국대학교 겸임교수)

이토록 가슴 절절한 사연이 또 있으랴. 사업에 실패하여 온갖 빚 독촉에 시달리면서 한때는 노숙자가 될 뻔했던 사람이, 그 시련을 딛고 일어나 이제는 사랑을 싣고 다니는 택시기사가 되어 봉사하는 삶을 살고 있으니. 그것만으로도 이미 진정한 인간 승리이다.

– 김지현(교원 빨간펜 관리교사)

생전 처음 보는 사람의 친절한 말 한마디가 따뜻한 위안이 될 때가 있다. 내가 '사랑의 택시'에 탔을 때 그러했다. 친절은 전파성이 강하다. 누군가가 나를 친절하게 대해 주면, 나 역시 또 다른 사람에게 친절을 베풀고 싶어진다. 그런 면에서 백 기사님은 친절 전도사라 할 만하다. 언제나 안전운전하시길 기원한다. 그리고 기사님의 인사말처럼 "또 만나요!"

– 위정열(다음카페 산사모둥지 운영자)

기대치 못했던 곳에서 아주 좋은 인연을 만났다. 누가 택시에서 하나의 인연을 맺게 되리라고 생각이나 할까. 나에게는 백중선 택시기사님 한 분과의 인연이지만 백중선 기사님은 매일매일 많은 인연을 '사랑의 택시'에서 만들고 계시다니, 그 에너지가 부러울 정도다.

– 윤석구(우리은행 불광동 지점장)

'사랑의 택시'는 타는 사람의 마음을 평안하게 해주는 힘이 있다. 마치 예배 중에 느끼는 그런 마음의 평안함처럼 말이다. 수요예배를 드리고 오는 길에 만난 백 기사님. 그것은 평일에도 열심히 예배를 드린 내게 주신 하나님의 작은 선물이 아닐까 싶다. 마음을 평안하게 해주는 작은 인연이란 이름의 선물. 사랑의 택시를 타는 많은 분들에게 백 기사님은 분명 그런 존재일 것이다.

– 김미정(법무법인 KR 변호사)

개인택시 기사로 25년여간 운전을 한 사람으로서 백중선 기사님이 자랑스럽다. 한편으로는 나 역시 지금부터 자료를 모아 책을 한 권 내고자 하는 목표를 세웠다. 또한 이 책에 담긴 이야기가 더 널리 알려져 기사와 손님 모두 행복한 택시 문화가 정착되리라 기대해 본다.

– 권득원(개인택시기사)

Taxi of Love
Theater of Life

차례

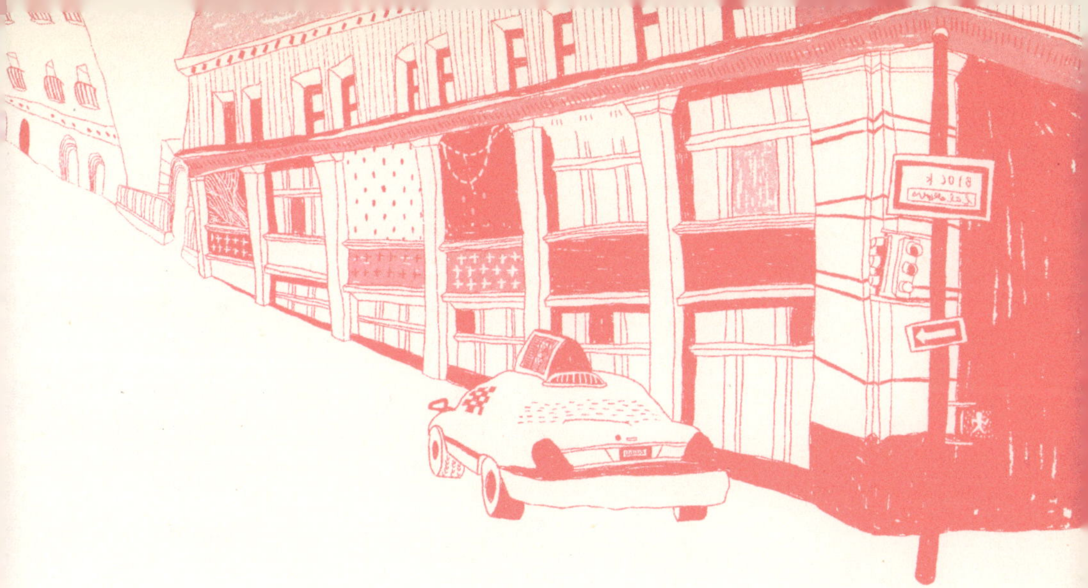

Taxi of Love
Theater of Life

1부
택시기사의 인생극장

사랑의 택시기사가 되기까지

　나는 전문 건설업을 20년 넘게 하면서 몇 십 명의 직원을 통솔하며 아주 잘 나가는 주식회사의 대표이사이기도 했다. 그렇게 한때는 '백 사장'으로 불리면서 고급 승용차에 콘도 회원권에 돈에 구애받는 일 없이, 우리 부부는 서해를 일주하며 배낭여행을 즐기며 살았다.

　외연도, 삽시도, 죽도, 국화도, 호도, 원산도 등으로 다니며 고동 잡고 낙지 잡고 정말 남부러울 것 없는 행복한 생활의 연속이었다.

　"여보, 다음에는 대청봉에 갈까? 그 다음에는 단양에 있는 비로봉에 갑시다."

　여기저기 배낭여행 다닐 곳만 생각하며 아무 걱정 없이 보내던 평온한 나날이었고, 앞으로도 계속 이러하리라 믿어 의심치 않았다. 그러나 그것은 교만이었다. 사업에 실패하여 하루아침에 전 재산을 날리게 되니, 남은 것이라곤 마누라와 자식뿐이었다.

그때부터 나는 자포자기하는 심정으로 전철을 타고 청량리역을 비롯하여 서울의 전철역은 다 돌아다녔다. 그러다가 본격적인 노숙생활을 하기 위해 기차를 타고 동해 묵호로, 부산으로, 목포로 왔다 갔다 하며 노숙할 자리를 보고 다녔다. 그리고 목포역전에서 이틀 동안 노숙생활에 들어갔다.

당시 나는 무능한 나 때문에 모진 고통을 겪으면서도 날 버리지 않고 믿고 있는 가족을 생각하기보다는 '에라, 죽어버리자. 그럼 신경 쓰지 않고 편하겠지' 하는 어리석은 생각을 했다. 해서 종로3가 파고다공원 노인들한테 편히 죽을 수 있는 방법을 듣고 그대로 행동하려고 제초제를 항상 가지고 다녔다. 제초제를 막걸리와 타서 먹으면 쥐도 새도 모르게 고생하지 않고 편히 잠들 수 있다는 것이었다.

목포에서의 노숙생활이 3일째 되는 날 유달산 팔각정에서 한 부부를 만났다. 내 이야기를 가만히 듣고 있던 남편분이 말씀하셨다.

"가족을 생각해서라도 박스라도 줍고 경비라도 해야지, 인생을 왜 그렇게 끝내려고 하십니까? 당신을 바라보고 있는 가족은 생각하지 않고 대표이사까지 한 사람이 그렇게 무책임하게 세상을 뜨면 남은 가족은 어떡하라고요. 정말 어리석어요. 다시 생각해서 사세요."

그러고는 계속해서 당신의 경험담을 들려주시며 진심 어린 충고를 하셨다.

"나도 부산에서 신발공장을 하다가 부도를 맞아 어떻게 할 방법이 없어 가족 버리고 혼자만 부산을 떠나자 하고 야반도주하려 했어요.

가족 몰래 짐 싸서 나오면서 마지막으로 자고 있는 마누라를 내려다 보는데, 나도 모르게 흘린 눈물이 마누라 얼굴 위로 뚝뚝 떨어져 내렸지요. 깜짝 놀라 잠에서 깬 마누라가 ‘당신 왜 그래요? 나를 버리고 당신 혼자 어딜 가려고 그래요? 가려거든 나하고 같이 가요.’ 하며 바짓가랑이를 붙잡으며 통곡하고 애원하는 거예요. 결국 우리는 같이 울면서 작은 짐 하나 가지고 아무도 모르는 목포로 와서 이제야 겨우 어느 정도 안정이 되었어요. 그러니 당신도 용기를 갖고 가족을 위해 다시 한 번 시작해 보세요.”

나는 당장 밤차에 몸을 싣고 다시 살아보자고 다짐을 했다. 기차 속에서 자신의 어리석음을 탓하며 얼마나 울었는지 말도 못한다. 서울로 되돌아와서 일거리를 찾던 중 택시 운전이라도 해야겠다는 생각으로 2010년 4월 잠실에 있는 교통회관에서 택시 면허시험을 보았다. 몇 번을 떨어진 끝에 겨우 합격하여 그때부터 나로 하여금 제2의 인생을 살게 해준 택시운전을 하게 된 것이다.

택시 운전을 하다 보니 택시 기사들과 손님들 사이가 너무 말이 아니다. 너는 너, 나는 나, 완전 따로국밥이다. 나는 생각했다. 나라도 베풀며 손님을 위해 사랑과 봉사의 정신으로 택시 운전을 하겠노라고.

어느 여름날 둔촌동역에서의 일이었다. 손님 한 분이 휠체어를 타고 택시를 기다리고 계셨다. 그런데 택시들이 하나 둘 셋 그냥 지나간다. 난 뒤에서 보다가 너무 마음이 아파 재빨리 다가가서 “손님, 내

차 타세요.” 하며 트렁크에 휠체어를 싣고, 손님의 목적지인 가락동 경찰병원까지 모셔다 드렸다.

또 어느 날은 성내3동 대순진리교 앞에서 나이 많은 할머니가 추운 새벽에 서 계신다. 다른 택시들이 그냥 지나치는 바람에 내가 가서 타시라고 했더니 할머니께서 “아저씨는 태워주실래요?” 하고 물으신다.

“그럼요, 제 택시는 할머니 할아버지와 몸이 불편하신 분들이 타는 택시랍니다.”

“아니, 그런 택시가 나왔어요?”

“그런 택시가 나온 것이 아니고 그런 사람이 나왔어요. 할머니, 천천히 타세요.”

“다른 택시 기사는 빨리빨리 타라고 그러는데 이 기사는 천천히 타라고 하네. 고맙구려, 젊음이.”

나도 나이가 환갑이 갓 지난 사람인데 할머니에게는 젊은이로 보이나 보다. 기분이 참 좋다. 목적지까지 편히 모셔다 드리며 할머니한테 물어보았다.

“할머니, 왜 앞 택시 두 대는 그냥 지나갔나요?”

“노인들이 택시 탈 때 느리잖아요. 내릴 때도 느리고요. 타고 내릴 때 다치면 골치 아프지요. 게다가 멀리나 갑니까. 보통 기본요금 거리지요. 그래서 잘 안 태워줘요.”

할머니의 이야기를 들으면서 나는 택시 운전을 하는 동안에는 내가 이런 일을 담당해야겠다고 마음을 먹었다. 돈 생각만 할 것이 아니라 손님 위주로 손님의 마음부터 생각하고, 거동하기 불편하신 분들을 우선적으로 태워드리면서, 항상 즐거운 마음으로 운전을 하기로 했다.

그때부터 "어서 오십시오." "반갑습니다." "좋은 하루 되세요." "목적지까지 잘 왔어요." "안녕히 가세요." "또 만나요." "이 택시 또 타세요."라는 나의 인사가 시작되었고, 오늘도 행복의 노래를 부르며 서울 시내를 뛰뛰빵빵 누비고 있다.

나는 자살하지 않고 택시 운전이라는 새 삶을 살게 됨을 무척 감사하게 생각한다.

운전하는 그날까지 봉사하는 마음으로 사랑을 베풀며 다른 택시들이 외면하는 손님들을 내가 목적지까지 편하게 모셔다 드리며 안전운전할 것을 마음 굳게 다짐한다. 내 마음 변하지 말라고 다짐하고 또 다짐한다.

사랑의 택시란

1.

 봄의 문턱을 지날 무렵 우연히 잠실 교통회관 앞을 지나가는데, 소변이 보고 싶어졌다. 교통회관 화장실로 들어가 볼 일을 보고 나오는데, 사람들이 웅성웅성 많이들 모여서 무슨 이야기들을 하고 있다. 내가 궁금해져서 한 무리의 사람들에게 다가가 물어보았다.

"아니, 무슨 일로 사람들이 이렇게도 많이 모여 있는 건가요?"

그들 중 한 사람이 친절하게 대답해 준다.

"택시면허 시험 보고 쉬는 시간이라서 모여 있는 겁니다."

"택시면허요?"

"네. 정년퇴직하고 괜히 경험도 없는 다른 일 하다가는 퇴직금까지 날릴 것 같아서요. 그러느니 택시면허 따서 택시운전이나 하려고 시험 보는 중입니다. 아저씨도 한번 해보실 거면 저기 접수창구에 가서 접수하세요. 교통회관 뒤에 가면 상점이 하나 있는데 거기 가서 택시

면허 시험지 사다가 열심히 공부해 보세요. 자동차 면허시험보다는
좀 쉬우니 도전해 볼 만할 거예요.”

  마침 사업이 잘 안 되어 고민하고 있던 차라, 나는 그분이 알려준 대
로 접수를 하고 택시면허 시험지를 사다가 열심히 공부했다. 어느덧
시험 날짜가 다가와서 떨리는 마음으로 시험을 봤다. 처음에는 불합
격, 두 번째 도전 만에 합격하여 택시회사에 취직을 하고, 택시 한 대
를 배당받아 2010년 4월 15일부터 지금까지 택시운전을 하고 있다.

  처음에 택시회사에 들어가면 택시 한 대당 2명씩 배당된다. 한 사
람은 주간, 한 사람은 야간근무를 하는데, 6일 주간하고 하루 쉬고 또
야간 6일하고 하루 쉬고, 그렇게 한 달에 26일을 일해야 한다. 연차
는 1년 후부터 발생하는데 집안에 무슨 일이 있을 때는 연차를 쓰면
된다. 그러나 한 달에 3일 이상은 인정이 안 된다.
  그렇게 하여 나는 오늘도 즐거운 마음으로 손님들을 맞이하러 나
간다.

2.

  택시운전 시작하고 3일째 되는 날이었다.
  아침 출근시간에 2차선 도로에 할머니 한 분이 서 계신다. 다른 때
와 같이 택시를 앞에다 세우며 “타세요!” 했다.
  “네, 감사합니다. 그런데 기사아저씨, 서울 택시들은 왜 나이 많은

할머니를 안 태워주나요?”

“그럴 리가요? 손님을 못 보고 지나갔겠지요.”

“그런가요? 몇 대가 그냥 휙 하고 지나가던데. 어쨌든 기사아저씨는 좋은 말만 하시네요. 좋은 일도 많이 하시지요?”

“저는 택시운전 시작한 지 3일밖에 안 됐어요. 그래도 항상 즐거운 마음으로 손님들을 편하게 모시려고 노력하고 있습니다.”

“그렇군요. 그럼 택시운전 계속 하실래요?”

“그럼요, 해야지요.”

“그래요. 좋은 일 많이 하시면서 덕을 쌓고 복된 말만 하고 살아가세요. 그럼 자신에게도 가족에게 좋은 일이 옵니다. 아저씨, 나는 분당 서울대병원으로 갑니다. 지인 병문안하고 다시 한국을 떠납니다.”

“손님은 외국에서 사시나 보군요?”

“나는 일본에서 19년 만에 한국에 왔어요. 내가 이래봬도 이대 출신 할머니랍니다. 3일 있으면 한국을 떠나는데 기분 좋은 택시를 탔으니, 이 택시 이름이나 지어주고 가야겠어요.”

할머니께서 눈을 지그시 감고 잠시 생각에 잠기시더니 말씀을 이어가신다.

“이 택시를 타고 내리는 사람들은 복을 받는다는 의미로, 그들의 복을 빌어주며 ‘사랑의 택시’라고 하세요. 그러고 기사님이 먼저 ‘사랑의 택시’ ‘사랑의 택시’ 하고 다니세요. 그럼 언젠가는 ‘사랑의 택시’가 빛을 볼 날이 꼭 올 겁니다.”

“네, 손님. 정말 감사합니다. 이대 출신 손님을 모셔서 제가 더 영광이네요. 이야기 나누면서 오니 병원에 다 왔네요."

"요금은 얼마 나왔나요?"

"이만 오천 원입니다."

"여기 삼만 원이오. 잔돈은 됐고요, 잘 가세요."

"감사합니다, 손님도 일 잘 보시고 건강하세요."

난 지금까지 그때 그 손님의 말씀을 머리에 새기고, 손님들에게 복을 빌어주며 서비스 정신으로 열심히 일하고 있다.

3.

강남역 사거리 못 가서 손님이 내리고 있는데 어떤 젊은 여자 분이 와서 묻는다.

"기사아저씨, 낙성대 좀 태워주세요."

"네, 그럼요. 손님이 내리시면 타세요."

"감사합니다."

그러더니 여기서 한 사람 저기서 한 사람이 탄다.

"아니, 왜 이렇게 여기저기서 차를 타시나요?"

"50분 넘게 택시를 잡았는데 하나같이 낙성대는 안 간다고 해서요."

"그러셨군요. 걱정 마세요. 이 택시는 사랑의 택시랍니다."

"아저씨, 그게 무슨 말이에요?"

내가 사랑의 택시란 이름을 지어준 일본에 사시는 할머니와의 일을 설명해 주었다.

내 말을 다 듣고 난 한 손님이 말한다.

"그럼 컴퓨터로 글을 써서 차 유리에 붙이고 다니세요."

그러자 다른 손님이 또 말한다.

"아저씨, 아니에요. 붙이지 마시고 '사랑의 택시, 묻지 말고 타세요!'라고 써서 코팅한 다음 잘 보이게 앞에 올려놓고 다니세요."

"아, 손님. 그거 좋은 생각이네요."

그때부터 나는 '사랑의 택시, 묻지 말고 타세요!'란 문구를 싣고 다니며 승차거부 없는 택시, 부당요금 없는 택시를 모토로 삼고, 오늘도 행복하게 달리고 있다.

택시 기사의 인생극장

항상 당신 곁에서 당신을 바라보고 열심히 살아야겠다고 다짐하며 오늘도 운전대를 잡고 손님을 맞이하러 나간다. 여보, 고마워요!

명일동 사거리였다. 40대 아줌마가 어린애를 업은 채로 또 한 애는 손을 잡고 서서 택시를 잡으려 한다. 택시 몇 대가 섰다가 지나가고 섰다가 지나가고 한다.

내가 뒤로 후진해서 "아줌마, 무조건 타세요." 했더니 "하남시 가실 래요?" 한다.

나는 두말없이 "네, 갑니다." 하고는 하남시 덕풍동 골목골목 올라가서 모셔다 드리고 내려오는데, 50대 정도의 아줌마가 서울 택시 왔다며 반가워하신다.

"네, 어서 오세요. 반갑습니다."

손님이 경동시장 가자고 하신다. 와, 빈차로 돌아갈 것을 각오하고 있었는데 정말 다행이다.

"그런데 기사아저씨, 고맙게 어떻게 여기까지 왔어요?"

"손님, 내가 더 고맙지요. 명일동에서 아이 둘 데리고 택시 잡느라 고생하는 아줌마가 딱해 보여 무조건 타시라고 해서 모셔다 드리고 오는 길입니다."

"기사아저씨가 좋은 일을 해서 또 여기서 날 만나게 된 것 같네요. 나는 경동시장에서 몇 십 년째 장사를 하고 있어요. 옛날에는 손님들한테 베풀면 답이 늦게 왔는데, 요즘은 좋은 일을 하면 답이 바로바로 와요. 그러니 기사아저씨, 계속 즐거운 마음으로 운전하세요."

그러는 사이 어느새 경동시장까지 다 왔다.

"기사아저씨, 택시손님도 별별 손님이 다 있지요? 경동시장에서 장사를 해도 별별 손님이 다 있다오. 그것 다 참견하고 신경 쓰면 명대로 못 살아요. 대충대충 하고 약간 모자라는 사람처럼 살아야 해요. 상대가 밖에서 보면 바보처럼 안에서 보면 속이 꽉 찬 사람이 되어 열심히 살다 보면, 나쁜 손님 좋은 손님 따로 없어요. 다 좋아져요. 그러니 오늘처럼만 살아가자고요."

"네, 안녕히 가세요."

"잔돈은 됐어요."

그러고는 손님이 가게 하나를 가리킨다.

"아저씨, 저 가게가 저희 가게예요. 시간 나시면 한번 들르세요. 우리 집은 모두 다 국산만 팔아요. 절대 수입 품목은 사절입니다. 그래서 단골손님이 아주 많답니다."

거스름돈도 안 받고 택시 문을 조심스럽게 닫으면서 예쁘게 인사만 하고 돌아서는 손님의 뒷모습이 무척 행복해 보였다.

오늘은 아주 훌륭한 한국의 어머니를 모셨다. 그분의 말씀이 무척 아름다웠다.

"기사아저씨, 난 재물은 없지만 내가 성공한 사람이라고 믿어요. 왜냐하면 동대문시장에서 장사해서 자식들 대학까지 다 공부시켰기 때문이라오. 자식들이 대학을 졸업하고 의젓한 사회인이 돼서 취직도 하고 결혼도 하고 잘 살아가야 하는 일만 남았을 때 내가 자식들한테 그랬다오. '얘들아, 너희는 이제부터 세상길에 나가야 하는데, 세상에 나가면 너희가 생각하는 대로 좋은 일만 있는 것이 아니란다. 너무나 많은 일들이 닥칠 거야. 너희를 좋아하는 사람, 싫어하는 사람, 회사에서 너희에게 주는 일도 마음에 드는 일, 안 드는 일 등등…. 그 속에서 잘 생존하여 사람들과 맞부딪치지 말고, 너희가 그 사람들 속에 들어가서 그들을 이해하며 자신을 죽이고 공동체에 잘 어울려 살아야 한단다. 그러니 언제나 자신을 죽이고 살아라.'라고 말해줬어요."

내가 감동하여 "손님, 무슨 종교 가지고 계시나요?" 했더니 "난 종교가 없어요." 하시며 그렇게 훌륭한 말씀을 하신다.

“그런데 기사아저씨, 어떻게 생각하면 내가 인생을 바보처럼 산 것
같기도 해요.”

“왜요?”

“오랫동안 시장에서 손님들 속이지 않고 양심껏 장사하면서, 가방
이나 핸드폰도 줍게 되면 주인을 찾아주려고 노력했는데 그게 과연
잘한 짓인가 싶어요.”

“무슨 일이 있었나요?”

“30년 전만 해도 동대문시장 안에 소매치기가 그렇게 많았어요. 우
리 가게가 코너에 있어서 소매치기들이 여자들 가방 훔치는 것을 자
주 목격해요. 그런데 신고를 못해요. 행패 부릴까 싶어서요. 게다가
칼을 가지고 다니기 때문에 죽일 수도 있어서요. 하루는 소매치기가
어떤 사람 가방을 칼로 그었는데 가방 속에서 만 원짜리가 쏟아져 길
로 흩어져 버렸어요. 가방주인은 모르고 행인들 속으로 묻혀서 지나
가고, 소매치기는 저쪽에서 경찰관 모습이 보이니까 가방만 구멍을
내놓고 도망을 갔어요. 우리 가게 앞이라 내가 주어서 세어보니까 30
년 전인데도 80만 원 정도 되더라고요. 한 달 동안 가게 앞에 두고 주
인 올 때까지 기다려도 안 와서 파출소에 가서 신고를 했어요. 그랬
더니 경찰관이 기간 내에 주인이 안 찾아오면 돈을 습득한 사람에게
다시 가니까 가서 기다리라고 하더군요. 주위사람들이 맛있는 것이
나 사먹자고 하는 걸 거절하고, 돈을 잃어버린 사람의 심정을 생각해
서 바보 소리 들으면서까지 주인을 찾아주려고 했는데, 몇 달 몇 년
이 지나도 연락이 오지 않더군요. 내가 참 바보죠, 기사아저씨?”

"아니요, 주위사람들은 아주머니를 바보로 볼 줄 몰라도 내가 봐선 절대 바보가 아니고 선한 일을 하신 분이에요. 아주머니가 좋은 일을 그렇게 하시니 아주머니뿐만 아니라 아저씨도 복 받고 자녀들도 틀림없이 복 받을 거예요."

"그래요, 자식들이 다 잘됐어요. 사위는 검사죠. 아들은 외국에서 박사학위까지 받고 대기업에 취직하여 잘하고 있어요. 기사아저씨 말 듣고 보니 정말 그러네요."

"손님, 옛날에는 사랑을 베풀고 좋은 일을 하면 답이 늦게 왔는데 요즘은 바로바로 온다고 경동시장에서 장사하는 아주머니가 그러시 더군요. 남이 알아주든 안 알아주든 내가 만족하고 행복하다면, 그것 만으로도 복 받은 인생인 거죠."

"맞아요, 기사아저씨. 나는 장사를 해도 행복해요. 장사 안 해도 되지만 놀면 뭘 해요. 일하지 않고 놀면 폐인이 되죠. 이렇게 즐거운 마음으로 장사하니 손님도 좋고 나도 좋고. 검사사위랑 딸이랑 며느리랑 아들이 '어머니, 이제 장사 그만 하시고 편히 사세요. 용돈도 많이 드릴게요.'라고 매번 말하지만 난 할 거예요. 기사아저씨, 저 앞 신호등 건널목에 세워주세요. 그리고 즐겁게 행복하게 안전운전 하세요."

"네, 손님도 건강하시고 또 만나요."

택시요금이 8,500원 나왔는데 10,000원을 주시며 거스름돈도 안 받고 내리신다.

나는 택시운전을 하면서 오늘처럼 행복할 수가 없다. 보람이 느껴

진다. 건널목 저편으로 사라져가는 손님의 뒷모습이 진정한 한국의
여성상처럼 아름답게 보였다.

자양동 기사식당 건너편으로 가는 중에 어떤 젊은이가 택시를 탔다.

"네, 어서 오세요."

"감사합니다, 기사아저씨. 참 친절하시네요. 인상도 좋으시고요.
그렇지 않아도 누군가와 얘기 좀 나누고 싶었는데 가는 동안 얘기해
도 될까요?"

"그럼요, 손님. 말씀해 보세요."

"조금 전에 버스를 타고 집에 가는데 와이프가 갑자기 족발이 먹고
싶다고 전화가 온 거예요. 와이프 말을 잘 들어야 매사가 편하다고
해서 버스 창문을 보니까 마침 족발집이 보여 부랴부랴 내려서 족발
사가지고 가는 길이랍니다."

"아, 신혼이신가 보군요. 부인과는 어떻게 만나셨나요?"

"저는 와이프 때문에 서울 와서 삽니다. 왜냐고요? 부산 사는 노총
각한테 서울 사는 친구가 여자를 소개해 주었거든요. 그 여자와 1년
을 넘게 전화하고 편지하다가 서울역에서 처음으로 만나게 됐는데 그
때 그러더군요. 자기하고 결혼하고 싶으면 서울로 와서 취직해서 살
고, 서울에서 살 수 없다면 여기에서 끝내자고요. 저 역시 첫눈에 반
한 터라 '저 여자라면 한번 인생에 도전해 보자.' 하고 서로 결혼을 약

속하고 연인 사이가 되었어요. 그러다가 속도위반까지 해서 임신을
하는 바람에 더 이상 결혼을 미룰 수가 없었지요. 그래서 부산에 내
려가 부모님께 인사를 시키고 서울에 계시는 장인 장모님께도 허락을
얻어 양가 친지들 축복 속에서 결혼식을 올렸고, 지금은 아들 하나
딸 하나를 낳아서 잘 키우고 있습니다.”

“행복한 부부네요.”
“네. 그런데요 기사아저씨, 부산은 인심이 좋은데 서울은 왜 그러
나요? 정말 서울 인심은 너무 메말라 있어요. 며칠 전에는 나이 많은
할머니가 무거운 짐을 들고 계단을 오르기에 ‘할머니, 주세요. 제가
계단 위까지 들어다 드릴게요.’ 했더니 할머니가 힐끔 쳐다보시고는
그냥 가시는 거예요. 마치 저를 무슨 도둑놈으로 보시는 것 같아 기
가 막혔어요.”
“도와드리려다가 오히려 손님이 오해를 샀군요. 그만큼 요즘 사회
가 각박해졌다는 얘기죠.”

“또 언젠가는 남대문로 길거리에 술에 취해 누워 있는 아저씨가 있
어서 택시 태워 보내려고 흔들어 깨우고 있는데, 갑자기 뒤에서 수갑
을 채워 남대문경찰서까지 가서 조사받고 온 적도 있었어요. 다행히
조사받고 있을 때 아는 경찰관을 만났는데 ‘아니, 자네가 왜 여기 와
있어?’ 하며 깜짝 놀라시는 거예요. 그래서 제가 사건의 경위를 말했
더니 저를 데리고 왔던 경찰관이 ‘왜 그럼 그때 말하시지, 아무 말 하
지 않고 따라왔나요?’ 하고 묻더군요. 제가 대답했죠. ‘경찰아저씨,

제가 그때 무슨 말을 한들 제 말을 듣기나 했겠어요? 해서 아무 말 하지 않고 가만히 따라왔지요.'라고요. 기사아저씨, 서울 와서 살면서 이보다 더 기가 찬 일들도 많았어요. 그렇지만 서울 와서 취직도 하고 마누라도 얻고 아들딸도 두었으니 나름대로는 행복한 하루하루랍니다."

"네, 손님. 그렇게 좋은 마음으로 남에게 베풀고 살면 틀림없이 앞으로도 행복한 나날이 죽 계속될 겁니다."

"고맙습니다. 어, 말하다 보니 벌써 다 왔네요. 기사아저씨도 안전운전하시고 행복하세요."

족발봉투를 든 채로 가족들이 기다리고 있는 집을 향해 힘차게 걸음을 옮기는 젊은이의 모습을 보고 있자니 절로 미소가 나온다. 모쪼록 타지에서 살면서도 인정을 잃지 않은 젊은이의 앞날이 밝게 빛나기를! 또 만나요, 젊은이!

2011. 09. 09.

추석 하루 전날 신반포에서 타신 손님이 한숨을 쉬며 이야기를 꺼낸다.

"추석이 돌아오면 생각나는 사람이 있어요."

"누구세요, 그렇게 생각나는 사람이?"

"우리 남편이오."

"왜요, 손님? 아저씨가 어때서 그러시나요?"

"몇 개월 전에 돌아가셨는데 2년을 중환자실에서 병원신세를 졌어요. 있는 재산 다 거덜 내고 병간호도 내가 하다가, 사는 사람이나 살자고 중환자실에 누워 있는 우리 남편 보고 내가 그랬어요. '여보, 이왕 가시려거든 빨리 가세요. 내가 너무 힘들어요.' 남편이 그 말을 들었는지 말은 못하고 눈물만 주르륵 흘리는 거예요."

남편 생각이 나는지 어느새 손님도 택시 뒷좌석에서 울면서 말씀을 이어가신다.

"그러던 어느 날이었어요. 무슨 할 말이 있는 것처럼 남편이 자꾸 눈을 깜박거려서 '여보, 말씀 해보세요.' 해도 대답이 없는 거예요. 나는 그냥 '남편이 말이 하고 싶은데 말이 안 나오나 보다'라고만 생각했어요. 그런데 그것이 마지막이었어요. 그대로 숨을 거두고 운명하셨거든요. 이렇게 큰 후회가 될 줄은 몰랐어요. 하고 싶은 말도 제대로 못하고 가신 우리 남편이 요즘은 생각이 많이 나요."

"아, 그런 일이 있으셨군요."
"기사아저씨, 남편이 살아 있을 때 좀 더 잘해 줄 걸 내가 왜 그렇게 못되게 했을까요? 남편이 중환자실에 있을 때 남편이 좋아하는 것 만들어다가 남편 입에 수저로 음식을 떠서 먹여 주고 입가에 흘리면 닦아주고…. 지나고 나니 몸은 힘들었어도 그때가 더 행복했던 것 같아요. 남편 없는 빈자리가 이렇게 클 줄 미처 몰랐어요. 남편이 살아 있을 때는 옷도 갈아입혀 주고 목욕도 시켜주고 면도도 해주고 했는데…. 기사아저씨, 지금은 낙이 없어요."

"자제분들이 있으시잖아요."

"자식들이 있다고 해도 남편만 하겠어요. 자식들도 다 잘해요. 그래도 남편만은 못하죠. 나는 친구들한테도 일일이 전화해서 말해요. 살아 있을 때 남편한테 잘하라고. 정작 곁을 떠나고 나면 다 후회한다고요. 중환자실 침대에 말 못하는 남편을 두고 살아도 그것이 행복이라고요. 기사아저씨도 아줌마한테 잘하세요. 나이 드신 부부만 봐도 부러워서 어쩔 줄을 모르겠어요. 어리석게도 나는 사랑하는 남편 보내고 이제 와서 후회하며 눈물로 살고 있답니다. 어, 벌써 다 왔네요. 이야기도 다 못했는데…."

손님이 아쉬워하는 것 같아 기분도 풀어드릴 겸 내가 우스갯소리를 했다.

"그럼 다시 반포로 갔다가 올까요?"

그제야 아주머니가 웃으시며 "기사아저씨 참 재미있네요." 하신다.

"네, 감사합니다. 손님, 다음에 또 만나 이 택시 타시게 되면 오늘 못다 한 얘기 해주세요."

"네, 그래요. 기사아저씨도 수고하세요."

멀어져 가는 아주머니의 뒷모습이 쓸쓸하다. 나는 문득 집에 있는 아내가 보고 싶어진다. 오늘은 퇴근길에 아내가 좋아하는 음식이라도 사들고 가야겠다.

35세의 아가씨가 택시를 탔다.

"네, 어서 오십시오."

"아, 기사아저씨 감사합니다. 기분이 짱이네요. 기사님 중에는 말도 잘 안하는 분이 있어서 목적지까지 가는데 너무 불안하게 가요."

"아가씨, 결혼했어요?"

"아니요. 내년 봄에 결혼하려고 해요."

"신랑감이 있나 보군요."

"네, 동갑내기에요. 2, 3년을 사귀면서 싸움도 많이 하고 있는 정 없는 정 다 들어서 이제는 못 헤어져요. 그래서 결혼하기로 했어요. 양가 부모님 상견례도 했어요. 그런데요 아저씨, 제 친구들이 그러는데 제 남자친구가 머리가 너무 커서 어린이공원 정문에서 오는 사람마다 인사하는 캐릭터 인형 같대요. 키는 작고 엉덩이는 뒤로 나오고, 살짝 대머리에 배까지 나왔거든요. 친구들이 저보고 정신 나간 사람이래요. 어디 하나 볼 만한 곳이 없는 남자와 결혼한다고요. 그렇지만 저는 그 남자친구가 진짜 진짜 좋아요."

"어디가 그렇게 좋은데요?"

"흠 잡을 데가 하나도 없어요. 대머리도 좋고 배 나온 것도 좋고 머리가 큰 가분수도 사랑스러워요. 말 그대로 눈에 콩깍지가 씐 것 같아요. 남자친구가 방귀를 뀌어도 멜로디로 들려서 참 좋아요."

"진짜 콩깍지네요. 그럼 결혼하세요. 그리고 결혼하시면 지금처럼 사랑하고 허물을 이해하며 모든 것을 죽이고 행복하게 잘사세요."

"네, 기사님. 안전운전 하시고 그리고 복 받으세요. 다음에 이 택시 또 탔으면 좋겠어요."

"네, 손님도 안녕히 가시고 또 만나요."

명랑쾌활한 손님 덕택에 기분이 좋다. 부디 그 콩깍지가 결혼하고 나서도 계속 떨어져 나가지 않기를!

오늘은 손님이 먼저 인사를 한다.

"기사아저씨, 택시운전을 한번 해볼까 하는데 어떻게 해야 택시운전을 할 수 있을까요?"

"아, 네. 그런데 왜 하필이면 택시운전을 하시려고 하나요? 택시운전 하지 마시고 될 수 있는 한 다른 것 하세요. 생각보다 쉽지 않거든요."

"아니요, 꼭 택시운전을 하고 싶어요. 제가요, 한때는 잘 나가는 은행지점장으로 근무하다가 정리해고 되어 10년을 놀고 있으니 나 자신도 문제지만, 마누라 자식까지도 '아빠는 언제까지 놀아요?' '아빠는 언제 돈 벌어 와요?'라고 묻는 거예요. 이런 말을 들을 때마다 억장이 무너져요. 정말 사는 꼴이 말이 아니에요. 스스로도 너무 추하고 불쌍하게 느껴지고요."

"네, 그러셨군요. 저도 손님 마음 이해합니다."

"옛날에 양복 입고 넥타이 매고 은행 다닐 때는 택시기사를 우습게

봤는데, 요즘은 제일 부러운 것이 택시기사님들이에요. 택시운전 할 수 있는 방법 좀 가르쳐 주세요. 10년을 놀면서 서울 근교 산은 다 가보고, 공원이란 공원도 다 가봐서 이젠 더 이상 갈 데가 없어요.”

“그래요, 그럼 내일 오전 10시까지 잠실 교통회관 1층 로비로 가보세요. 거기에 가시면 택시운전 시험 보러 온 사람들이 많이 있을 거예요. 그 사람들에게 물어보고 정보도 얻으면 도움이 될 겁니다.”

손님은 내일 꼭 가겠노라고 하시며 내 전화번호 좀 알려달라고 하신다. 언제 시간 봐서 술 한잔하자고. 난 말씀은 감사하지만 술은 못한다고 했다.

손님은 연거푸 감사하다는 말을 하며 꼭 택시면허 내서 다시 만나자며 환하게 웃으신다. 가시는 뒷모습이 힘차게 보인다.

네, 손님. 지금의 그 각오를 잊지 마시고 택시운전을 하게 되면 늘 안전하고 친절한 기사님이 돼 주세요!

젊은 친구가 아침 출근시간에 암사동에서 잠실역까지 가지고 한다. 수원 어느 대학에서 박사 과정 공부를 하는데 군대도 갔다 오고 여자 친구도 있다고 한다. 젊은 사람이 이야기를 참 잘도 한다.

“기사아저씨, 저는 어릴 때부터 돈 모으는 걸 취미로 여기며 살았어요. 부엌에서 설거지 해주고 엄마한테 5백 원 타고, 아빠 구두 닦아주면서 천 원씩도 타고, 설날에 세뱃돈 타면 한 푼도 안 쓰고 다 모았지요. 이다음에 커서 자동차 사야지 하며 돈을 모았어요. 그렇게 대학 갈 때까지 모은 돈이 꽤 돼요. 지금까지도 자동차는 안 사고 청약저축 가입하여 계속 저축하고 있어요. 그런 저를 보고 주위에서는 보통 놈이 아니라고 해요. 대학도 알바해서 번 돈으로 다녔어요.”

“듣고 보니 손님, 정말 보통 젊은이가 아니네요.”
“그런데 아저씨, 어느 날인가 아르바이트하랴 공부하랴 늘 정신없이 사는 저를 아버지가 부르시는 거예요. 그러고는 제 학비를 아버지가 무이자로 대출해 줄 테니 저더러 사인을 하라고 하시더라고요. 그래서 제가 ‘아버지, 정말 너무하십니다.’ 했더니 아버지가 허허 웃으시며 ‘너한테 돈 받기 위해 그러는 게 아니라 네게 절약정신을 키워주기 위해 그러는 거야. 네가 장가가서 자식을 낳고 살면 그 돈을 또 자식교육을 위해 쓰게 하려는 거란다.’ 하시는 거예요.”

“손님은 훌륭한 아버지를 두셨네요. 참 군대도 갔다 왔다 했지요?”
“네, 아저씨. 제가 건강하게 국방의 의무를 수행하고 제대한 지 얼마 안 됐을 때였어요. 이번에도 아버지가 저를 부르시면서 ‘우리 아들아, 술 한잔할까? 그래, 이왕이면 안주 좋은 데 가서 술 한잔하자. 어서 와!’ 하시는 거예요. 제가 군대를 갔다 오니 아버지가 이제야 저를 진짜 남자로 인정해 주시는 것 같아 엄청 기뻤어요. 그래서 어깨에 힘을 딱 주고 아버지 뒤를 따라 집 근처 술집으로 갔지요.”

"맞아요, 아들이 아버지의 인정을 받는 것만큼 기분 좋은 일도 없지요. 그래, 술집에서는 아버지와 무슨 얘기를 나누었나요?"

"아버지께서 앞으로 제가 사회인이 되어 살아갈 것들에 대해 충고해 주셨어요. '아들아, 사회인이 돼서 살아가려거든 많을 것을 배우고 이해하고 참고 살아가야 한단다. 주먹을 쥐고 설치면 상대에게 상처를 주지만, 두 손 모아 기도하면 상대도 좋고 너도 좋은 것을 얻고 모든 사람이 행복해지겠지. 언제나 생각하며 사는 사람이 되어라. 그럼 많은 사람이 너를 도와주고 이 아버지처럼 성공한 사람이 될 수 있을 거야.' 하시면서요. 저는 그때처럼 우리 아버지의 아들이라는 것이 자랑스러웠던 적이 없어요. 정말 가슴 깊숙이에서 존경과 감사의 마음이 생기더군요. 처음으로 아버지에게 감사하다는 인사를 하고 아버지 실망시키지 않게 열심히 살겠다고 약속드렸습니다."

"아, 손님이나 아버님이나 두 분 다 정말 훌륭하십니다. 듣고 있는 제가 다 흐뭇해지네요."

"고맙습니다, 기사아저씨. 저기서 세워주세요. 얘기 나누고 와서 즐거웠습니다. 안녕히 가세요."

"네, 손님도 안녕히 가시고 또 만나요."

씩씩하게 캠퍼스 쪽으로 성큼성큼 걸어가는 젊은 친구의 뒷모습이 눈부시다. 역시 남자는 군대를 갔다 와야 한다.

장안동에서 군자교를 지나 군자역에서 우회전을 할까 하는데, 사거리 건너 여자 손님이 택시를 기다리는 것 같다. 직진해서 택시를 옆에 살짝 대니 곧바로 타신다.

"어서 오십시오."

내가 평상시처럼 인사를 하니 여자 손님도 반가워하며 성남의 경원대까지 가자고 하신다.

"네, 손님. 그럼 골목에서 우회전하여 청담대교로 갑니다."

"그러세요, 전 길을 잘 모르니 기사님이 알아서 가세요."

나는 언제나 손님이 목적지를 말하면 가는 코스를 알려준다. "1코스가 있고 2코스가 있는데, 어디로 갈까요?" 그런 후 손님이 가자고 하는 코스대로 간다. 그럼 대부분의 손님들이 참 좋아한다. 택시기사 마음대로 안 가고 손님이 가자는 대로 가니까.

"손님은 결혼하셨나요?"

"어떨 것 같은데요, 기사님? 제가 아가씨 같아요, 아줌마 같아요? 몇 살이나 된 것 같은데요?"

"글쎄요, 한 26세 아니면 28세?"

"어머, 족집게시네요. 스물여덟 살이에요. 결혼은 아직 안했지만 애인은 있어요. 그런데 애인이 돈 욕심이 좀 많아서 한동안은 결혼을 할까 말까 망설였어요. 그렇지만 이제는 결혼하기로 마음을 굳혔어요."

"돈 욕심이 어떻게 많은데요?"

"요즘 텔레비전에서 떠들어대는 토마토저축은행 사건 있잖아요? 그 사건이 터지기 두 달 전에 애인이 장기저축이 만기돼서 돈을 수령했는데, 직원이 이자를 많이 줄 테니까 다시 저축하라고 하는 바람에 돈을 조금 더 불려서 집도 사고 결혼도 하자는 생각으로 다시 넣어뒀대요. 그런데 사건이 터지고 나니 예금자보호법 금액만 받고 나머지는 못 받는다는 거예요. 기사님도 뉴스에서 보셨지요? 모든 책임을 지고 저축은행 사장이 자살했다는?"

"네, 봤어요."

"제 애인은요 시골 부모님한테 꼬박꼬박 생활비 보내고, 야간수당 욕심에 야간근무까지 자청해서 하는 생활력 강한 사람이에요. 그런데 그러한 돈을 사기 당했으니, 하늘이 무너지고 땅이 꺼지고 머리에 지진이 난다는 거죠. 요즘은 오히려 제가 누나처럼 용기를 주고 있어요. 우리네 인생을 80까지로 본다면, 30세는 이제 인생 시작인 것이나 마찬가지니 지금부터 다시 열심히 살아가자고요. 이번 저축은행 사건을 교훈삼아 살아간다면 더 큰 보람이 있을 거라고요. 그랬더니 애인도 알겠다면서 저를 꼭 안아주더군요."

"아, 손님. 두 분 다 아주 건강하고 건전한 생각을 하며 살고 있네요. 그래요, 그런 생각이라면 꼭 오뚝이처럼 다시 일어나 성공한 삶을 살 수 있을 겁니다."

"감사합니다, 기사님. 벌써 다 왔네요. 그럼 저는 여기서 내릴게요.

행복한 하루 되세요."

"네, 손님도요."

　요즘 세상은 정이 너무 메말라 있고 양보라고는 없고 자기 자신만 생각하는 이기주위 세상이다. 정체성 없이 살아가는 사람들도 많은데, 이렇게 건전하고 열심히 사는 젊은이들도 있다는 사실에 한국의 미래가 밝다는 생각을 해본다. 나 역시 즐거운 마음으로 택시운전을 하며 더 많은 손님들에게 친절하게 대해야겠다고 다짐한다.

　어제 오늘 아주 기분 좋은 젊은이 둘을 만났다. 나이는 어려도 배울 점이 많다. 이런 이들이라면 분명 잘살 수 있을 것이다. 어떠한 어려운 일을 당해도 지혜롭게 헤쳐 나갈 테니까. 이들처럼 한국의 많은 젊은이들이 어른을 공경하고 옆 사람에게 양보하고 사랑을 베푸는 삶을 살았으면 좋겠다.

　금방 내린 여자 손님은 마음씨도 곱지만 얼굴도 예쁘다. 우리 며느리 했으면 좋겠다는 욕심이 생길 정도다. 그런데 아쉽게도 나에게는 아들이 없다.

2011. 10. 10.

오전시간에 동대문에서 45세의 여자 손님이 택시를 세우신다.

내가 평상시 하는 대로 "어서 오십시오!" 했더니, 손님이 살짝 웃으며 택시 문을 열고는 "나는 행복합니다~" 노래를 부르신다. 그러고는 OO대학으로 가자고 하신다.

"기사아저씨도 행복하시지요?"

"아~ 예!"

"기사아저씨 얼굴에 '나는 행복합니다'라고 쓰여 있어요. 행복하게 사는 사람은 작은 행복이 찾아와도 크게 생각하고 감사하며 살지만, 불행하게 사는 사람은 감사할 줄도 모르고 인상이나 쓰면서 불안하게 살아갑니다."

"네. 말씀을 참 잘하시네요. 혹시 교수님이신가요?"

그 말에는 대답 없이, 택시 타서 오늘처럼 기분 좋은 날은 처음이라며 이런저런 얘기를 하신다. 그러고는 대학교 정문으로 들어가자고 하시며 계단 앞에 세워달라고 하신다.

"기사아저씨, 잘 왔습니다."

"네, 손님. 칠천오백 원 나왔습니다."

"여기 만 원이요. 잔돈으로 커피 한 잔 하세요."

"감사합니다."

"기사아저씨, 앞으로도 어느 손님한테나 그렇게 즐겁고 친절하게 하세요. 그럼 엔도르핀이 팍팍 솟아오를 겁니다. 사실은 제가 이 대학 교수입니다. 오늘 오후 강의시간 때 택시기사 아저씨 얘기를 학생들한테 꼭 할 겁니다. 친절하고 행복하게 자신의 본분을 다하는 기사 아저씨 얘기를요."

이럴 때 택시운전 하는 것에 보람을 느끼게 된다. 네, 그래요. 교수님 말처럼 운전하는 날까지는 손님들한테 친절하게 하며 즐거운 마음으로 행복하게 달릴 거예요.

아침 일찍 가락시장으로 갔다. 저쪽에서 손님이 손을 흔드신다. 상자 두 개를 실으며 암사동으로 가자고 하신다.

"어서 오십시오."

"네, 감사합니다. 아침부터 기분이 좋네요."

"손님, 그 상자는 뭔가요?"

"아, 이거요? 동태예요. 한 상자씩 사면 가격도 싸고 맛도 좋아 퇴근하는 길에 마누라 갖다 주려고 좀 많이 샀어요."

"가락시장에서 일하시나 보지요?"

"네. 전동차로 배추, 무, 양파 등등 물건을 나르는 사람입니다."

"그러시군요. 나도 관심 있던 일인데, 그 일 하려면 어떻게 해야 하나요?"

"아무나 하는 것이 아니에요. 경력이 있어야 해요. 나는 35년 됐어요. 젊었을 때는 내가 원양어선 타고 오대양 육대주를 누비는 바다의 왕이었어요. 지금은 가락시장의 왕이랍니다. 이것도 요령이 있어야 하고 부지런해야 해요."

"물건 나르는 전동차는 얼마쯤 하나요?"

"750만 원에서 950만 원 정도 해요. 한 달 전기세는 5천 원 남짓이고요. 가락시장 각 상점마다 물건을 실어다 주는데 배추는 한 묶음에 200원, 무는 300원, 파는 100원으로 공시시가가 나와서 그대로 받고 운반해야 돼요. 요즘은 김장철이라 장사가 좀 돼요. 그런데요, 일거리가 없을 때는 전동차 동료들도 반값에 운반을 해요. 돈도 안 되고 몸만 병들어요."

"생각보다 쉽지 않은 일이군요."

"그렇지요. 동료들 중에는 경마를 좋아해서 전동차 팔아서 다 날리고 시장 빚만 가득한 친구도 있어요. 이제 그 친구한테는 배추 운반 주문도 없고 신용이 없어서 돈도 안 빌려줘요. 나처럼 이렇게 부지런히 해도 살까 말까 하는데, 정신 못 차린 친구죠. 나는 그동안 알뜰하게 일해서 아파트 하나 장만하고 행복하게 살아가고 있어요. 그렇지만 경기가 옛날 같지 않아서 참 살기가 힘드네요. 뭐니 뭐니 해도 신용이 제일 중요한 것 같아요. 가락시장 상인들이 35년 경력의 나를 인정하고 '30호 전동차아저씨, 빨리 우리 물건 갖다 줘요.' 하시며 주문이 쇄도할 때면 그 보람으로 살아간답니다."

"그것이 모두 손님이 열심히 살아오셨기 때문이겠지요."

"기사아저씨, 고마워요. 여기서 좌회전하다가 다시 우회전해서 직진하세요. 저기 저 아파트 201동 앞에 세워주시면 돼요. 짐이 많아서 여기까지 와서 미안해요."

"무슨 말씀을요, 손님. 이 택시는 골목을 좋아하는 택시입니다. 손
님이 편리하게 가시게요. 손님이 좋으시면 나 역시 행복합니다. 조심
히 가시고 다음에 또 만나요."

동태상자를 들고 집으로 들어가는 손님의 뒷모습에서, 참 열심히
살아가는 이 땅의 아버지의 모습을 본다.

새벽 두 시경 문정역 2번 출구에서 젊은 손님이 뛰어나오더니 택시
를 세운다.

"아저씨, 저는 대전에서 왔는데 차를 잘못 타서 종로에서 여기까지
왔어요. 서울역을 가야 하는데 걸어가려고요. 죄송하지만 어떻게 가
면 되는지 길 좀 알려주세요?"

"여기서 서울역은 엄청 멀어요. 일단 차에 타요."

"아니요, 돈이 이만 원밖에 없어서요."

"이만 원이라도 있어서 다행이네요. 어서 타요. 서울역까지는 한강
다리를 건너야 하는데 걸어서 갈 수 있는 거리가 아니에요."

"감사합니다, 기사아저씨. 그럼 서울역으로 가주세요. 아까 종로에
서 교수님과 저녁식사를 하고 대전을 가려고 식당주인 아주머니한테
서울역 가는 버스를 물어보고 탔는데, 가도 가도 서울역은 안 나오고
할 수 없이 내린 곳이 문정역이었어요."

"고생이 많았네요. 학생인가요?"

"네, 저는 대전에서 할아버지하고 살아요. 부모님은 안 계시고요."

손님의 말을 듣고 있자니 마음이 아프고 아들 같은 생각이 든다. 나는 아들은 없고 딸만 4명이다. 그래서 젊은 남자손님만 보면 아들처럼 잘해 주고 싶다.

청담대교를 지나 강변북로로 해서 서울역으로 향하는데 손님의 전화벨이 울린다. 선배인 듯한 사람과 통화를 하더니 전화기를 나에게 건네준다.

"기사님, 그 친구가 서울 길을 잘 모르니 하남시까지 좀 데려다 주시면 고맙겠네요. 우리 집에서 재우고 내일 대전 내려가라고 하려고요."

"네, 알겠습니다. 그렇게 하지요."

전화를 끊고 나니 걱정스럽다는 듯이 손님이 묻는다.

"하남시까지는 돈이 많이 나오나요?"

"걱정 말아요. 손님한테 이만 원밖에 없으니 더 나와도 이만 원만 받아야지요."

"아저씨, 감사하고 죄송합니다."

영동교를 지나 성수 사거리에서 유턴하여 천호대교를 지나 선배가 얘기한 하남시청 앞 건널목에 내려주니, 요금이 25,560원 나왔다.

"아저씨, 정말 고맙습니다. 서울 오면 아저씨 택시만 타고 싶네요. 대전 가서 서울 택시 친절하다고 꼭 자랑하고 다닐게요. 안녕히 가세요."

　연신 고개를 숙이며 인사하더니 손님이 택시에서 내린다.

　이럴 때는 손해를 봐도 기분이 좋고 보람을 느낀다. 내게도 이 젊은 이 같은 착실한 아들 하나 있으면 좋겠다.

　이른 아침에 75세의 할머니가 많은 짐을 가지고 퇴계원으로 가자고 하신다. 2만 원 주신다면서.

　서울에서 사시다가 경기도를 돌고 돌아 퇴계원에 정착해 옷가게를 하신다고 한다. 그러면서 장사를 하려면 나름대로 노하우가 있어야 하는데, 특히 동네장사는 서비스를 잘해야 한다고 하신다. 싸게 팔고 덤도 주고 내 집처럼 음식도 나눠 먹으며 상대에게 신의와 믿음을 줄 때, 장사도 잘된다는 것이다.

　"기사아저씨, 우리 가게는요 내 가게가 아니고 우리 집에 오는 손님들의 가게랍니다. 난 행복해요. 즐겁고 삶이 재미있어요. 우리 남편은 장애자인데 바로 그런 우리 남편 때문에 내가 이렇게 장사하며 즐겁게 살아갈 수 있지 않을까 생각해요. 그래서 난 남편한테도 감사하며 행복하게 살아가고 있어요. 장사란 욕심 부리지 않고 돈에 너무 집착하지 않고, 손님 먼저 생각하며 손해 본다는 마음으로 하면, 오히려 수입도 더 늘어나는 것 같아요. 오늘 좋은 기사아저씨 만나서 이야기하며 여기까지 잘 왔네요. 저기 저 아저씨가 우리 남편이에요."

　"네, 그러세요."

내가 얼른 짐을 내려드리면서 인사를 드렸다.

"건강하게 오래오래 사세요."

"기사아저씨, 아침식사 안 했으면 식사하고 가세요."

"말씀은 감사하지만 일하러 가야 하세요. 안녕히 계세요."

서울로 올라오면서 노래를 흥얼거린다. '꿈을 안고 왔단다. 내가 왔단다. 슬픔도 괴로움도 모두모두 비켜라. 안 되는 것 없단다. 노력하면은 쨍하고 해 뜰 날 돌아온단다.'

연세가 드셔서도 열심히 사시며 작은 것에도 행복해하시는 모습에서 많은 것을 배웠다. 나 또한 무척 행복하다.

강남 고속터미널에서 타신 손님이 혜화동 서울대병원으로 가자고 하신다.

"네, 어서 오십시오."

"네, 안녕하세요."

"손님은 어디서 오시나요?"

"충남에서 왔어요. 기사님이 참 활기차고 재미있네요. 기사님을 보니 옛날에 남부터미널에서 만났던 모범택시 기사님이 생각나네요. 하루는 남부터미널에서 내려 모범택시로 가서는 '아저씨, 인천으로 가려고 하는데 돈 3만 원에 좀 태워주시겠어요?' 했어요. 한참을 생각하다가 좋다고 하시기에, 모범택시에 몸을 싣고 인천으로 가면서 많은 이야기를 나누었지요."

"어떤 이야기들이었는데요?"

"그때 저는 남편과 사별하고 칠갑산에서 장사하며 혼자 살고 있을 때였거든요. 모범택시 기사님도 시골에서 서울로 와서 모범택시 하나 사서 열심히 살고 있다고 하더군요. 그러고는 서로 연락처를 주고받고 헤어졌어요."

"그게 끝인가요?"

"아니요. 며칠 있으니 그 기사님한테 전화가 왔어요. 칠갑산 갈 일이 있으니 한 번 만나는 게 어떻겠느냐고. 저 역시 좋다고 했죠. 우리는 가든에 가서 맛있는 것도 먹고 노래방도 가고 즐겁게 보냈어요. 기사님은 다시 서울로 올라가시고 나는 또 장사에 충실하며 열심히 살았지요. 그때부터 그 기사님과 서로를 존경하며 선을 넘지 않고 건전하게 사귀면서, 견우와 직녀처럼 몇 달에 한 번씩 만나게 되었어요. 안 보면 보고 싶고 기다려지고…. 그런데 한 해 두 해 지나면서 기사님에게 연락이 없는 거예요. 만날 때도 자기는 병이 있어 얼마 못 살 거라는 소리를 자주 했었거든요. 처음 그 소리를 들었을 때는 농담인 줄 알았는데 그렇게 연락이 끊기고 나니, 지금은 죽었나 보다 생각하며 살고 있어요."

"그런 애틋한 사연이 있었군요."

"네, 오늘 친절한 택시기사님을 만나게 되니 주책없게 그분 생각이 더 나네요. 살아만 있어도 좋으련만. 혹시라도 그 비슷한 모범택시 기사님을 만나게 되시면 칠갑산 아줌마가 애타게 기다리고 있다고 소식 좀 전해주세요. 아저씨, 얘기 들어주셔서 고마워요. 안전운전 하세요."

"네, 손님도요. 인연이 있으면 또 보겠지요. 안녕히 가세요."

2012. 01. 12.

선릉역에서 성남 상대원 시장으로 가시는 손님이 나에게 상담을 요청한다.

"네, 말씀해 보세요."

"기사아저씨, 난 이혼을 하고 10년을 혼자 살다가 재혼을 했는데, 완전히 잘못한 것 같아요."

"아, 왜요?"

"딸이 하나 있는데 우리 사랑하는 딸이 재혼하지 말고 둘이 같이 살자 해서, 그동안은 주변의 권유도 모두 뿌리치고 딸만 보고 살았거든요. 이제는 딸도 크고 주변에서 하도 재혼하라고 성화여서 직장언니 소개로 지금의 남편을 만나게 됐어요. 나이는 저보다 네 살 연하예요. 전남편과는 동갑인지라 재혼을 할 때는 나이가 좀 있는 사람과 하려고 했는데 이렇게 또 꼬이네요. 처음에는 나보다 나이가 네 살이나 어리니까 하는 짓마다 귀엽고 사랑스러워서 '그래, 이 사람이다!'

하고 친정식구들에게 소개한 후 작년에 결혼식을 올렸어요. 그때까지
만 해도 신접살림 차려 오순도순 행복하게 살 것만 같았지요. 그런데
기사아저씨, 이럴 수가 있어요? 제 꿈은 산산조각 나고 말았어요."

"무슨 일이 있었는데요?"
"허구한 날 술에다가 경마에다가, 결혼 전에는 가면을 쓰고 그렇게
잘하더니 결혼하고 나니까 그동안 숨겨왔던 본성을 하나둘씩 드러내
는 거예요. 그래도 저는 '이왕 결혼했으니 고쳐 가며 살자. 두 번째는
실수하면 안 돼지' 하며 마음을 다지며 열심히 살았건만, 이건 해도해
도 너무 해요. 한 달에 5, 6백만 원씩 남편이 쓴 카드 대금 결제하다
보니, 혼자 살 때 통장에 모아두었던 돈도 어느새 다 떨어져 가요."

"아니, 손님이 왜 남편 카드 대금을 결제합니까? 남편더러 갚으라
하지?"
"카드가 다 내 이름으로 되어 있는데다가 남편은 신용불량이라서
아무것도 못해요. 그것뿐이 아니에요. 술을 먹으면 입에 담을 수 없
는 욕을 하면서 어디서 전화가 오면 전화까지 일일이 확인해요. 의처
증까지 있는 거예요. 언젠가는 딸이 엄마 보고 싶다고 왔다가 그렇게
사는 것을 보고는 '엄마, 왜 이렇게 살아? 행복하게 사는 줄 알고 왔
는데. 이렇게 살려고 날 버리고 재혼했어? 응, 엄마!' 하면서 통곡을
하더라고요. 둘이 붙잡고 얼마나 울었는지 몰라요. 기사아저씨, 어떻
게 하면 좋을까요? 나는 시골 우리 부모님한테 욕 한마디 안 듣고 자
랐어요. 세상살이, 결혼살이는 마음대로 되는 것이 아닌가 봐요."

"많이 힘드시겠네요. 그런데 손님 첫 남편은 재혼했나요?"

"아니요, 시어머니하고 둘이서 살고 있어요."

"지금 남자하고는 혼인신고가 안 돼 있다고 했지요?"

"네, 혼인신고는 아직 안 했어요."

"잘하셨어요, 손님. 절대로 혼인신고 하지 마세요. 그리고 전남편 찾아가서 무릎 꿇고 비세요. 죽일 년 다시 와서 비오니 한 번만 용서해 주시면 당신을 위해 이 한 몸 다 바치겠노라고 하시며 감동을 주고 재결합하세요. 자식이 있으니까 받아줄 것 같은데, 모르겠네요. 부부 일이니까…. 지금 남편과는 살면 살수록 손님은 아마존 정글의 늪으로 빠져들고 말 거예요. 어두운 터널로 깊이깊이 들어가고 있어요. 더 깊이 들어가기 전에 지금 당장 때려치우고 정리해서 딸하고 살든가, 전남편을 찾아가든가 하세요. 내 생각으로는 전남편 찾아가서 딸하고 같이 사는 것이 오손도손 행복하지 않을까 싶네요."

"기사아저씨, 정말 고마워요. 좋은 말씀 많이 해주셔서요. 새겨들을게요."

"손님, 이 사랑의 쪽지를 줄 테니까 연락하세요. 여기에 제 이메일 주소 있으니까 세상이 힘들고 답답할 때 연락하세요. 아무리 바쁜 일이 있어도 이메일로 연락 오면 답장해 드릴게요. 나는 나이는 많아도 인터넷을 잘하는 신세대예요. 그럼 힘내시고 잘 가세요. 또 만나요."

성수동 구거리에서 남자손님이 천호동 암사역까지 가자고 하신다.

"어서 오십시오!"

"웃으면서 반겨주시니 기분이 참 좋네요, 기사아저씨. 요즘 기름값이 자고 나면 오르고 기침 한번 해도 오르고, 올라도 너무 올라서 살기가 힘드네요. 택시도 LPG값이 많이 올랐지요? 법인택시는 사납금 채우느라 고생이 많지요? 내 친구도 택시운전 하다가 다른 것 해야겠다고 하더라고요."

"네, 많이들 힘들어하지요. 손님은 어떤 일을 하시나요?"

"건설회사 기자재 납품업을 합니다. 대한민국 건설현장은 안 가본 데가 없어요. 그런데 기름값이 너무 올라서 힘들어요. 일하기는 재미있는데. 오를 때는 팍 오르고, 내릴 때는 찔끔찔끔 내리니 이게 말이 되나요. 참 먹고살기 힘들어요. 그렇지만 뭐 나만 힘들겠어요, 다들 힘들겠지요. 현실 흐름에 맞춰 살아가는 수밖에요."

"결혼은 하셨나요?"

"네, 결혼해서 딸 둘 키우고 있습니다. 참 기사아저씨, 저만큼 운 좋은 사람도 없을 거예요."

"무슨 말인가요?"

"제가 생각해도 천운을 타고난 것 같아요. 인천 사거리에서 차가 전복되는 사고를 당한 적이 있어요. 정신을 잃고 한참을 있다가 눈을 떠보니 내가 거꾸로 매달려 있는 거예요. 피가 얼굴로 뚝뚝 떨어지면서 소리를 질러도 나오지가 않고요. 주위에서 경찰관이 왔다 갔다 하면서 운전석 사람이 죽은 것 같다는 소리만 들리더군요. 다행히 119가 와서 병원으로 후송되었지만, 정말 죽었다고 한 사람이 살아서 이렇게 말짱하게 돌아다니고 있으니 기적이 따로 없지요."

"정말 운이 좋았네요."

"또 언젠가는 이런 일도 있었어요. 우리 가족을 태우고 서산바닷가에 다녀오는 길이었어요. 당진 4차선 도로를 신나게 달려 서울로 올라오는데 우리 가족이 탄 차가 전복되어 논에 거꾸로 처박힌 거예요. 나는 논으로 튕겨나가고, 다행히 우리 마누나와 자식들은 안전띠를 매고 있어서 하나도 다치질 않았어요. 놀란 가족들이 뛰어나와 나를 보고는 울고불고 난리가 났지요. 주위를 지나가던 차가 신고를 해서 경찰이 오고 119가 왔는데, 그런 와중에도 내가 다친 데가 없다는 것을 확인하고는 하나같이 믿을 수 없다는 듯 고개를 젓더라고요. 견인차가 논에서 전복된 우리 차를 끌어내고는, 차에도 이상이 없다고 하더군요. 경찰도 119도 견인차 기사도, 거기 있던 모든 사람들이 다 놀랐지요. 결국 우리 가족은 다시 내 차를 타고 서울로 왔답니다."

"햐, 정말 믿을 수 없는 일이네요."

"그렇지요. 그런데 기사아저씨, 교통사고를 몇 번씩 당하고 나니까 그때는 몰랐는데 귀도 약간 안 들리고 정신도 왔다 갔다 하는 것 같아요. 이제 35세인데 이대로 살다간 제대로 살 수 있을까 걱정도 되네요. 우리 마누라도 몸 관리 잘해야겠다면서 병원에 가보자 하지만 일이 바빠 병원에도 가지 못하고 있어요. 기사아저씨가 더 잘 아시겠지만, 운전은 나만 잘한다고 사고가 없는 게 아니잖아요. 아무튼 첫째도 안전, 둘째도 안전입니다. 어, 벌써 다 왔네요. 저기서 세워주세요."

"네, 손님. 앞으로도 좋은 운만 계속되기를 바랍니다. 또 만나요. 안녕히 가세요."

"네, 기사님도 안전운전 하세요."

2012. 01. 24.

선릉역에서 타신 손님이 상계역으로 가자고 하신다. 와, 장거리 손님이다.

"감사합니다, 편히 모시겠습니다."

"기사아저씨 사진을 보니까 왕년에 한 가닥 하셨을 것 같네요."

"그래 보이나요? 옛날에는 이름만 들어도 알 만한 건설회사 하청업을 20년 동안 했었지요. 그러다가 판단을 잘못하여 하루아침에 노숙자도 되어봤다가, 이제는 택시면허를 내서 이렇게 즐겁게 '나의 삶이 이것이구나!' 하면서 만족하며 살고 있어요."

"어쩐지, 기사님 포스가 남달랐어요. 그런데 내 친구들 흉 좀 봐야겠어요. 한번 들어보실래요?"

"네, 손님. 말씀해 보세요."

"한 명은 의대 나와서 세상물정 모르고 마누라 잘 만나 병원 개업해서 열심히 돈만 모으며 일밖에 모르고 산 친구고, 또 한 명은 고향

에서 무작정 상경하여 건설회사를 하는 친구예요. 버는 놈 따로 있고
먹는 놈 따로 있다고, 의사 친구가 노후자금으로 모아두었던 십오억
의 거금을 건설회사 하는 친구에게 투자를 했어요. 그런데 12년 만에
건설회사 친구가 부도를 내고 해외로 도망을 치는 바람에 투자한 금
액을 받을 수 없게 됐지요. 내가 보기에는 계획적으로 부도를 낸 것
같아요. 뉴질랜드에서 별장을 사서 호화호식하며 산다는 소문이 나
돌 정도니까요. 그런데도 이 바보 같은 의사 친구는 그 친구가 꼭 돌
아와서 자기 돈을 갚아 줄 거라 믿고 있어요. 어떻게 보면 불쌍해요.
그나마 병원에서 한 달에 이천오백만 원씩 수입이 들어오니까 그렇게
태평하게 사는 것 같기도 하고요. 사기는 원래 가까운 이웃이 친한
사람한테 치는 거잖아요. 모르는 사람한테는 절대 사기를 못 치지요.
이 세상은 왜 등치고 사기치고 폭행하고 거짓말해서 상대를 모략하는
사람들이 잘사는 걸까요?”

“아니요, 손님. 그런 사람들이 잘사는 것이 아니랍니다. 덕을 쌓아
야 덕을 받고 삽니다. 내가 못 받으면 자식이 받아요. 나도 딸만 넷인
데 딸들이 다 잘됐어요. 남이 알아주든 못 알아주든 웃으며 살 때 하
늘에서 복보따리가 내려와 베푸는 사람한테 나누어 주는 것이래요.”
“아, 좋은 말이네요. 구정에 기사아저씨 덕담 들으면서 편하게 왔
네요. 아저씨도 새해 복 많이 받으시고 행복하세요.”
“네, 손님도 행복하시고 건강하시고 또 만나요. 대지운수를 탔으니
돼지꿈 꾸세요!”

2012. 02. 04.

늦은 밤 마포역에서 한 여자 손님이 택시에 타지는 않고 묻기부터 한다.

"강남 개포 1단지 가세요?"

"손님, 묻지 말고 타세요. 이 택시는 손님이 원하는 곳으로 무조건 달리는 택시입니다."

"아, 고맙습니다. 며칠 전에도 이 자리에서 택시를 탔는데 방향이 안 맞는다고 내리라고 해서 기분 나빴던 적이 있었거든요. 그래서 미리 물어본 거예요."

"그러셨군요. 이 택시는 다릅니다. 승차거부가 없는 택시랍니다. 그런데 손님 같은 아가씨가 밤늦게 다니면 무섭지 않나요?"

"와, 기분 좋은데요. 기사아저씨가 아가씨라 불러주시니."

"그럼 아가씨가 아니에요? 모자를 써서 꼭 아가씨 같네요."

"몇 살이나 먹어 보여요?"

"30대 초반."

"아휴, 고마워라. 마흔세 살이에요. 딸 하나 아들 하나 있고요. 오늘은 마포 언니 집에 다녀오는 길이에요. 방금 헤어진 사람이 우리 언니예요."

"자매 우애가 좋나 보군요?"

"그건 그런데 우리 엄마 아빠한테는 불효자랍니다."

"왜요?"

"옛날에 우리 엄마가 길거리에서 노점을 하신 적이 있었어요. 저는 어린 마음에 창피하다고 그리 가지 않고 돌아서 피해 다녔어요. 우리 아빠는 친구와 동업을 했었는데, 그 친구가 재산을 다 가로채고 아빠 모르게 부도를 내고 도망을 갔어요. 술 좋아하고 친구 좋아하던 아빠는 결국 전 재산을 다 날리고 길거리로 가족을 데리고 쫓겨나는 신세가 됐지요. 그때부터 우리는 산꼭대기에 비닐하우스를 치고 살았는데, 아빠가 충격을 이기지 못하고 눈이 멀어 장님이 되신 거예요."

"손님이 어렸을 때 고생이 많았겠군요."

"저보다 엄마가 고생하셨죠. 그 무렵부터 엄마가 시장에서 도라지 사다가 껍데기를 벗겨 노상에서 팔기 시작했으니까요. 하루 만 원도 벌고 2만 원도 벌고. 그나마 단속이 나오면 장사도 못하고 공치는 날이 많았어요. 그렇지만 제게 인덕은 있었나 봐요. 제 친구 아빠가 침을 전문으로 하시는데 제 사정을 듣고는 아빠에게 몇 달 동안 침을 놔주신 거예요. 그 덕분에 조금씩 시력이 돌아와서 지금은 아빠 혼자서 다니실 수 있게 되었어요."

"정말 불행 중 다행이네요. 부모님은 어디 사시나요?"

"지금은 서산에 사세요. 엄마가 장사하시다가 교통사고로 다리와 허리를 다쳐 병원신세를 진 적이 있었어요. 그런데 아빠가 그동안 시골 가서 무엇을 했는지 돈을 벌어 오셔서 엄마 병원비도 계산하고 엄마 병간호하며 지내시다가, 아픈 엄마를 위해 서산 시골에 농가주택을 얻어 옮기셨는데 지금은 무척 행복하시대요."

"참 잘되셨네요."

"네, 저희 집이 가난하긴 했지만 그래도 아빠 엄마가 계시고 서로 사랑하니 어려움도 이겨 나갈 수 있었던 것 같아요. 저는 중학교도 돈이 없어서 엄마가 여기저기서 빌린 돈으로 겨우 졸업했거든요. 그 후로는 미싱 공장에 취직하여 낮에는 일하고 밤에는 영등포에 있는 직업야간고등학교에 다녔어요. 운 좋게도 쉬지 않고 열심히 일하고 공부한 덕분에 대학까지 졸업하고 좋은 직장도 얻을 수 있었어요. 물론 그때 우리 신랑을 만나서 지금껏 잘 살고 있고요. 역시 하늘은 스스로 돕는 자를 돕나 봐요. 어머, 말하다 보니 다 왔네요."

"네, 손님. 대지운수 사랑의 택시입니다. 돼지꿈 꾸시고 복 받으세요."

"기사아저씨, 대지란 이름이 참 좋아요."

"감사합니다, 안녕히 가세요. 또 만나요."

2012. 01. 06.

동서울터미널에서 부부 손님이 타시며 인천 가좌동까지 가자고 하신다.

남편이 동해에서 횟집을 한다면서 자기들을 소개하며 말을 꺼낸다.

"기사아저씨, 우리 부부의 영화 같은 이야기 좀 들어보실래요?"

"네, 그럼요. 말씀해 보세요."

"내가 총각 때 부잣집 딸과 연애한 끝에 겨우 승낙을 받아 결혼에 성공했었어요. 그런데 마누라가 춤바람이 나는 바람에 도저히 살 수가 없어 '에라, 모르겠다.' 하는 심정으로, 무작정 강릉행 기차를 타고 정동진으로 향했어요. 그곳에서 바닷가 방파제 파도소리를 들으며 몸을 던질 곳을 찾고 있는데, 여자 한 분이 어두운 방파제 위를 걷고 있는 거예요. '아니, 저 여자가 위험하게 이 시간에 방파제 위를 혼자 걷네. 하긴 나도 자살하려고 서울에서 온 사람인데 누가 누구를 걱정한담.' 하고 잊어버리려는데, 자꾸 걱정이 되는 거예요. 그래서 말이나 한 번 걸어보자 하고 뛰어가서는 이 시간에 여기서 뭘 하느냐고 물었지요. 그랬더니 이 사람이 '참견하지마세요. 죽으려고 안산에서 왔는데 왜 귀찮게 하는 거예요?'라고 쏘아붙이더니 물속으로 뛰어들려고 하더군요. 나는 본능적으로 이 사람을 붙잡았어요. 같은 처지라는 게 마음에 와 닿았거든요."

"아니 그럼 손님들은 그런 인연으로 만나게 된 거예요?"
"네. 나도 기사님과 똑같이 생각했지요. 이런 인연도 있나 보다 하고요. 이것은 우연의 일치가 아니라 준비된 인연이다 하면서요. 내가 먼저 이 사람에게 내 사연에 대해 이야기를 했어요. '나는 서울에서 왔어요. 마누라가 춤바람 나서 집을 나가버렸는데, 도저히 용서가 안 돼 가정 파산하고 혼자 자살하려고 여기까지 왔지요. 그런데 당신을 만났소. 우리 처지가 같은 것 같으니 이야기나 좀 해봅시다.' 그제야 이 사람도 마음을 풀고는 자기 얘기를 하더라고요."

"뭐라고 하시던가요?"
"남편이 너무 무능하여 여자인 이 사람이 사업을 하다가 부도를 내

게 됐는데, 빚이 너무 많아 도저히 견딜 수가 없어 도망쳐 왔다는 것
이었어요. 더욱이 돈을 가져다 쓴 친정아버지와 친정 식구들에게 미
안해서 살 수가 없는데, 남편은 지금까지도 경마에 빠져서 헤어 나오
지 못하고 있다는 거예요. 그래서 자살을 결심하고 이곳까지 왔다고
하더군요."

"정말 두 분이 예사롭지 않은 인연으로 얽혔군요."
"기사님이 생각하기에도 그렇지요? 나 또한 이것은 하늘이 정한 인
연이라고 생각했어요. 그래서 내가 먼저 이 사람에게 제의를 했죠.
'이것도 인연이니 우리 죽지 말고, 죽으려고 한 그 힘을 가지고 우리
둘이 한 몸 되어 새로운 삶을 시작해 보면 어떻겠느냐고요.'"

"사모님도 오케이 하셨군요?"
"네. 우리는 다른 데가 아닌 동해 바닷가에서 만났으니, 바로 이곳
을 삶의 터전 삼아 함께 살아보자고 약속했어요. 그리고 그 약속을
지켰지요. 여기서 횟집을 하는데 장사가 정말 잘돼요. 지금은 서로의
자식들을 모두 데리고 와서 공부시키며 부모 노릇도 하고 행복하게
살고 있답니다, 기사아저씨."

"와, 정말 잘되었네요. 이참에 나도 택시운전 때려치우고 당장 동
해바다로 가서 돌아다녀 봐야겠네요. 혹시라도 자살하려는 사람이 있
으면 사정 이야기하고 같이 살자고 하면서, 인생 좀 피워보게요."
내 우스갯소리에 나도 웃고 부부도 따라 웃는다.

“이야기하며 와서 언제 온 지도 모르게 빨리 왔네요. 기사아저씨, 언제 시간 되시면 묵호시장으로 오셔서 〈부부횟집〉을 찾아주세요. 돈 받지 않고 회 많이 드릴게요. 이렇게 즐겁게 속 애기 하는 것도 처음이네요. 그럼 건강하시고 운전 조심하세요.”

“네, 손님들도 안녕히 가시고 지금처럼 행복하세요.”

2012. 02. 17.

서대문에서 탄 젊은 손님이 세종문화회관까지 가자고 한다.

음악을 하는 청년 같다. 나는 사업을 수년간 해서 사람의 냄새만 맡아도 알 수 있다. 상대가 무엇을 하는 사람인지.

“손님, 음악 하세요?”

“네.”

“그렇군요. 오늘 이 사랑의 택시를 탔으니 사랑의 기를 받아서 앞으로 무슨 일이든 잘될 겁니다. 애인이 없는 사람은 애인이 생기고, 장사하는 사람은 장사가 잘되고요.”

“하하, 기사아저씨가 참 재미있으시네요. 애인 하니까 생각났는데, 한 가지만 물어볼게요. 3년 동안 사귄 애인이 있는데, 요즘 더 좋은 여자 친구가 나타났어요. 어떻게 하면 사귀던 애인과 헤어지고 지금 나타난 여자 친구랑 사귈 수 있을까요?”

내가 택시 뒷좌석을 쳐다보면서 말했다.

"그것은 안 되지요. 사귀던 애인이랑 헤어지면 천벌을 받지요. 어이, 젊은 손님. 좋은 사람의 기준을 어디에 두고 좋은 사람이라고 하는지요?"

"사귀던 애인보다 훨씬 좋은 여자처럼 느껴지거든요."

"그렇지만 손님이 말한 것처럼 좋은 여자, 좋은 사람이란 건 따로 없어요. 다 자기가 하기에 달린 거예요. 내가 좋으면 모든 사람이 다 좋아요. 사귀던 애인이 좀 부족한 것이 있으면 채워주고, 모자란 것이 있으면 더해 주고, 흠이 있으면 남자의 넓은 가슴으로 감싸주며 내 여자로 만들어서 살아가야 해요. 반대로 애인이 더 좋은 남자가 나타났다고 손님을 정리한다고 하면 손님 마음이 어떻겠어요? 손님은 그 생각은 안 해보셨나요? 그러니 사귀던 애인이 내 여자다 생각하고, 다른 여자 마음에 두지 말고 비교하지도 말고, 인생을 어지럽게 살지 마세요. 그럼 복 받아서 지금 애인하고 잘살 거예요."

"아저씨, 고마워요. 누구한테 말도 못하고 혼자 고민하다가, 오늘 사랑의 택시에 타서야 그 답을 얻었네요. 그래요, 애인에게 돌아가겠어요. 기사아저씨 말씀대로 그 여자가 그 여자고, 그놈이 그놈이에요. 선수 교체한다고 다른 것 있겠어요. 다 똑같겠지요. 이 택시 정말 바른길로 인도하는 사랑의 택시 맞네요."

"그렇게 말해 주니 내가 더 고맙네요. 다음에 또 타세요."

"네. 당장 택시에서 내려서 애인한테 문자부터 해야겠네요. 사랑한다고, 잠시 한눈 판 것 미안하다고. 아저씨, 앞으로는 절대 그런 일 없을 거라고 다짐하며 내립니다. 애인이랑 잘되면 잘되면 기사님 이메일로 연락할게요. 안전운전 하세요.”

“그래요, 손님도 안녕히 가세요.”

잠실 삼전동 사거리에서 손님이 타신다.

“양재동 교육문화회관 가시지요? 기사아저씨, 나는 시골에서 와서 완전히 촌놈이랍니다. 양재동 꽃시장에서 여의도역까지는 택시비가 얼마나 나오나요?”

“만오천 원 아니면 만육천 원 정도 나오지요. 왜요?”

“나는 서울 길을 몰라서 택시만 타고 다녀요. 다섯 분한테 물어봐도 똑같은 답을 하네요.”

“무슨 일이 있으셨나요?”

“어제 서울에 올라와 일을 보고 양재동 꽃시장에서 택시를 탔어요. 기사아저씨에게 여의도역까지 가서 친구를 태우고 다시 잠실까지 가야 한다고 말했어요. 고개를 끄덕이시며 그 기사아저씨가 ‘시내로 가면 많이 밀리니까 안 밀리는 데로 갈까요?’ 하고 묻는 거예요. 그래서 내가 ‘나는 모르니까 알아서 가주세요.’ 했더니 과천으로 해서 남태령을 넘어 사당으로 가더군요. 도착하니 요금이 사만오천 원 나왔더라고요. 나는 그러려니 했어요. 그런데 약속했던 친구가 나와 있지 않아서, 요금을 지불하고 택시에서 내렸지요. 조금 있으니 친구가 와서 다시 택시를 잡으려고 두리번거리고 있는데, 금방 타고 온 택시가 불법 유턴을 해서 우리 쪽으로 오는 거예요. 그래서 다시 타서 잠실 방이 사거리까지 가자고 했지요. 세상에, 이번에는 사만칠천 원이 나왔더군요.”

“쯧쯧, 손님이 바가지를 쓰셨군요.”
“나중에야 알았지만 이럴 수는 없는 것 아닌가요. 아무리 서울 길을 몰라도 요금이 너무 많이 나온 것 같아, 다음날 다른 택시기사님에게 물어보니 해도 해도 너무했다고 하더군요.”
“그러게요, 그러면 안 되는데…. 그렇지만 손님, 지금은 옛날과 달리 택시기사님들 수준이 높아졌어요. 택시운전 하기 전까지 신문사 총무에서부터 경찰관, 시의원 등등 그 출신과 경력들도 다양해졌고요. 그러니 택시기사들 얕잡아 보면 큰코다칩니다. 물론 기사님들 천 명 중 한 사람 정도는 인격 미달인 사람도 있어요. 손님은 어제 그 천 명 중 한 사람을 만난 것 같네요. 정말로 운이 없으셨어요. 그 잘못된 기사 대신 사과드립니다.”
“아니에요, 그렇게 말씀해 주시니 고맙네요. 기사님은 말씀도 참 잘하시네요. 손님들이 속 시원히 말할 수 있게 잘 들어주시고요. 잔돈은 됐습니다. 안녕히 가세요.”
“네, 손님도 안녕히 가세요.”

같은 기사로서 부끄러운 마음이 들어 이 글은 안 쓰려다가, 여러 사람이 읽고 같이 생각해 보기 위해 쓴다. 서울의 택시기사님들이 절대

다 그런 것은 아니다. 손님한테 물어보면 참 좋은 기사님들도 많다
고 한다. 손님을 태우고 돌고 돌아서 천 원, 이천 원 더 나왔다고 해
서 그것이 수입이 느는 것은 아니다. 손님을 빨리 목적지까지 모셔다
드리고, 다음 손님을 태워 달리는 것이 수입 면에서도 더 낫다. 천 명
중 한 명인 기사님이 새겨들어야 할 이야기다.

오늘은 금요일이다. 택시기사들끼리는 금요일을 불타는 금요일이
라고 한다. 토요일이 쉬는 날이기도 하지만 손님이 다른 날보다 많다
는 뜻이다.

혜화동 로터리에서 57세의 남자손님이 수유리 한일병원으로 가자
고 하신다.

"호주에서 생활하다가 몇 년 만에 서울에 왔어요. 어머니가 암으로
다섯 번째 수술을 받는다고 해서 지금 어머니한테 가는 길이에요. 기
사아저씨, 나는요 파란만장한 인생에 자수성가한 골치 아픈 남자랍
니다. 지금 잘 나가는 가수들 중에는 학교동창도 있고 친구들도 많아
요. 친구들은 노래하고 나는 드럼 치고 기타 치고 색소폰도 잘 불었
어요. 외국에서도 음악단장이어서 돈도 아주 잘 벌어요. 결혼을 몇
번씩 하는 바람에 배 다른 자식도 많고요. 그러다가 마지막으로 캐나
다에서 이혼하고 전 재산을 부인에게 준 채 빈손으로 한국에 돌아왔
어요."

“아, 그러셨군요. 손님도 고생 많았겠어요.”

“나는 고등학교 1학년 때부터 싹수가 없었어요. 잠실 주공아파트로 이사하는 날, 옆집 여고생이 너무 예뻐 꼬여내서는 그만 임신을 시키고 말았어요. 우리 아버지가 대령이었던 관계로 집이 무척 엄했어요. 새파랗게 어린 자식이 사고 친 것을 알게 된 아버지로서는 절대로 용서할 수 없는 일이었죠. ‘나는 이제 죽었구나.’ 하고 있는데 우리 어머니가 그때 돈으로 육천오백 원을 손에 쥐어주면서, 아버지한테 맞아 죽기 전에 얼른 도망치라고 했어요. 나는 울면서 임신한 여자애와 작은 보따리 하나씩 가지고 아무도 모르는 의정부 산곡동으로 가서 월세 방을 구했어요.”

손님이 감회가 새로운 듯 잠시 말을 멈췄다.
“그래서 어떻게 됐나요?”
“내가 아르바이트한 돈으로 근근이 생활해 나갔는데, 어느 날 일을 끝내고 돌아오니 여자 친구는 없고 여자애 아버지만 방에 계신 거예요. 그 집안도 잠실에서 알아주는 경찰집안이었거든요. 방문을 열고 들어가는 내게 하시는 첫 말씀이 딸을 집으로 데려가겠다는 것이었어요. 제가 당신 딸을 사랑하면 당신 말대로 해달라시면서요. 나는 속으로 잘됐다고 생각했어요. 사실 따지고 보면 이 모든 것이 임신 때문에 생겨난 일이고, 여자애가 없으면 공부도 계속할 수 있을 것 같았으니까요. 그래서 ‘네, 아버님 뜻에 따르겠습니다.’라고 대답했어요. 그리고 그때부터 공부를 열심히 해서 대학까지 들어갔지요. 그렇지만 집으로는 돌아갈 수가 없어, 외국으로 나가기로 하고 미국, 호주, 뉴질랜드, 캐나다까지 여러 나라를 돌아다니며 살다가 한국에 돌아온 것이에요.”

“그럼 그때 그 여자 분은 어떻게 됐나요?”
“글쎄, 잘 모르겠어요. 나이가 드니 한 번쯤은 보고 싶은데 마음뿐이지 어렵네요.”
“손님, 한일병원입니다. 어느덧 다 왔네요. 만오백 원 나왔습니다.”
손님이 오만 원짜리를 준다. 거스름돈을 드리려 하니 손사래를 치신다.
“기사님, 낙장불입입니다. 나는 한번 준 돈은 잔돈도 받지 않습니다. 됐어요. 여기까지 속 시원히 이야기하며 잘 왔어요. 수고하세요.”
“네, 감사합니다. 안녕히 가세요.”

이런 횡재가 있나. 오늘은 운수 좋은 날인가 보다.
기분이 좋아 다음 손님들한테 자랑을 했더니, 이게 웬일인가. 다음 손님들도 ‘나도 낙장불입! 잔돈 받지 않겠습니다.’ 하고 내리신다.
오늘 손님들이 주고 간 잔돈 수입이 꽤 짭짤하다. 날마다 오늘만 같으면 얼마나 좋으랴.
사람은 부지런해야 하고 공부를 해야 한다. 절대로 인생을 포기해서는 안 된다. 인생을 즐기며 웃음이 넘치는 삶을 살 때, 사는 게 보람 있어지고 에너지도 샘솟는다.

강남 고속터미널에서 할머니 한 분이 택시를 부르신다.

"기사아저씨, 강남 세브란스병원 가려고 하는데 여기서 유턴해서 가면 됩니까?"

"아니요, 유턴이 아니라 여기서 직진해야 세브란스 병원에 갑니다. 타세요."

"방금 저쪽에서 건너왔는데 방향이 영 헛갈리네. 나는 원주에서 왔어요. 에이, 나쁜 놈."

"아니, 누구한테 그러세요?"

"기사아저씨한테 그런 것 아니니 신경 쓰지 마세요."

"무슨 안 좋은 일이 있으셨어요?"

"오늘 아침에 원주에서 첫차 타고 서울 가려고 역까지 택시를 탔는데, 뱅뱅 돌아서 가서 첫차를 놓쳤어요. 그 바람에 병원 예약시간에 늦었네요. 나는 일주일에 한 번씩 서울에 와서 치료를 받는다오. 아침부터 영 기분이 나빠 있었는데, 서울 와서 아저씨 택시를 타니 기분전환이 되는구면. 나는 원주역 앞에서 구멍가게를 하면서 고시원을 하고 있어요."

"그러시군요. 장사는 잘 되나요?"

"서울에서 돈 많은 양반들이 와서 몇 십 억씩 들여 원룸, 투룸 등을 지어 사업하는 바람에 원주민들은 장사가 안 돼요. 그런 큰돈을 서울에다 투자하지 왜 원주까지 와서 그러나 모르겠어요. 결국 몇 년씩

하다가 거반 본전도 못 건지고 보따리 싸서 돌아갈 것을. 그 때문에
애꿎은 우리들만 멍들었어요. 그래도 기본 틀이 있으니까 상관은 없
지만요."

"남편 분도 계신가요?"
"네. 우리 남편은 장사를 하고, 나는 자식들 집을 왔다 갔다 하면서
치료받고 있어요. 사람은요, 젊어서는 물불 가리지 말고 뛰어야 해
요. 나 자신도 돌아볼 시간 없이 가족 위해 뛰었고, 남편 기 살리려고
웃음 속에 살았고, 자식들이 남들보다 뒤처지지 않도록 대학까지 졸
업시키고 결혼까지 시켰어요. 우리 두 부부만 원주에 있고 자식들은
서울에서 살아요. 이제 나이 저물어 75세가 되어 생각하니, 그동안
잘살아 왔구나 싶어지네요. 노인 되면 편하자고 젊어서 그렇게 고생
하고 사는 것이 바로 우리네 인생인가 봐요. 기사아저씨, 고마워요.
행복한 하루 보내세요."
"네, 손님도요. 또 만나요. 잘 가세요."

오후 6시경, 차고지가 아산병원 뒤에 있어서 주간 야간 교대하면
나는 곧바로 아산병원으로 간다. 한 손님이 뛰어오면서 '택시!' 하고
소리를 치신다.

"네, 어서 오세요."

"고맙소, 기사아저씨. 내가 좀 시끄러운 사람인데, 내 얘기 좀 들어봐요. 난 죽으려다가 제2의 인생을 덤으로 얻어 다시 살고 있어요. 하루는 몸이 이상하여 동네병원에 갔더니 큰 병원으로 가라고 하더군요. 아산병원으로 왔더니 혈관이 막혀 머리로 올라가면 바로 사망이라는 거예요. 그래서 정기적으로 한 달에 한 번씩 이상이 있나 없나 검진하기 위해 왔다 갔다 합니다. 내가 좀 수다스럽지요?"

"아닙니다, 밝고 좋으신데요."

"다행이네요. 그렇다면 기사아저씨, 이 기회에 우리 남편 흉 좀 봐야겠어요. 우리 남편은 물리학과 교수랍니다. 그런데요 내가 살기가 너무 힘들어요. 내 나이 이제 일흔 셋인데 지금 와서 이혼할 수도 없고, 뭐 할 수 있나요, 그냥그냥 살아야지요. 우리 남편은요 음식도 이것은 먹지마라, 손은 깨끗이 씻어라, 머리는 감았느냐, 칫솔질은 잘했느냐, 반찬에 조미료를 넣었느냐, 소금은 얼마를 넣어서 요리했느냐, 행주는 색깔이 왜 이러느냐 등등 결벽증 환자가 따로 없어요. 난 무려 48년을 이렇게 살아왔어요. 요즘 황혼 이혼도 많다고 하던데 이 참에 확 해버릴까도 생각해요. 남아 있는 인생이라도 내 인생을 찾아 살고 싶어요."

"네. 하지만 손님, 이혼은 하지마세요. 자제분들도 계신가요?"

"아들 둘에 딸 둘, 합이 4명이랍니다. 그러고 보니 기사아저씨에게 내 신세타령만 하고 있었네요."

"괜찮습니다, 손님. 계속하세요."

"인생 말년에 가까워질수록 남편이 싫어하든 말든 점점 상관하지 않게 됐어요. 우리 남편은 그렇게 물리학적으로 살아도, 나는 나대로 남편이 싫어하는 음식이라도 먹고 살아요. 지금도 먹고 싶은 것이 있어서 아산병원 지하식당에 가서 남편 몰래 먹고 가는 길이에요."

"남편께선 정말 모르시나요?"

"그럼요, 모르지요. 나는 언제나 허허 웃고 긍정적으로 살아요. 우리 남편처럼 물리학 교수라고 해서 다 결벽증이 있는 것은 아니에요. 모임에 한 번씩 나가 다른 교수 부인들에게 물어보면 안 그런대요. 우리 남편만 유별나게 그런 거예요. 이것 때문에 내가 덜렁이가 됐나 봐요. 부부는 서로 반대인 사람들이 만나 산다지 않아요. 부인이 건강이 안 좋으면 남편이 건강하고, 남편이 꼼꼼하면 부인이 덜렁거리고... 그래서 나는 스트레스를 줄이기 위해 사람들만 만나면 정신없이 떠들어대요. 주위에서 뭐라고 흉을 보든 상관하지 않아요. 이것이 내가 말이 많아지고 수다스러워진 이유랍니다."

"손님, 애인을 한 사람 사귀어 보세요?"

"뭐요? 애인을 사귀려면 나는 사망신고부터 해놓고 사귀어야 해요. 남편 성격이 또 사람 죽이고도 남거든요. 그냥 이대로 사는 게 낫겠어요. 나 내리면 기사아저씨 설렁하겠어요. 갑자기 조용해져서요. 저 건널목에 세워주세요. 잔돈은 됐고 안전운전하시고 잘 가세요."

"네, 손님도 행복하시고 또 만나요."

오늘은 초저녁부터 비가 온다. 겨울을 보내고 봄을 맞이하려는 듯 적당하게 비가 내린다. 나는 비오는 날에는 기분이 좋다.

새벽 두 시에 한 손님이 비를 맞고 서서 택시를 잡으려고 손을 흔들고 있다. 뒤에서 보니 택시 두세 대가 연속해서 손님 있는 곳에 섰다가는 그냥 가버린다. 아마도 경기도 손님 같다. 승차거부당하는 모습에 마음이 불편해진다.

'오늘은 사거리 신호가 왜 이렇게 빨리 안 떨어지지. 저 손님은 무조건 내 손님이다. 내가 모신다.'

신호가 바뀌었다. 대지운수 택시가 앞의 손님을 향해 힘차게 달리다가 정확하게 멈춰 섰다.

"손님, 타세요."

"아니, 기사아저씨. 어디 가냐고 묻지도 않고 타라고부터 하시는 거예요?"

"네, 이 택시는 사랑의 택시니 묻지 말고 타세요. 승차거부가 없는 택시랍니다. 사랑의 택시를 탔으니 이제 사랑의 기를 받으실 거예요. 어디까지 모실까요?"

"정말 감사합니다. 비가 와서 옷이 젖어 미안하고요. 인천 가좌동까지 갑시다."

"알겠습니다. 그럼 강변북로로 가서 올림픽도로로 해서 양화대교 남단 토끼굴로 해서 경인고속도로로 갑니다."

"네네, 기사아저씨가 참 친절하시고 재미있네요."

"고맙습니다. 그런데 손님은 이 시간에 비 맞고 왜 거기서 계셨나요?"

"역삼역에서 약혼자 혼자 집에 보낼 수가 없어 집까지 데려다주고 저쪽 골목길에서부터 택시를 잡았는데, 다들 할증시간이라서 인천은 안 간다는 거예요. 도대체 장거리인데도 왜 안가는 거지요?"

"네, 손님. 12시부터 4시까지가 할증시간인데 그때는 다들 지방은 안 가려고 합니다. LPG값이 너무 오르다 보니 서울로 돌아올 때 빈 차로 오면 오히려 손해기 때문이죠."

"기사아저씨는 그럼 왜 어디 가냐고 묻지도 않고 태우시나요?"

"그야 뭐, 내가 안 가면 손님은 계속해서 비를 맞고 서 있을 거 아 니에요. 그래서 내가 모시고 가는 겁니다."

"아니, 이렇게 고마울 데가. 정말 감사합니다, 기사아저씨."

"별말씀을요, 손님. 내가 해야 할 일을 할 뿐인걸요."

"기사아저씨도 밤에 운전하시다 보면 별별 사람을 다 만나시겠어요?"

"그럼요. 며칠 전에는 방이동 먹자골목에서 서초동 고급아파트 정 문까지 간 적이 있어요. 술에 취한 손님이 내리시면서 요금 만오천 원에 만 원짜리 일곱 장을 더 주시는 거예요. 그러고는 '마담, 잘 먹었 어. 마담 안녕. 다음에 또 올게.' 하시며 손을 흔들고는 택시 문을 닫 고 비틀비틀 가시더라고요. 나를 술집마담으로 생각한 거지요. 그래 서 나도 고개를 숙이며 정중하게 인사를 했답니다."

"뭐라고 하셨는데요?"

"감사합니다, 손님. 다음에 또 술 드시고 저의 택시 대지운수를 애용해 주세요."

"하하, 기사아저씨 정말로 재밌네요. 덕분에 잘 왔습니다. 안녕히 가세요."

"네, 손님도 좋은 일 많이 생기시고 늘 행복하세요. 또 만나요."

고대병원에서 면목역까지 가신 손님이다.

"기사아저씨, 인생이 너무 허무하네요."

"왜요, 손님? 누가 아픈가요?"

"후배 나이 이제 42세인데 간경화래요. 다른 사람 간을 이식받지 못하면 5월 8일에 죽는대요. 세상에, 죽는 날짜까지 나왔어요. 눈물이 나네요."

그런데 후배도 후배지만 손님한테는 꼭 찾아야할 사람이 있다고 하신다.

"기사아저씨, 고향이 어디세요? 저 밑의 지방 말을 많이 쓰시네요."

"네, 고흥입니다."

"그럼 녹동 아시겠네요?"

"고흥 녹동이지요."

"맞아요. 근데 녹동에는 가슴 아픈 사연이 있어요. 어떻게 해서든 꼭 만나고 싶은 사람들이 있는데 당최 그 사람들을 찾을 수가 없어요. 대체 어떻게 하면 찾을 수 있을까요? 둘 다 전남 녹동에서 태어난 사람들인데, 한 사람은 정상모이고 또 한 사람은 박종호라고 해요. 무척 보고 싶어요. 기사아저씨도 같은 고향이니 신경 좀 써주세요. 몇 년 전에는 KBS방송국 사람 찾는 코너에도 나가보았는데 결국 못 찾았어요. 내 명함을 드릴게요.”

“손님이 정말 그리워하시는 분들인가 봅니다.”

“네. 이렇게 보고 싶은 사람들은 여태껏 없었지요. 꼭 한 번 만나서 이야기 좀 하면서 살아가고 싶어요. 성남에서 가구공장도 하고 옛날에는 잘나가던 사람들이에요. 나중에는 부도 맞아 쫄딱 망해서 시골서 산다는 이야기를 들었어요. 그때 찾아간다는 것이 생활이 바빠 하루 이틀 미루다 보니 그만 연락이 끊겨 버렸네요. 기사아저씨, 꼭 좀 부탁드려요. 손님들 중에 고향이 녹두이신 분들에게는 꼭 좀 물어봐 주세요. 찾는 사람은 박흥식입니다. 누군가 기억하시거든 꼭 연락주세요. 그럼 후사하겠습니다. 나는 진천에 삽니다.”

“좋은 곳에 사시네요. 살아 진천 죽어 용인이라고 했는데. 알겠습니다, 손님. 저도 힘닿는 대로 손님들께 물어보겠습니다. 혹시라도 알고 있는 분이 계시면 꼭 연락드리겠습니다. 걱정 말고 기다리세요.”

“감사합니다, 기사아저씨. 내려야겠네요. 그럼 소식 기다릴게요. 조심히 가세요.”

“네, 손님도 안녕히 가시고 오늘 또한 사랑의 택시를 이용해 주셔서 감사합니다.”

장지동에서 손님이 "택시!" 하신다.

"네, 어서 오십시오. 어디까지 모실까요?"

"암사동으로 갑시다. 기사아저씨, 왜 남자들은 이렇게 살아야 하나요? 내 나이 내일모래 곧 환갑인데 열심히 돈 벌어 가족 위해 한평생 살아왔건만, 갈수록 마누라 눈치 자식 눈치 보면서 사는 것이 내 설 자리가 자꾸만 작아져요. 우리 마누라는 내가 무슨 돈 버는 기계인 줄 알아요. 집만 나가면 돈 벌어오는 줄 알고 손을 내밀어요. 지금도 수금하러 왔다가 거래처 사장님들하고 술만 먹고 가네요. 나는 전기 공사를 하는 사람인데 인부들 노임도 줘야죠, 자재 값도 지불해야죠, 돈 나갈 데는 많은데 수금은 잘 안 돼요. 그런데 속도 모르고 우리 마누라는 돈 왜 안 가지고 오느냐고 야단이고…. 기사아저씨도 나하고 나이가 비슷한 것 같은데 정말 옛날이 더 좋았어요."

"손님은 고향이 어디신가요?"

"나는 강원도 철원이에요. 어렸을 때는 쌀이 없어서 동네에서 배급한 옥수수가루로 죽을 쑤어 먹고, 밀가루로 개떡해서 형제들끼리 서로 돌려가며 먹었어요. 산에 가서 소나무 껍질 벗겨다가 껍질 속 흰 것만 모아 죽 쑤어 먹거나 생것으로 그냥 먹기도 했지요. 기사님도 기억나지요? 봄에 찔레꽃나무에 움싹이 나오면 보들보들한 부분만 똑 끊어서 가시는 살짝 떼어내고 줄기만 먹었잖아요. 나는 산나물도 먹을 수 있는 건지 없는 건지 움싹만 보고도 알 수 있어요. 그렇게 형제들끼리 아빠엄마 부르며 살던 정든 옛날 생각이 많이 나네요. 이렇게 힘들 땐 더 그래요. 기사아저씨도 그때 그 시절 아시지요?”

“그럼요, 나는 전남 고흥이 고향인데 손님처럼 나도 그렇게 하고 살았어요.”

“지금은 어떠세요? 행복하신가요?”

“네, 행복합니다.”

“그렇게 대답하시니 부럽네요.”

“손님, 행복이란 돈을 주고도 못 사요. 어디서 빌릴 수도 없어요. 행복은 순전히 자기 스스로가 만들어 가는 것이지요.”

“맞는 말씀이네요, 기사님. 우리가 자랄 때만 해도 아버님이나 형님이 무슨 말을 하면 그것이 하늘의 명인 줄 알고 ‘네, 알겠습니다!’ 했었는데, 지금 자식들은 영 아니에요. 며칠 전 어버이날에는 나 혼자 철원 부모님 산소에 가서 한참을 울다가 왔어요. 집에 돌아와 아들놈에게 내가 뭘 좀 시키니, 군대까지 갔다 온 녀석이 ‘아이, 씨’ 하는 거예요. 내가 하도 어이가 없어서 ‘이놈의 자식이 어디서 아버지한테 아이 씨 하는 거야?’ 하면서 주먹으로 닥치는 대로 때렸지요. 그제야 다시는 그렇게 함부로 말하지 않겠다면서 한 번만 용서해 달라고 합디다. 옛날 같으면 어디서 그렇게 말을 해요. 요즘 젊은 사람들은 어른 공경을 모르고, 부모들도 자식교육을 잘못하고 있어요. 무조건 내 자식이 최고다, 내 새끼기가 제일이다 하고 끼고 도니까 어른부모도 몰라보고 말도 함부로 하잖아요. 나는 자식들 교육만큼은 제대로 한다고 생각했는데 쉽지 않네요.”

그때 전화가 온다. 사모님 같다.

"응, 알았어. 암사시장 횟집으로 나와. 나 택시 타고 가는데 금방 도착해."

"지금 전화하신 분이 사모님이세요?"

"네, 그런데 큰일이네요. 오늘도 수금해서 돈 가지고 온 줄 알고 있는데…. 이 속타는 마음을 누가 알아줄까요. 그렇지만 우리 마누라가 바가지는 잘 긁어도 나를 생각해 주는 것만큼은 최고예요. 그러니까 살지요. 마누라가 회를 아주 좋아해요. 암사동 단골 횟집에서 회 먹으면서 이야기 좀 하려고요. 요즘 남자들이 이렇게 살아요. 어느덧 다 왔네요. 기사아저씨, 저기 건널목 신호등에서 세워주세요. 그럼 안녕히 가세요."

"네, 손님도 안녕히 가시고 또 만나요. 즐거웠어요."

2012. 05. 14.

마천동 작은 동네병원 앞에서 나이 많은 할머니와 아들같이 보이는 남자가 택시에 타신다.

"기사아저씨, 죄송하지만 우리 어머님인데 몸이 많이 편찮으세요. 여기서 조금 가다가 유턴해서 반대 방향으로?"

"네, 그럼요. 천천히 타세요."

남자 손님의 얼굴을 봤다. 매우 행복하고 평온해 보인다. 아들은 앞에 타고 할머니는 뒤에 타셔서 계속 아들 자랑을 하신다. 목적지 근처까지 와서 골목골목까지 들어가 차를 세웠다. 아들이 어머님을 집에 모셔다 드리고 나올 테니, 차 돌려놓고 잠시 기다려 달라고 한다. 그러고는 요금도 안 주고 가신다. 경험상 이렇게 하고 도망간 사람들이 꽤 많다. 그래도 난 아드님을 믿었다. 저렇게 나이 많은 어머님에게 효도하는 손님이 설마 도망을 갈까.

‘도망가려면 가세요. 나도 좋은 일 좀 할게요’ 하며 10분 기다리다가 안 오면 그냥 가려고 하는데, 손님이 바로 나오신다.

"기사아저씨, 고마워요."

"뭐가요?"

"믿고 기다려 주셔서요."

"그럼요, 기다려야지요. 나이 많고 몸이 불편한 어머님한테 그렇게 효도를 하시는데 나도 그 정도는 해야죠. 방금 내리신 분이 어머님 맞죠?"

"네, 나는 기구한 운명을 타고난 사람 같아요. 내 위로 큰형님이 계시고 누나가 또 있어요. 방금 전에는 어머님이 계셔서 말을 못했는데, 우리 큰형님은 정말 해도 너무해요. 우리 엄마 내가 우리 집에서 모시고 싶은데도 못 모시게 해요. 그래서 불쌍한 우리 엄마 혼자 사세요."

"왜요? 큰형님이 모시고 살면 되잖아요?"

"큰형님이 술주정뱅이라 못 모셔요. 술만 먹으면 엄마 집, 우리 집에 와서 개판을 쳐요. 아무리 형이라도 그런 모습을 마누라나 아이들에게 보여주고 싶지는 않아요. 내 형제의 허물은 가족 모르게 나 혼자만 알고 덮고 싶어요. 그런데 우리 큰형님 아들딸들은 정말 착해요. 며칠 전에는 큰형님 딸인 경숙이가 결혼을 하는데 뭐라도 도움을 주고 싶어, 형님에게 내가 5백만 원을 경숙이에게 주겠다고 했어요. 그랬더니 '동생, 고마워. 그런데 그 돈은 아빠인 내가 직접 줘야 되지 않겠어?' 하시는 거예요. 술만 안 드시면 정신도 말짱하시거든요. '형님 하시는 말씀이 맞네요. 그렇게 하세요.' 하고 형님에게 돈을 주었어요. 그런데 나중에 알고 보니 조카 결혼비용으로 쓰지 않고 노름판에 가서 화투를 해서 그 돈을 다 날려버렸더라고요."

"아이고, 저걸 어째….

"기사아저씨, 내가 보기에는 좀 바보스럽게 생겼지요? 바보스럽게 생겼어도 돈은 잘 들어와요. 바보스럽고 좀 멍청해 보이면 돈이 '그래, 여기가 우리 집이야!' 하고 찾아 들어오는 것 같아요. 어머님과 형님만 내 돈 지켜주셨으면 돈 꽤 많이 모았을걸요. 그래도 형님인데 어떡해요. 조카 통장으로 3백만 원 송금하고 결혼식은 잘 치렀어요. 조카들이 아빠 탓하지 않고 바르게 살아줘서 고마워요. 작은아빠인 내가 아빠 역할을 하고 살아요. 조카들 대학도 보내고 결혼도 시키고, 내가 다 했어요. 그래도 우리 엄마는 큰형님이 그렇게 살아도 자식이니까 어쩔 수 없나 봐요. 죽으나 사나 큰아들밖에 모르세요. 그래도 난 90세인 우리 어머님이 살아계셔서 곁에 계신 것이 참 좋아요. 그러나 형님은 빨리 죽는 것이 여러 사람 돕는 일이라고 생각해요. 그럼 어머님 좀 우리 집에 모시고 와서 살고 싶어요."

“지금이라도 집에 모시고 가면 되지 않아요?”

“아니요, 기사아저씨가 몰라서 그렇게 말하지요. 어머님이 우리 집이 계시면 큰형님이 곤드레만드레 취해 우리 집에 와서는 살림이고 뭐고 닥치는 대로 부셔요. 우리 동네 이웃집들이 다 알 정도예요. ‘어, 저 집 술주정뱅이 아들이 또 왔구먼.’ 그래요.”

“정말 골치 아프시겠어요. 그렇지만 손님, 손님이 어머님한테 잘하시니 손님은 몰라도 자식들은 꼭 복을 받고 살 거예요.”

“감사합니다, 아저씨.”

“내가 더 고마워요, 손님. 효자손님을 모셔서 행복했어요. 계속 어머님한테 잘하시고 사세요. 형님은 운명으로 받아들이고, 손님이 복 받기 위해 그러한 형님을 곁에 주셨나 보다 생각하고 사세요. 기운 내시고요.”

“네, 기사아저씨 덕담 들으니까 기운이 번쩍 나는데요. 믿고 기다려 주셨으니 이천 원 더 드릴게요. 운전 조심하고 안녕히 가세요.”

그러고는 택시 문을 얌전히 닫고 내리신다. 손님의 뒷모습이 여느 때보다 행복해 보인다.

2012. 05. 11.

수유사거리 버스 승강장에서 빈 택시들이 미아역 방향으로 줄줄이 가고 있다. 손님 한 분이 제일 뒤에서 가고 있던 내 택시를 세운다.

"네, 감사합니다. 어서 오십시오."

"철산역 쪽으로 가주세요."

"광명시 철산역이오?"

"네, 일단 가주세요. 전화해서 정확한 주소를 물어볼게요."

곧 전화벨이 울린다. 그러고는 전화기 속에서 남자의 목소리가 들려온다.

"기사아저씨, 광명시 우체국 사거리로 내비게이션 맞추셔서 우리 여자 친구 잘 태워서 오세요."

손님의 남자 친구인가 보다. 내가 전화를 끊고 뒷좌석의 손님에게 말한다.

"아까 빈 택시들이 그리도 많이 지나갔는데 이 사랑의 택시에 타주셔서 감사합니다."

"사랑의 택시가 뭐예요?"

내가 설명을 해드리니 손님이 고개를 끄덕인다.

"그래요, 제가 정말 잘 탄 거네요. 기사아저씨도 친절하시고. 좀 멀리 가는데 좋은 택시 타서 저도 좋네요."

"방금 전화한 분 남자 친구 맞지요?"

"네, 군 장교예요. 약혼자이기도 하고요. 장교라서 그런지 카리스마가 있어요. 서로 무척 사랑하고 의지를 많이 해요."

"약혼자는 집이 어디예요?"

“가평이에요. 그런데 나는 군 생활을 계속했으면 하는데 약혼자는 제대를 하려고 해요. 장교라서 애들 교육문제도 그렇고 부식문제도 그렇고, 군에 있으면 안정적인 생활을 할 수 있는데도, 꼭 하고 싶은 일이 있다고 제대를 하려고 하네요.”

“저런, 절대 제대하지 말고 20년은 군대에 있다가 제대하라고 하세요. 그럼 국민연금에 노후가 보장되잖아요. 손님은 얼굴도 예쁘고 목소리도 복 있는 목소리네요.”

“정말요? 기사아저씨가 기분 좋은 말씀만 하시네요. 그런데요 남자들은 왜 여자한테 자꾸 기대려고만 하죠? 저를 꼭 엄마처럼 누나처럼 의지하고 어리광을 부려요. 그래서 저는 어디 가서도 기죽지 말라고 약혼자 몰래 호주머니에 돈도 20~30만 원 정도 넣고 편지도 함께 써서 넣어놔요.”

“착하시네요. 지금처럼 죽 베풀며 사세요. 그러면 약혼자도 감동을 받아요.”

“네.”

“손님은 척 보니 부지런하겠어요.”

“그런 편이에요. 집에 있을 때는 가만히 안 있어요. 청소도 하고 요리도 하고.”

“성공한 남자 뒤에는 언제나 훌륭한 내조의 부인이 있다고 하잖아요. 손님이 딱 그러네요.”

“감사합니다, 아저씨. 양가 상견례도 했는데 양쪽 집안이 다 좋아해요.”

"손님, 결혼하기 전에 몇 가지만 더 테스트해 보고 결정하세요."

"무엇을 더 테스트해야 되나요?"

"먼저 약혼자에게 술을 먹여보세요. 술주정이 있나 확인해야 해요. 또 어른을 공경할 줄 알아야 되고 입이 무거워야 하며 행동이 경솔하지 않고 남자다워야 해요. 그리고 잘 삐치면 안 되고 혹 잘 삐치더라도 금방 풀어져야 해요. 절대 오래가면 안 돼요."

"그렇다면 제 약혼자는 합격이에요."

"오늘 또한 사랑의 택시를 탔으니 사랑의 기를 받아 더 잘되겠네요. 아이쿠, 광명시에 들어오니까 신호등이 다 파란불이네요. 택시가 사거리를 지날 때 계속해서 파란불이면, 손님의 인생길도 파란불만 들어와서 계속 직진할 수 있다는 신호예요. 잘사실 것 같아요. 말씀도 잘하고 젊은 사람이 부지런하기까지 하고."

"전 언제나 제가 조금 더 손해 본다는 마음으로 살려고 노력해요. 그럼 모든 것이 편해지고 좋아지더라고요. 그래서 약혼자 같은 좋은 사람이 나타난 것인지도 모르겠어요. 아저씨, 저기 서 있는 사람이 약혼자예요. 그 앞에 세워주세요. 기사아저씨 덕분에 기분 좋게 잘 왔어요. 고맙습니다. 안녕히 가세요."

"네, 손님. 수유역에서 다음에 또 만나요. 그리고 결혼해서 잘사세요, 행복하게요. 그리고 내가 쓴 『사랑의 택시 인생극장』 책이 나오면 사서 보세요."

"꼭 사서 볼게요. 오늘 한 내 이야기도 들어 있으면 몇 권 사서 친구들한테도 돌릴게요. 나 이 택시 탔다고 자랑도 하고요.”

“참, 사랑의 메시지도 받아가세요. 집에 가서 읽어보세요. 이메일 주소도 적혀 있으니 결혼해서 자식 낳고 잘사시거든 이메일로 꼭 연락하세요. 그럼 잘 가세요, 또 만나요.”

2012. 05. 22.

저녁 무렵 강남고속터미널에 손님을 내려드렸다. 난 택시운전을 하면서 다른 택시 뒤에는 절대로 차를 안 댄다. 손님이 내린 틈을 타 돈 계산을 하고 있는데 58세의 아저씨가 운행하느냐고 묻는다.

“네. 그럼요. 타세요.”

“기사아저씨, 난 논산에서 일하고 있는데 시골사람들이 더 무섭네요. 내 고향도 논산이어서 공사 좀 해달라는 부탁에 두 말 없이 오케이하고 고향 가서 일하다가, 서울에 있는 가족이 보고 싶어 오는 길이에요. 난 목수랍니다. 인테리어공사를 전문으로 하지요. 시골서 초등학교밖에 못 나와 무작정 상경하여, 봉천동 봉천시장 골목에 자리 잡고 기술 하나만 배워 가정을 이뤘어요. 사랑하는 딸 두 명에다 마누라까지, 지금은 무척 행복해요.”

“그러시군요. 그런데 논산에서 무슨 일이 있었나요?”

“하루는 초등학교 여자 동창이 논산에 공사가 있다고 좀 도와달라는 전화를 했어요. 나는 첫마디에 ‘그래, 내가 해줄게.’ 하며 다음날

논산으로 가 도면을 보고 계약을 했지요. 서울의 아는 기술자들에게
부탁해, 3일 후에 함께 내려가 공사를 시작했어요. 그런데 그때부터
서울사람들을 이용하는 거예요. 처음 공사를 부탁했던 여자 동창이
나름대로는 논산에서 거물급인지라 그 친구 말만 듣기로 했는데, 오
히려 믿었던 그 친구가 고향사람들과 한통속이 되어 나를 속여먹지
않겠어요. 나는 인테리어 공사만 40년을 해왔기 때문에 속이는 것을
다 알고 있었지요. 이것저것 꾹 참으면서 나중에는 나도 고향에 내려
와 노후를 보내야 하니까, 내가 좀 손해 본다는 생각으로 공사를 진
행했어요. 그래도 너무 속이 상하더군요. 누구에게 말도 못하고. 그
런데 내가 왜 택시기사님한테 이런 이야기를 다 할까요?"

"믿었던 사람들이기에 더 많이 힘드셨나 봅니다."
"난 나이 먹으면 다른 데 안 가고 고향으로 가서 옛 친구들 벗 삼아
행복하게 사는 게 꿈이었는데, 고향도 이제는 옛날 같지 않아요. 타
지역 사람들이 많이 와서 마을을 이루고 살아요. 그래도 어쩝니까.
배운 것 없고 기술은 목수기술뿐이고, 고향사람들이 그나마 내 기술
을 인정해 주니 고향 와서 살아야지요. 나는 가방끈은 짧지만 성공한
사람이라고 스스로 자랑하고 싶어요. 주변을 둘러보면 복권에 당첨돼
친구도 몰라보고 흥청망청 진흙탕 인생을 사는 친구도 있고, 인테리
어공사 해서 돈 좀 벌었다고 으스대며 사람 구실 못하는 친구에, 경
마해서 돈 좀 배당받았다고 순간에 도취되어 마누라 자식 다 버리고
다른 여자한테 돈 쓰며 살다가 다 탕진하고는 오갈 데 없어진 친구까
지, 그런 친구들을 보면 동정하는 것도 아까워요. 그 사람들에 비하

면 난 성공했다고 생각해요. 내가 목수일 해서 사랑하는 딸들 유학까지 보내주었고, 그 덕분에 딸들이 다 잘됐어요. 게다가 부모라면 끔찍이 여기고요.”

“그동안 정말 손님이 열심히 일하셨나 봅니다. 이젠 딸들 보시면서 보람을 느끼시겠어요.”

“네, 맞아요. 딸들이 참 착해요. 작은딸 한 달 수입이 500~600만 원 정도예요. 그렇지만 나는 딸들한테 그래요. 아빠와 엄마는 우리가 알아서 살 테니까 너희들은 너희들이 알아서 살라고요. 월급도 아빠 엄마 주지 말고 통장 만들어서 스스로 관리하고 몸 고생, 마음고생, 돈 고생 하지 않을 정도로만 살라고요. 기사아저씨, 책을 낸다고 하시니 우리 딸들 얘기도 책에 실어주세요. 내 자식들이라고 해서 함부로 매질하면 안 돼요. 자식의 자존심을 상하게 하는 말은 하지 않으면서 자식을 키워야 해요. 그렇게 용기를 살려줘야 해요. 그래야 잘 돼요.”

“내가 본 손님은 손도 크고 덩치도 크지만 마음이 제일 큰 것 같네요.”

“고맙습니다.”

“자식한테는 존경 받고, 친구들한테는 겸손하고, 마누라한테는 믿음을 주는 사람이야말로 진정으로 성공한 사람이지요. 손님이야말로 그런 분이라고 칭찬해 드리고 싶네요. 정말 행복해 보이세요.”

“네, 기사님도 행복해 보이십니다. 공부를 많이 했어도, 초등학교

밖에 못 나왔어도 내가 가족과 더불어 어떻게 사느냐가 제일 중요하지요."

"맞습니다, 손님. 이 세상은 불평불만 하지 않고 열심히 살면 됩니다. 그것이 곧 성공이고 행복이지요."

"기사님 덕분에 편하게 왔습니다. 늘 안전운전 하시고 지금처럼 행복하세요."

"네, 손님도요. 안녕히 가세요. 또 만나요."

2012. 06. 11.

우면동에서 부녀로 보이는 손님이 타신다.

"아저씨, 양재동 전철역까지 가주세요."

"네, 감사합니다. 잘 모시겠습니다."

"기사아저씨가 친절하셔서 기분이 좋네요. 양재동 전철역까지가 아니라 인천까지도 갈 수 있나요?"

"그럼요, 이 택시는 승차거부가 없는 사랑의 택시랍니다."

"그럼 인천까지 갑시다."

"네. 손님은 집이 인천이세요?"

"아니요, 난 한국에 집이 없어요."

아, 이분은 한국 사람은 한국 사람인데 지금은 외국에서 사는 분인가 보구나.

"고등학교 때 짝꿍인 친구가 인천에서 소아과병원을 하고 있다고 해서, 한국 온 김에 그 친구 좀 만나보려고 딸과 함께 가는 길이에요.
기사아저씨를 잘 만나는 바람에 바로 인천으로 가게 돼서 고맙네요.”

“외국에서 사시나 봅니다.”

“네. 나는요 한국에서 대기업 간부로 근무하다가 우연한 기회에 나
이지리아란 나라로 이민을 가게 됐어요. 그런데 나이지리아는 지금도
전기도 없고 대중교통도 없어서 살기에는 불편하지만, 그래도 그럭저
럭 살 만해요. 물론 한국보다는 못하지만요. 우리나라 한국, 참 좋아
요. 사람 많고 대중교통 잘돼 있고 편리하죠.

“네, 저도 외국서 살다 오신 손님들한테 그런 얘기 자주 듣습니다.”

“처음 나이지리아에 갔을 때는 한국에서 정리하고 온 작은 돈 가지
고 돈을 더 벌려고 눈에 불을 켜고 일했어요. 이리 뛰고 저리 뛰고, 부
족한 머리 굴려가며 열심히 살았건만 돌아오는 건 아무것도 없고 모
두가 적자더군요. 마음을 다시 잡고 이러면 안 되겠다 싶어 돈을 버는
방법을 다르게 생각해 보기로 했죠. 나를 위해 가족을 위해 쓰지 말
고, 많은 사람들을 위해 봉사하며 함께 나누며 살아보자고요. 그렇게
내가 사는 마을에 투자하고 몸이 불편한 사람들을 위해 썼더니, 어느
새 사는 것이 즐겁고 행복해지는 거예요. 욕심 버리고 마음을 비우고
즐기며 사니, 돈도 자연스럽게 들어와서 금전적인 여유까지 생기더군
요. 그래서 이번에 사랑하는 딸하고 한국에 오게 됐어요.”

“저도 손님과 똑같은 인생철학을 갖고 있습니다.”

"네, 기사아저씨. 절대로 자기 것만 욕심내서 살면 안 돼요. 남을 위해 베풀며 살다 보면 언젠가는 반드시 좋은 일이 옵니다."

"맞습니다, 손님."

"나는 지금 나이지리아에서 살지만 우리 가족 모두 행복해요. 한국 사람들은 부지런하고 성실하기 때문에 외국에서도 대부분 잘살 수 있어요. 기사아저씨, 나이가 많은 것에 제약받지 마세요. 60세 이상 된 한국 아저씨도 나이지리아에서 우물만 파고 다니며 살아도 돼요. 나이지리아에는 물이 없어요. 해서 우물 파는 기술자가 인기가 제일 좋고 돈도 제일 많이 벌어요. 우물 파는 사람들은 다른 나라 사람들도 있지만 한국 사람의 머리는 못 따라간대요. 한 번 보면 열을 알고 한 번 측량하고 파면 물이 나온다는 거예요. 그래서 나이지리아 사람들이 한국 사람들을 좋아해요. 어, 벌써 다 온 것 같군요. 아침도 안 먹고 왔더니 배가 고프네요. 여기 내려주세요. 우리 딸과 밥 좀 먹고 긴장 좀 풀고 친구 만나야겠어요. 기사아저씨. 고마워요. 잘 왔어요."

"네, 감사합니다. 고국에서 행복한 시간 보내시고 다시 또 만나요."

"네, 인연이 있으면 또 만나겠지요. 기사님도 안녕히 가세요."

2012. 06. 26.

남산기사식당 돈가스 집에서 점심을 먹고 힐튼호텔로 들어갔다. 30세 정도 돼 보이는 남자 손님이 타신다.

"어서 오십시오."

“이곳은 평상시에 택시가 많은 곳인데 오늘은 빈 택시가 별로 없
네요.”

“아, 네. 어디로 모실까요?”

“방이 사거리에서 좌회전하면 방이시장 못미처 건널목이 있는데,
거기에서 세워주세요.”

“알겠습니다. 손님은 목적지를 무척 자세히도 설명해 주시네요.”

“기사아저씨, 저는 외국에서 공부하다가 한국 와서 호텔에 근무하
고 있는데 오늘은 민방위훈련이 있어 일찍 집에 가는 길이에요. 택시
를 기다리면서 외국 사람들부터 먼저 택시 태워 보내고 맨 나중에 택
시를 탔는데, 기분 좋은 기사아저씨를 만났네요.”

“손님은 직업상 외국 사람들을 많이 만나시겠군요?”

“네. 저는 외국에 있을 때도 그랬고 지금 한국에 살면서도, 내 나라
에 온 외국 사람들 먼저 배려해요. 지금요, 우리 한국이 관광기회예
요. 몇 년 전만 해도 일본 사람, 중국 사람들은 한국 대신 사이판이나
괌으로 관광을 갔잖아요. 그런데 언제부터인가 그 사람들이 한국을
찾고 있어요. 이럴 때 잘해야 돼요. 장사하는 사람들도 외국 관광객
들에게 바가지 씌우지 말고, 택시기사님들도 부당한 요금은 청구하지
말아야 해요. 처음 한국에 온 외국 사람들한테 좋은 이미지를 심어줘
야 하잖아요. 그래야 기억에 남고 마음에 두어 자기들 나라 가서 한
국 자랑을 하죠.”

“손님 말이 맞습니다. 지금이 기회예요.”

"그런데요 종종 외국 사람들에게 안 좋은 얘기를 듣곤 해요. 며칠 전에는 인천공항에서 택시를 타고 남산 힐튼호텔로 가자고 했더니, 한강다리를 무려 네 개나 건너서 가더래요. 문제는 그 외국 사람들이 한국에 처음 온 사람들이 아니라는 거죠. 그분들이 택시요금 영수증을 보여주면서 '이러면 안 되지요? 한국에 올 때마다 한강다리 하나만 건너면 남산까지 오는데, 왜 네 개씩 건너다니며 옵니까? 하는 거예요. 할 수 없이 우리 호텔 차원에서 요금을 지불해 줬어요. 절대 그러면 안 됩니다. 저는 호텔에 근무하면서 너무 부끄럽고 미안하단 생각으로 몸 둘 바를 모르겠어요. 그래서 저부터라도 외국 사람들을 먼저 배려하려고 노력하고 있지요."

내가 손님의 말에 고개를 끄덕였다. 한국에도 이렇게 바른 마음으로 나라를 걱정하는 젊은이가 있다고 생각하니 절로 기분이 좋아진다.

"손님, 나도 택시운전을 하면서 외국 사람들한테는 더 친절하려고 노력해요. 내리실 때는 꼭 웃으면서 '아일 러뷰 유!' 하고 인사하고요. 그러면 즐거워하며 팁을 주시기도 하고 잔돈을 받지 않고 내리시기도 하죠. 나 역시 절대 한국의 이미지를 나쁘게 하지 않아요."

"기사아저씨는 말씀 안 하셔도 그럴 분 같네요. 외국에서 살아본 적이 있는 사람들은 다 알 거예요. 우리나라 대한민국이 얼마나 살기 좋은 나라인지. 그러니까 일본과 중국은 물론이고 여러 나라 사람들이 앞다투어 한국을 찾는 것 아니겠어요. 이럴 때 장사하는 사람, 공무원, 택시기사, 호텔직원 할 것 없이 한마음으로 다 잘해야 해요. 지금이 한국이 잘살 수 있는 기회예요. 외국 사람들한테 잘해야 우리나라도 잘 살 수 있어요."

"네, 손님. 내가 택시를 운전하고 다니면서도 오늘처럼 젊은 손님 때문에 기분 좋았던 날도 없네요. 조국을 위해 희생하고 봉사하려는 마음가짐이 정말 훌륭해요."

나는 흐뭇한 표정으로 뒷좌석의 손님을 쳐다보았다.

복이 있게 생기셨다. 복은 하늘에서 저절로 떨어지는 것이 아니다. 복 받을 만한 일을 해야 복이 들어온다. 저 손님은 복 받을 만한 행동을 한다. 오늘처럼 이러한 손님만 모시면 정말 행복하겠다.

"감사합니다, 기사아저씨. 아, 저기서 세워주세요. 그럼 안전운전하시고 안녕히 가세요."

"손님도 잘 가시고 잘 사세요. 나도 택시운전하며 외국 사람한테 더 베풀며 살게요. 젊은이 덕에 오늘 많은 걸 생각하고 배웠어요. 우리 또 만나요."

당당하게 걸어가는 젊은이의 뒷모습에서 우리나라의 밝은 미래를 본다. 자랑스럽고 고맙다.

손님, 부디 하는 일마다 잘되기를 빕니다!

2012. 06. 28.

서초동에서 한 손님이 반대 방향 건널목에서 건너와 묻는다.

"운행하시죠?"

"그럼요, 어서 오십시오."

"아차산으로 가주세요."

"네. 집이 아차산이세요?"

"아니요, 그곳에 남편이 있어서 하루에 한 번씩 갑니다. 우리 남편은 장애자예요. 옛날에는 고급 공무원이었지만요. 남편 얘기 하려니 또 눈물부터 나네요. 기사아저씨도 운전 조심하세요. 운전은 한순간이랍니다. 교통사고로 남편이 하루아침에 장애자가 되었거든요. 건강하고 자상하던 가장이 갑자기 이렇게 되니까, 한동안 정신을 잃고 서로 자포자기하며 살았답니다."

"저런, 불행한 일을 겪으셨군요."

"네, 그렇지만 이젠 괜찮아요. 다시 정신 가다듬고 한 가정의 남편과 아빠, 아내와 엄마의 위치에 충실하기로 약속하고, 모든 것 다 비운 채로 잘살고 있으니까요. 그런데 기사아저씨, 사람은 살면서 고속도로도 달리고 지방도로도 달리며 살잖아요. 아저씨는 어떤 도로가 더 좋은가요?"

"글쎄요, 두 도로 다 장단점이 있겠지요. 손님은 어떤데요?"

"저는 고속도로를 달릴 때면 긴장이 되고 온몸이 굳어져서 자유롭지가 못해요. 앞만 보고 달려야 해서 마음의 여유도 없고요. 어느 정

도 가다가 휴게소에 들러 차를 세우고 내리려 해도, 온몸이 뻣뻣해진
통에 밖으로 잘 나가지도 못하겠어요. 그렇지만 지방도로를 달릴 때
면 꼬불꼬불하긴 해도, 음악 틀어놓고 경치 구경하며 여유롭게 운전
할 수 있어 참 좋아요. 물 좋고 산세 좋은 곳에 잠시 차 세워놓고 다
람쥐도 구경하고 아름다운 단풍도 보면서 집에서 준비해간 커피도 한
잔 마시고요."

"네."

"기사아저씨, 저는 몇 년째 택시를 타고 다녔는데, 남편이야기를
한 것은 처음이에요. 아저씨께서 말을 잘 들어주셔서 그랬나 봐요.
말하고 나니 속이 좀 풀리네요."

"다행이네요, 손님. 그렇지 않아도 요즘 내가 책을 쓰고 있어요. 지
금 세상은 너무 힘들잖아요. 그래서 택시운전만 할 것이 아니라 손님
들이 하는 말을 모아 책으로 내서, 힘들게 사는 사람들에게 조그마한
위안이라도 주고 싶어서요."

"책을 쓰신다니 참 멋지시네요. 그러면 아저씨, 저는 여기서 내려
주시고 잠시 이곳 좀 둘러보고 가세요. 책 쓰시는 데 도움이 될 거예
요. 여기는 장애자 협회 학교예요. 한번 둘러보시면 많은 것을 느끼
실 거예요. 어제까지만 해도 건강하게 잘살 던 사람이 하룻밤 새 장
애인이 되어 말도 못하고 침대에 누워 있으니, 당사자는 물론이고 그
가족들까지 너무 안됐답니다. 그런 사람들을 위해 봉사하실 마음이
있다면 봉사를 하셔도 좋고요."

"네, 손님. 한번 둘러볼게요."

"그럼 안녕히 가세요. 언제나 양보하고 신호 잘 지키시는 것 잊지 마시고요. 정말 불행은 한순간이랍니다."

"네, 명심할게요. 손님도 안녕히 가세요. 힘내시고요."

2012. 07. 26.

며칠 전이었다.

나는 보통 교대시간이 되어 회사로 들어갈 때, LPG주유소에 들러 주유하면서 세차를 한다. 간단해서 좋기 때문이다.

그날도 어김없이 세차를 하고 있는데 뒷좌석에 지갑이 하나 떨어져 있다.

'아니, 이것이 무엇일까?'

확인해 보니 남자 분 주민등록증과 자동차면허증, 여자 분 주민등록증과 자동차면허증, 그리고 여러 종류의 신용카드가 열 장이 넘게 들어 있다. 주인이 얼마나 애타게 찾고 있을까 생각하니 지체할 수가 없다.

그냥 회사에 반납하거나 우체통에 넣을까 하다가 주인한테 직접 전하는 것이 좋을 듯해, 회사 가는 길에 있는 송파 지구대로 갔다.

"택시에서 주웠으니 주인 찾아 돌려주세요." 하고 지구대에 신고자 핸드폰 전화번호를 적어 놓고 왔다. 그런데 금방 주인한테서 전화가 왔다.

"아~ 기사님, 정말 감사합니다. 너무 중요한 것을 잃어버려서 어떻게 할 줄 모르고 있었는데 지구대에서 연락이 와서 가보니, 어느 택시기사님이 꼭 주인 찾아 돌려주라면서 지갑을 맡겨놓고 가셨다는 거예요. 이렇게 고마울 수가 없습니다. 정말 감사합니다."

다음다음 날이었다.

배차실에서 불러서 조합사무실로 갔더니 지갑 주인에게서 소포가 와 있다. 당연히 해야 할 일을 했는데도 사례의 선물을 받고 나니 무척 감동적이다. 고마운 마음에 내가 전화를 걸어 감사의 뜻을 전했다.

지갑을 분실한 사람은 성수1가에 위치한 〈리체부부치과〉 원장님이셨다. 나보고 치아에 이상이 생기거든 꼭 당신 치과에 들러 달라고 하신다. 치료를 잘 해주시겠다면서.

지갑에서 주민등록증을 확인했을 때 원장님 얼굴이 무척 미남이었다. 게다가 이렇게 친절하기까지 하시니 〈리체부부치과〉는 꼭 잘될 거라고 믿는다.

오늘따라 택시운전을 하는 것이 무척 보람 있고 자랑스럽게 느껴진다.

택시에 물건을 두고 내렸을 때 쉽게 찾는 방법

1. 요금을 카드로 결제할 것

카드로 결제하면 카드 회사에 결제 기록이 남기 때문에 카드회사 콜센터로 문의하면 자신이 탔던 택시를 찾을 수 있다. 결제 후 영수증을 받는 습관을 들이는 것도 좋다. 영수증에는 택시 사업자의 전화번호가 기재돼 있어 물건을 빨리 찾을 수 있다.

2. 다산콜센터(☎120)에 전화하기

차량번호를 안다면 콜센터에서 차량을 조회해 연락처를 알려준다. 모른다면 '대중교통 통합분실물센터'에 물건이 등록됐는지 확인해준다.

3. '카드 선승인제' 이용하기

택시 출발 전 단말기에 카드를 태그해 미리 승인 받는 '카드 선승인제'를 이용하면 카드회사에 기록이 남아 바로 조회할 수 있을 뿐만 아니라 차량 정보도 기록되는 만큼 택시기사가 물건을 자진 반납할 가능성이 크다.

4. 브랜드 콜택시 이용하기

브랜드 콜택시 이용 시에는 물건을 두고 내린 사실을 안 즉시 콜센터로 전화해 내가 탔던 택시를 찾을 수 있다.

올 10월은 정말 기억하고 싶은 달이다. 나에게는 최고로 행복하고 기쁜 일이 생긴 것이다.

아침 출근시간대에 한 손님이 여의도역에서 광화문 사거리로 가자고 하신다.

내가 웃으면서 평상시처럼 큰소리로 손님을 맞이했다.

"택시 잡느라고 고생 많으셨습니다. 어서 오십시오, 손님!"

"와, 기사아저씨. 제가 택시 타고 출근하는 날이 많은데 아저씨처럼 친절한 택시기사님은 처음이네요."

"별 말씀을요. 손님은 출근하시는 길이군요?"

"네, 저는 신문기자예요. 기사아저씨, 전화번호 좀 가르쳐 주세요. 친절택시로 취재 좀 해야겠네요."

"아이고, 고맙습니다. 그런데 손님, 손님은 신문기자시니 뭘 하나 물어봐도 될까요?"

"그럼요. 말씀하세요."

"나는 사업을 하다가 잘못되어 10년을 놀다가 택시운전을 하게 됐어요. 나는 가능한 한 손님들과 대화를 많이 하려고 노력하는데, 손님들마다 살아온 인생이야기들이 하나같이 재밌고 감동적이더라고요. 그래서 대화 내용들을 메모해 두었다가 틈틈이 컴퓨터에 저장해 놓고 있어요. 손님들의 인생얘기들을 모아 한 권으로 책으로 내면 참 좋을 것 같아서요. 그런데 나는 글 쓰는 사람이 아니라서 내가 쓴 글들을 잘 다듬어서 출간할 수 있는 출판사를 찾고 있는데, 기자님이 혹시 알고 있는 출판사가 있으면 소개 좀 해주실 수 있을까요?”

“기사아저씨, 컴퓨터 잘하신다면서요? 그럼 인터넷에 들어가서서 ‘도서출판 행복에너지’라고 검색해 보세요. 클릭해서 출판사 홈페이지에 들어가 자세한 사항을 살펴보시고, 출판사 대표님하고 직접 상담해 보세요. 그래야지 중요한 자료가 헛되지 않습니다.”

“아, 좋은 정보 주셔서 감사합니다. 오늘 당장 찾아봐야겠네요.”

손님을 광화문에 내려드리고 근무를 끝마치는 대로 집에 들어와 컴퓨터 앞에 앉았다. 떨리는 마음으로 기자 손님이 알려준 대로 ‘도서출판 행복에너지’를 검색하여 출판사 홈페이지로 들어갔다. 그러고는 당장에 행복에너지 권선복 대표님께 인터넷 상담을 신청했다.

다음날 10시경 권 대표님께 전화가 왔다. 나는 손님이 계시니 손님 모셔다 드리는 대로 내가 다시 전화하겠다고 했다. 무척 반갑고 기뻐서 가락시장 건너편에 손님을 내려드리자마자 바로 전화를 했다. 그랬더니 정말 좋으신 출판사 대표님이시다. 전화요금이 많이 나온다고 나보고 끊으라고 하신다. 당신이 다시 전화하겠다면서.

‘그래, 이렇게 양심 있고 상대를 배려하는 대표님과 거래하면 믿을 수 있겠구나.’ 싶어 마음 정하고 기다리고 있는데 전화가 금방 왔다. 책을 만들게 된 동기와 여러 가지 이야기를 나누고, 좀 더 구체적인 애기는 만나서 다시 하기로 했다. 직접 만나고 나니 정말로 신뢰가 가는 분이다. 이러한 분이 대표로 계신 출판사에 부탁하면 후회하지 않을 것 같아, 그동안 써놓은 자료들을 넘겨드렸다. 그렇게 해서 나는 도서출판 행복에너지에서 『사랑의 택시 인생극장』이란 책을 만들고 있다.

나는 무척 운이 좋은 사람 같다. 이렇게 좋은 출판사 대표님을 만나서 책을 만들고 있으니. 이전에도 여러 출판사에 문의하고 문을 두드렸지만 번번이 거절당하거나 연락이 아예 오지 않는 터였다. 정말 기쁘고 행복하다. 택시운전을 시작하면서부터 품어왔던 나의 책 만드는 꿈을 믿을 만한 출판사와 함께할 수 있어서.

이제는 유명한 작가나 저명인사만 책을 낼 수 있는 시대가 아니다. 나처럼 택시운전을 하는 사람도 장사를 하는 사람도, 자신의 진심을 담아 글을 쓰고 노력하면 누구나 작가가 될 수 있다. 책을 내고 싶은 사람이 있다면 나와 같이 믿을 만한 출판사와 상담하여 꼭 그 꿈을 이루시기 바란다.

2012. 10. 24.
양재동에서 타신 손님이 봉천동 고개까지 가자고 하신다.
"네, 어서 오십시오."
"어서 오십시오 하시는 첫마디가 무척 기분 좋고 상쾌하네요, 기사 아저씨."
"감사합니다."

그때 나에게 문자가 온다. 우리 마누라는 오전 8시면 어김없이 문자를 한다.

〈여보, 오늘도 안전운전 하시고 즐거운 하루 되세요. ♥♥♥〉

그러면 내가 다시 답 문자를 보낸다.

〈네, 부인. 고맙고 감사합니다. 지금 봉천동 가는 길이오. 사당 사거리쯤 왔소. 안전운전 하겠소. 사랑합니다. ♣♣♣〉

문자를 다 보내고 나니 옆에서 보고 있던 손님이 물어보신다.

"와, 사모님이랑 문자하시는 거예요? 서로 문자를 주고받는 부부사이가 정말 부럽네요."

"우리는 나이가 먹었어도 그렇게 산답니다. 부부라도 서로 인격을 존중해 주고 말과 행동도 조심하며 살고 있지요."

"저도 한때는 그렇게 행복하게 살았지요. 참 부럽네요. 전 혼자랍니다, 이혼했어요."

"아니 그럼 내가 미안하네요. 하필이면 이럴 때 문자가 와서요."

"무슨 말씀을요. 보기 좋기만 한데요."

손님은 45세 정도의 날씬하고 예쁜 주부다.

"손님은 잘 사실 것 같은데 어쩌다 이혼하고 혼자 사세요?"

"얼마 안 됐어요. 원래 남편은 서산에서 사업을 하고, 전 봉천동에서 직원들 두고 장사를 했지요. 지금도 출근하는 길입니다. 주차비가 너무 들어 오늘은 차를 놔두고 택시 타고 가는 거예요. 그러면 기사 아저씨, 제 얘기 잠깐 들어주시겠어요?"

“네, 말씀해 보세요.”

“우리 부부는 서로 무척 사랑해서 연애결혼을 하여 아들 하나 딸 하나를 두었지요. 멀리 떨어져 있어도 일주일에 한 번씩 아니면 한 달에 한 번씩 만나 부부의 정을 확인하고 몇 십 년을 그렇게 잘 살아왔어요. 그런데 언제부터인가 내가 서산에 가면 피곤하다는 핑계로 내 옆에 잘 오질 않는 거예요. 하루는 아무 연락 없이 그냥 내려갔더니 그날따라 우리 남편이 술이 잔뜩 취해서는 방바닥을 치며 통곡을 하더군요. ‘내가 미쳤지. 내가 죽일 놈이야’ 하면서요. 저는 영문을 몰라서 그저 회사에 무슨 일이 있나 보다 했어요.”

“그런데 그게 아니었군요?”
“네. 며칠 후 남편 회사 여직원한테 문자가 왔어요. 해도 해도 너무해서 할 수 없이 사모님께 알리는 것이니 비밀로 해달라면서요. 그 직원 얘기로는 남편이 회사 사원과 바람이 나서 몇 개월째 동거를 하다가, 제가 서산에 내려가면 그 여자 사원을 몰래 감추곤 했는데 그런 지가 벌써 오래됐다는 것이었어요. 그 사실을 안 순간 정말 머리에서 천둥번개가 치며 눈앞이 깜깜해지더군요.”
“그래서 어떻게 하셨어요?”

“그 길로 서울 가게는 종업원에게 부탁하고, 택시로 서산까지 떨리는 몸을 추스르며 갔어요. 아니나 다를까, 그 여자하고 저녁밥을 먹고 있다가 나에게 그대로 들켰지요. 난 아무 말도 하지 않고 그대로 서울로 와서 다음날 이혼서류를 준비해 남편에게 전화했어요. 당신이 합의이혼해주지 않으면 내가 오늘 자살할 것이다. 그러니 여태 살아온 정을 생각해서라도 이혼해 달라고요. 전화 끊자마자 남편이 바로 서울로 올라왔더군요. 그래서 정말로 이혼해 버렸어요."

"그래도 손님, 조금 더 참아보지 그러셨어요?"
"이 세상에서 제일 사랑한 남편이었기에 도저히 용서 할 수가 없었어요. 그런데도 마음이 너무 아프네요. 사랑한 것만큼 가슴이 아파요. 남편은 서류상으로는 이혼했어도 마음으로는 이혼하지 않은 것이라며 매달 생활비를 보내고 있어요. 그러면서 한 번만 용서해 달라고, 다시는 그러지 않겠다고 사정을 하네요. 기사아저씨, 제가 어떻게 하면 좋을까요?"

"손님, 인간들도 동물과 다를 바가 없어요. 동물은 영혼이 없는데 인간은 영혼이 있다 뿐이죠. 해서 남자들이 사고를 많이 치는 거예요. 그러니 난 그러네요. 눈 딱 감고 용서해 주세요. 자식들도 있고 혼자 사는 것보다는 그래도 둘이 사는 것이 좋아요. 그런데 조건이 하나 있어요. 손님이 정리하고 서산으로 가든가, 서산 남편분이 정리하고 서울로 오든가 해야 해요. 서울, 서산 따로따로 살지 말고 한 곳, 한 집에서 아침저녁으로 서로 마주 보고 한 이불 속에서 살 맞대고 사세요."

"꼭 같은 집에서 살 필요가 있을까요?"

"그럼요. 여자에게 필요한 기가 남자한테 있고 남자한테 필요한 기
가 여자한테 있다지 않아요. 그러니 서로 기를 보충해 주며 사세요.
돈이 많으면 무엇해요. 가정이 불안하고 남편도 없고 부인도 없다면
무슨 낙으로 살아가겠어요. 한 가정 속에서 행복하게 살아갈 때 자식
들도 바르게 성장하여 사회가 맑아지고 모든 질서가 바로 서고 정리
가 돼지요. 손님도 그때는 배신당한 충격이 너무 커서 이혼을 해버렸
지만, 시간이 흐르니까 마음 아파하고 슬퍼하고 있지 않아요? 그러니
멀리서 그리워하며 슬퍼하지 마시고 용서해 주세요."

"기사아저씨 말씀을 듣고 나니 마음이 좀 후련해지네요. 정말 고맙
습니다. 아, 저기가 제 가게예요. 저 앞에서 차 세워 주시고 이 길로
바로 나가시면 큰길이 나와요. 잔돈은 됐습니다. 안녕히 가세요."

"나도 감사합니다. 내가 손님들이 하시는 말들을 모아 책을 쓰고 있
는데 좋은 자료네요."

"네? 책을 쓰신다고요? 이런 말 쓰시면 안 돼요. 전 큰일 나요."

"아니요, 정반대 방향으로 돌려서 쓸 테니 걱정 말아요. 이 내용들
을 남편 분은 몰라봐도, 손님은 사랑의 택시란 걸 보면 알 수 있을 거
예요. 다시 남편과 재결합해서 행복하게 살게 되면, 그때 이 책의 내
용들이 우리들의 것이라고 하세요. 그럼 손님, 안녕히 가시고 또 만
나요."

오늘 손님은 양재동에서 부천역까지 가시는 통 큰 시어머님이시다.

내가 신호대기 중에 건너편을 보니 68세 정도의 할머니 앞으로 빈 택시들이 그냥 지나간다.

'옳지, 내가 모셔야지. 역시 내 손님은 따로 있다니까.' 하면서 기쁜 마음으로 달려가 할머니 앞에 차를 세웠다.

"어서 오십시오, 타세요."

"나쁜 놈들, 내가 멀리 갈 텐데 그냥 지나가? 아, 이 기분 좋은 택시를 타려고 그랬구먼. 부천역으로 갑시다."

"네, 오~예!"

"택시기사님이 재미있는 분이네. 내가 잘 탔구먼."

"손님, 올림픽대로로 해서 경인고속도로로 갈까요?"

"아니, 지금 쌍팔년 시대 이야기하고 있소?"

"그럼 어디로 가는 게 좋을지 말씀해 보세요. 이 택시는 손님이 가자는 대로 가는 말 잘 듣는 사랑의 택시랍니다."

"양재동 화물터미널 앞으로 해서 시흥고속도로로 가다가 판교 일산 가는 고속도로로 해서 산본터널 지나 중동~부천 나들목으로 가세요. 내가 뭐 한두 번 다니는 줄 알아, 자주 다닌다오."

"정말 잘 아시는데요. 그런데 부천이 집이세요?"

"아니라오. 사람 보러 가는 거라오."

"네?"

"내가 서울에서도 장사하고 부천에서도 장사를 하는데 직업소개소에

젊은 사람이 있다고 해서 가는 길이에요. 너무 빨리 가지 마시고, 빨리
도 가면서 안전하게 갑시다. 나는 더 살아서 할 일이 아주 많다오.”

“네, 손님. 잘 모시겠습니다.”

“나는 택시를 많이 타고 다녀요. 차는 집에 두고 왔어요. 아침에 일
어나서 예감이 안 좋으면 차를 운행 안 하고 아무리 먼 길이라도 택시
를 이용합니다. 그런데 다른 때는 잘 태워주더니 오늘은 이놈들이 나
를 몰라보고 안 태워주네. 어떤 날은 택시를 하루 종일 대절해서 다
닐 때도 있어요. 그때는 회사택시는 교대시간이 있으니까 주로 개인
택시를 이용하지. 그럼 종일 타고 다니면서 점심 저녁 혼자 먹을 수
가 없으니까 같이 먹어. 그럼 좋아서 입이 쩍 벌어지지. 이것은 개인
택시여 회사택시여?”

“회사택시랍니다.”

“개인택시면 다음에 또 콜하려고 했더니, 친절해서 말이야. 흰머리
가 많은데 기사 나이는 몇 살이여?”

“네. 50년생 호랑이띠랍니다.”

“그래? 그럼 나보다는 한참 아래네. 아직 영계구먼, 좋을 때다. 기
사양반, 나는 아들 두 명에다가 딸 둘을 생산했다오. 사남매를 두고
남편 잘 받들어 행복한 가정을 꾸리려고 무척 노력했지. 남편이고 자
식들이고 다 여자 하기 나름이오. 세계는 남자가 지배하지만 남자를
지배하는 건 여자이기에, 난 남편이 사업실패하고 인생을 포기했을
때도 절대 남편 기죽는 말은 하지 않았어요. 언제나 용기를 심어주었

지. 남들이 백 말 하는 것보다 제일 가까운 데 있는 부인의 말 한 마디가 더 중요하다오. 자식들한테도 아빠한테 말조심 행동조심 하라고 부탁했더니, 자식들이 다 착해서 알아서 잘합디다.”

“자제분들도 손님을 닮았나 보군요. 큰아드님은 결혼하셨겠네요?”
“그럼. 우리 큰자식 결혼할 때는 내가 그랬었지. 결혼 상대는 절대 돈 보지 말고 지위 보지 말고 학벌 보지 말고, 사람 됨됨이만 보고 고르라고. 언젠가는 어느 기업체 사장의 딸을 데리고 와서 결혼하겠다고 해서 내가 안 된다고 했어요. 왜냐고? 우리 아들이 판사거든. 그러니 돈 없어도 사람 하나만 착하면 되는 거지. 그래서 지금 우리 며느리는 어른 공경할 줄 알고 참 착해요. 다들 결혼 잘 시켰다고 하더라고.”

“손님은 며느리하고도 잘 지내시겠어요?”
“그렇고말고. 나도 제사 많은 종갓집에 시집와서 한 달에 두 번씩 제사를 지냈어요. 피곤하지만 남편을 사랑하니까 즐겁게 하려고 노력했지. 우리 남편은 그런 걸 알기나 하나 모르겠어. 어쨌든 남자는 집안일 신경 쓰지 말고 밖의 일이나 열심히 하라고 자유를 줬지. 이게 다 시집오기 전에 우리 친정 부모님께 배운 거라오. 우리 며느리들도 직장 다니는데 일이 너무 많은지 집에 오면 곯아떨어져 자기 바쁘다오. 그래서 내가 설거지 다 하고 아침에 밥도 지워놓으면 눈 비비고 일어나서 부리나케 달려와 ‘어머님, 제가 할게요.’ 해요. 그럼 내가 ‘아니야, 피곤한데 좀 더 자고 있어. 밥 다 되면 너희들 부를게. 그때 와서 그냥 밥만 먹어.” 하면 좋아서 어쩔 줄을 모르지. 내가 잘할수록 며느리도 우리 부부에게 더 잘하려고 노력하는 것이 보여요. 나도 딸이 둘이나 있는데 내 딸을 생각해서라도 친딸처럼 며느리에게도 잘해야 우리 딸도 시집가서 시부모님께 사랑받고 잘살지요.”

“아~ 네, 손님은 복 받을 일을 하시네요.”

“허허, 기사양반이 기분 좋은 소리만 하시는구먼. 나는 여러 식구가 한데 모여서 왁자지껄한 걸 좋아해요. 그래서 우리 집은 언제나 사람들로 시끌벅적해요. 가족이 행복하니 장사도 잘되고. 무엇이든 불만을 갖고 살면 안 돼요. 사람이 살다가 보면 고난도 있고 실패도 있고 도저히 헤어날 수 없는 구렁텅이에 빠질 때도 있는데, 그럴 때 당당하게 강한 엄마의 힘을 보여줘야 돼요. 그럼 남편도 자식도 엄마의 용기 있는 모습을 보고 따라와요. 우리 자식들은 다 잘됐어요. 예쁜 손주들도 많이 있다오. 이야기하다 보니까 벌써 다 왔네. 저기 부천 쪽으로 가세요.”

“부천에서 일 끝나시면 서울에 또 택시로 가시겠네요?”

“그럼요, 택시로 가지요. 두세 시간 일 봐야 하는데 기사양반은 그때까지 못 기다리지요?”

“네, 아쉽지만 저는 여기서 돌아가야겠네요.”

“부천 역전을 세 바퀴만 돌아봐요. 그럼 서울 손님 태울 거요.”

“네, 감사합니다.”

택시에서 내려서 힘차게 걸어가시는 모습이 건강하고 행복해 보인

다. 걸음걸이를 보면 그 사람이 어떤 사람인지 알 수 있다. 행복한 사
람들의 걸음걸이는 다르다. 힘차고 용감하다.

오늘만 운전하면 하루 쉰다. 즐거운 토요일 아침이다. 교대하고 첫
손님을 잠실 롯데마트 앞에 내려드리고 우회전을 해서 가는데 한 손
님이 "택시!" 하신다. 나이가 좀 있어 보이는 남성분이다.

"기사아저씨, 죄송하지만 아파트 단지 안으로 들어가서 짐 좀 싣고
가시지요?"

"네, 손님."

단지 안으로 들어가니 손님이 설명을 한다.

"아파트에는 쓸 만한 물건들이 많이 버려져 있어요. 그중 전기장판
이나 전자레인지 같은 괜찮은 물건들은 내가 주워서 깨끗하게 청소
한 다음 회사 경비원들에게 갖다 주려고요. 추운 겨울에도 차가운 바
닥에서 주무시고 밥도 찬밥을 그대로 드시는 것 같아서요. 경비하시
는 분들 월급이나 많이 받습니까? 한 달 월급이래야 백만 원 정도지
요. 그걸로 생활해야지 전기장판이나 전자레인지 같은 거 살 수 있겠
어요?"

"손님이 정말 좋은 일을 하시네요."

"나는 공직생활을 30년 넘게 하고 있어요. 그동안 잘하고 있다

고 생각했는데 나도 모르게 실수할 때가 있어요. 사람이라면 누구나 100% 만족하며 살 수는 없지요. 백 년도 못 사는 인생, 서로 싸우고 미워하고 살 필요는 없다고 생각해요. 조금씩만 이해하고 상대를 배려하며 살아갈 때 내 가정도 편안하고 내 생활도 즐겁지 않겠어요. 오늘도 이렇게 택시 타고 가져온 물건을 경비원들 갖다 드리면 얼마나 기뻐하고 좋아하시겠어요?"

"네, 맞는 말씀입니다."

오늘은 아침부터 아름다운 마음씨를 가진 손님을 모시게 되어 무척 좋다. 오늘도 장사가 잘되겠다.

"손님, 제가 택시운전하면서 손님 같은 분들의 이야기들을 모아서, 삶에 지친 사람들에게 작은 희망이라도 주었으면 하는 바람으로 책을 쓰고 있어요. 손님 이야기도 꼭 넣어야겠습니다."

"기사아저씨도 보람 있는 일을 하고 있군요. 나도 그 책 나오면 꼭 사서 읽어볼게요. 재미있겠네요. 그리고 아파트 단지까지 들어와서 짐 실어줘서 고맙고요. 저기 신호등에서 유턴해서 내려주시고, 안전운전 하세요."

"네, 손님도 안녕히 가시고 또 만나요."

남을 배려하며 자신의 수고로움을 기꺼이 감수하며 보람차게 살아가는 손님의 뒷모습이 아침햇살을 받아 반짝거린다.

2012년 마지막 가는 날, 젊은 남자 손님이 택시를 타신다.

"기사님, 사당동 사거리로 가주세요."

"네."

"기사아저씨는 혹시 종교가 있으세요?"

"그럼요, 있지요. 아버지 하나님과 예수님을 믿고 있어요. 기독교랍니다."

"그러세요? 제가 이 택시를 잘 탄 것 같네요. 아저씨, 종교에 대해서 상담을 좀 하고 싶은데 괜찮으시겠어요?"

"네, 말씀해 보세요."

"저는 지금 송구영신 예배를 드리고 결혼 승낙을 받기 위해, 여자 친구 집에 가서 커피 한 잔 마시고 오는 길이에요. 그런데 여자 친구 부모님이 반대를 하세요. 종교 때문에요. 사실 저는 교회도 안 다니고 절에도 안 다니는 무신론자거든요. 여자 친구 집안은 기독교 집안이고요. 아저씨, 안 믿는 사람과 믿는 사람은 결혼하면 안 되나요?"

"여자 친구네서 반대하는 이유가 단순히 종교 때문인가요?"

"네. 저는 처음부터 거짓 없이 제 집안환경에 대해 말씀드렸어요. 시골 할머니가 절에 다니시면서 몇 개월 전부터 신내림을 받아 무당이 되셨거든요. 그 후부터 시골집에다 신을 모시고 굿을 하며 미신을 섬기고 있다고 했더니, 여자 친구 부모님께서는 할머니가 죽으면 그 귀신이 자식들한테 옮겨가기 때문에 결혼은 절대로 안 된다는 거예요. 그런데 제 여자 친구는 저를 무척 좋아해요. 저도 마찬가지고요.
게다가 임신까지 한 상태거든요.”

“그렇다면 결혼하세요. 결혼은 시골 무당할머니하고 하는 것도 아
니고 여자 친구 부모님하고 하는 것도 아니지요. 물론 부모님 말씀
도 존중돼야 하지요. 먼저 어른을 공경할 줄 알아야 사람 구실을 하
는 것이랍니다. 내가 봐서는 여자 친구 부모님이 신앙생활을 잘못하
신 것 같네요. 예수님이 우리에게 주시는 것은 사랑과 용서와 축복이
지만, 사탄이 주는 것은 저주와 핍박과 거짓말과 사망이랍니다. 예수
님께서 우리를 위해 이 땅에 오셔서 밝은 빛을 주셨는데, 상대방에게
상처를 주면 안 되지요. 그러니 무조건 사랑하고 좋은 말, 고운 말,
은혜로운 말만 하며 살아야 해요.”
　“기사아저씨 말씀을 들으니 힘이 좀 나네요.”

“나도 교회에 다니지만 요즘 교인들 중에는 교회에서는 거룩한 척
하고, 세상에 나와서는 반대로 행동하는 사람들이 많아요. 다른 사람
들에게 모범을 보이고 덕이 되는 일과 행동을 해야 하는데 이중생활
을 하는 신앙인들이지요. 여자 친구가 임신까지 했고 서로 사랑한다
면, 절대 어린애 지우지 말고 하나님이 주신 선물이라 생각하고 부모
님을 설득하세요. 딸자식을 사랑한다면 허락하실 겁니다. 손님, 정말
이 택시를 잘 타셨네요. 자, 내가 그 결혼을 허락할 수 있는 사랑의
메시지를 줄 테니까 집에 가셔서 읽어 보시고, 복사해서 여자 친구와
여자 친구 부모님께도 보여주세요. 그러면 마음이 달라지실 거예요.”

"정말 그럴까요?"

"그럼요. 여자 친구 부모님도 손님을 사위로 받아주고 예수님 품 안으로 전도하면 되지요. 시골 무당할머니는 돌아가시면 그것으로 끝나는 것이랍니다. 사탄과 마귀는 예수님을 이길 수가 없어요. 그러니 손님, 걱정하시 마시고 끝까지 사랑으로 승리하길 빕니다."

"감사합니다, 아저씨. 누구한테도 하지 못하던 말을 하고 나니 속이 다 시원하네요."

"그래요, 손님. 여기 내 이메일 주소가 있으니, 결혼 승낙 받으면 연락 주세요. 새해 복 많이 받으시고요."

"네, 기사님도 안전운전 하시고 복 많이 받으세요. 이메일로 꼭 연락드릴게요. 골목이 미끄러우니 들어가지 마시고 저 입구에서 내려주세요. 제가 좀 걸어갈게요."

"감사합니다. 또 만나요."

젊은 손님의 마음 씀씀이가 예쁘다. 나는 손님이 가시는 뒤를 보며 한 번 더 복을 빌어주었다.

2013. 01. 21.

오늘은 아침 일찍부터 용산역에서 콜을 해서 택시를 불러놓고도 다른 택시를 타고 가는 손님 때문에 마음이 언짢았다. 그렇지만 계속해서 일을 해야 하니 언짢은 마음을 털어 버리기로 했다. 마음을 다잡으며 건널목에 서 있는데 한 손님이 타시며 강남구청을 가자고 하신다.

손님을 강남구청에 내려드리고 막 출발을 하려는데, 이번에는 한 아가씨가 "양재동으로 가시지요." 하며 올라탄다. 양재동에 다 와 가는데 아가씨가 갑자기 당황한 얼굴로 내게 묻는다.

"아저씨, 죄송하지만 방금 그 자리로 다시 가주시면 안 될까요?"
"네, 다시 가시지요. 이 택시는 안 되는 것이 없는 택시랍니다."
"아저씨, 저기 비보호신호에서 좌회전해서 우리 집까지 가주세요. 지갑을 안 가져 와서요."
"네네."
고급빌라 정문에서 택시를 세우고 잠시 기다리고 있으려니 손님이 금방 나온다.
"아저씨, 어쩌죠. 양재동에서 타는 회사버스가 출발했다고 하네요. 혹시 수원에 있는 삼성단지까지 가실 수 있으세요?"
"그럼요, 가지요. 이 택시는 더 받지 않고 미터요금으로 고속도로비만 받고 갑니다."

난 언제나 손님에게 가는 진로를 물어보고 택시운전을 한다.
"어느 쪽으로 갈까요?"
"영동대교 남단에서 올림픽대로로 청담대교 타고 수서 분당 간 고속도로로 가주세요. 가시다가 세곡동으로 빠져서 용인고속도로 타고 수원으로 들어가시면 돼요. 가보세요. 가다가 그때그때 제가 말할게요."
"네, 손님."

손님이 가자는 대로 갔더니 빨리는 왔는데 요금이 3만 5천 원이나 나왔다. 많이 나온 편이다.

수원에 내려드리고 빈 차로 양재동으로 왔다. 양재동에서 강남역 1번 출구까지 손님이 가자고 하신다. 다시 강남역 1번 출구에 손님을 내려드리고 있는데 앞에 빈 차가 세 대나 대기하고 있다. 그런데 한 손님이 제일 뒤에 나에게 와서 물어본다.

"아저씨, 분당 가시겠어요?"
"그럼요, 타세요."
"카드도 되지요?"
"네. 분당까지 잘 모시겠습니다."
손님이 하소연하듯 말씀하신다.
"남편은 집에 있어요. 그런데 차도 있으면서 안 태워줘요. 늙으니까 재미없어요."
"손님, 그래도 나이 드시면 영감밖에 없어요. 남편이 최고랍니다. 잘해 주세요."
이런저런 이야기를 나누다 보니 목적지까지 다 왔다.
"손님, 날씨가 추우니 현관 앞까지 가세요."
"기사아저씨, 카드로 계산하려고 했는데 현찰로 드려야겠네요. 기분 좋게 와서요."
2만 1천 원 나왔다. 그런데 만 원짜리 세 장을 주면서 5천 원만 달라고 하신다.

"안전운전해서 잘 가세요. 책 나오면 꼭 사서 볼게요."

"감사합니다, 손님. 또 만나요."

인사를 하고 차를 돌려 잠실로 갈까 강남으로 갈까 망설이다가, '에라, 또 강남으로 가자.' 하고 양재동까지 왔다. 양재동 주유소 앞으로 슬슬 가는데 내 차 뒤에서 빨간 자가용이 라이트를 켜고 빵빵대면서 따라온다.

내가 뭘 잘못해서 저러나 싶어 차를 세우니까, 우당탕탕 세 사람이 내려서 뛰어온다.

"아저씨, 고마워요. 용산역으로 가장께. 근디 시방 분당에서 우리 딸 차타고 오는데 택시 세우라면 세워야지 왜 자꾸 도망을 간다요?"

"아, 손님. 나는 또 내가 뭘 잘못해서 그런 줄 알았지요. 용산역은 기차 타러 가시게요?"

"맞소. 시간 넉넉하니까 천천히 안전하게 갑시당께."

"네, 손님. 전라도 사투리를 겁나게 쓰시는디 고향이 어디랑가?"

내가 손님의 사투리를 흉내 내며 웃으며 물었다.

"워메, 이 아저씨 보랑께. 겁나게 재미있는 택시를 탔구먼. 나 목포여. 목포에서 홍어 밥집장사를 30년 넘게 했어라."

"아~예, 그래요."

"기사아저씨 명함 있으면 하나 줄랑가요. 내가 홍어장사를 하니까 많이는 못 보내줘도 조금은 보내줄 텐께. 나 목포서 홍어장사해도 좋은 일 많이 하고 산당께로. 우리 마을에서도 나를 알아줘버려. 세무서에서도 내가 세금 내러 가면 특별대우 해준당께. 근디 장사를 30년 넘게 하다 보니께 별별 놈들이 다 와서 깽판치고 거짓말하고, 밥값 안 주려고 수작이란 수작은 다 부려라. 나는 돈이 진짜 있는지 없는지 딱 보면 안당께."

"어떻게 아는데요?"

"어떤 사람이 와서 밥을 먹고 안 나가고 나만 보고 눈만 깜박깜박하면서 머뭇거린다. 그럴 때 나가 눈치를 채고 '손님, 돈이 없어요?' 하고 물으면 백이면 백 '네.'라고 대답한당께. 얼마나 배가 고팠으면 밥을 먹고 말도 못하고 저렇게 서 있을까 싶어져서 내가 '그럼, 미안하게 생각하지 마시고 그냥 가세요. 다음에 돈 많이 벌거든 그때 밥값 가져오세요.' 하면 '감사합니다, 감사합니다.'를 연발하고 간당께요. 그렇게 해서 보낸 사람들도 많지라. 나중에 몇 사람들은 돈을 가져오고, 어떤 사람들은 명절 때 되면 가게 문 앞에다 과일박스나 선물보따리를 갖다놓기도 한다요."

"네, 손님. 그럴 때는 보람을 느끼겠네요."

"그렇지라. 근디 안 그런 사람도 있소. 언젠가는 중년 남녀가 와서 홍어에다가 밥까지 주문해서 잘 먹고는 계산할 때가 되니까 한다는 말이 '주인사장님, 난 세무서에서 왔는데 식대 반만 받으시오.' 하지 않것소. '야, 이것 봐라, 허우대는 멀쩡한 놈이 여자까지 데불고 와서 홍어에다가 밥까지 잘 처먹고 요삭을 부리네.' 다른 데서 왔다고 하면 모르지만 세무서에서 왔다고 하니 의심할 수밖에. 세무서에 울 조카가 있거든. 내가 부러 모른 척하고 '어느 세무서에서 오셨나요?' 했더니 이 앞에 있는 무슨 세무서에서 왔다고 혀요. 그럼 그 세무서 직원 박OO를 아느냐고 했더니, 같이 근무하는데 모를 리가 없다면서 큰소리를 치드랑께. 혀서 내가 바로 '이 싸가지 없는 놈아, 세무서에 전화해서 물어볼 거야. 당신 이름이 뭐야? 우리 조카가 세무서 직원 박OO야. 자, 지금 전화해서 물어보고 경찰한테도 전화할 거야." 했더니 이 새끼가 바로 도망가 버리지 않것소."

"허 참, 정말 별별 사람이 다 있군요. 여자도 같이 있었다면서요?"

"결국 같이 온 여자가 계산을 했는데 내가 하도 기가 차서 그 여자 손님에게도 한마디 했지라. 도망간 저 남자하고 어떤 관계인지는 모르지만 저런 싸가지 없는 놈하고는 같이 다니지 말라고. 진짜로 장사를 하다 보면 별별 놈들이 다 와서 거짓말을 해라. 나도 처음에는 많이 속았지라. 지금은 도사가 돼서 안 속지만서두. 식당개도 3년이면 라면을 끓이고, 핸드폰가게 강아지도 3년이면 문자를 한다 안 하요."

"하하, 손님. 말씀 한번 재미있게 하시네요."

"진짜로 불쌍하고 돈 없는 사람은 척 보면 안당께. 그때는 다음에 돈 많이 벌거든 꼭 가져오라고 하며 그냥 보내주지라. 그란디 넥타이까지 매고 여자 데불고 와서 공갈사기를 쳐대는 놈이 있어라. 그때는 바로 박치기가 날아가면서 '이 싸가지 없는 놈!'으로 나간당께요. 혼자 장사하면서 나도 한 성격 하지라. 전라도 사람들은 보편적으로 온순하고 말들이 정감이 있을께. 전라도 경상도 차별하면 안 되지라.

작은 땅덩어리에 남한 북한 두 쪽으로 갈라진 것도 억울한데, 남한의 조그마한 땅덩어리에서 전라도 경상도 따지면 안 되지라."

"손님 말이 맞습니다."

"경상도 사람도 좋은 사람이 더 많고, 전라도 사람도 좋은 사람이 더 많은 께로 사회와 세상이 유지되어 가는 것 아니것소. 나만 혀도 돈 벌어서 좋은 데 쓰고 자식들 잘 가르쳐 하나는 서울에 또 하나는 부산에서 살고 있응께, 한 번은 서울 갔다 오고, 목포 와서 장사하다가 부산 자식 보고 싶으면 다시 부산 가서 손주도 보고 놀다가 오곤 한당께요. 그래서 살면서 나쁜 일 하고 살면 절대 안 되지라. 그나저나 오늘 서울 와서 코드가 맞는 택시기사를 만났당께요."

"손님은 근데 분당 딸집에 오면서 왜 아저씨하고는 같이 안 오셨나요?"

"워메, 이 아저씨가 나를 환장하게 만드네. 왜 우리 아저씨 이야기를 한다냐. 우리 아저씨는 산에 먼저 가서 자리 잡고 있소. 내 오기를 많이 기다리고 있지라. 내가 목포에서 더 할 일이 있어 조금 있다가 간다고 문자를 혔더니, 이 인간이 땅속에 너무 깊이 있어 그러나 답이 없어 환장하겠소. 기사아저씨가 가가호호 신원조회를 다하네. 재미있는 사람이구먼."

손님 얘기에 정신이 팔려 이태원에서 좌회전 해 용산역으로 가야 하는데 직진하는 바람에, 3호 터널을 지나 한국은행 앞까지 와버렸다.

"워메, 이거 어떻게 한다냐…. 용산역으로 가야 하는데 서울역으로
가고 있네요. 손님 택시비를 할인해 줘야겠네요."

"됐소, 기사아저씨. 요금 깎지 마시오. 나도 잘못이 있소. 이야기를
재미있게 하다 보니 여기까정 왔구먼. 덕분에 신세계 백화점도 구경
하고, 워메 여기가 명동이랑가? 서울역도 구경하고 아, 돌아와도 기
사아저씨랑 기분 좋게 오니께 나는 오히려 더 좋다 안 하요."

용산역에 도착하니 오히려 손님이 2천 원이나 더 주시면서 택시 뒤
에 같이 타고 온 딸과 사위에게도 부탁을 한다. 전화 연락처 남기고
꼭 기사아저씨 책 사서 보라고.

"감사합니다. 안녕히 가세요, 누나! 다음에 또 만나요."

"나도 다음에 꼭 또 봤으면 좋것소. 안전운전하시고 항상 그렇게 즐
겁게 사시랑께. 목포 오시면 들르시고."

목포 손님이 딸과 사위를 대동하고 용산역 쪽으로 멀어져 가는 모
습을 보니 내 마음이 다 흐뭇하다. 우리나라 사람처럼 정이 많은 민
족이 어디 또 있겠는가.

목포 손님을 용산역에 내려드리고 보니 빈 택시가 줄을 서 있다. 이
시간대는 손님이 없는 시간이다. 그냥 가려고 하는데 어떤 젊은이가
뛰어와서는 택시에 탄다.

"아저씨, 광명시 사거리로 좀 가주세요. 처음 가는 길이니까 내비
에 주소 쳐서 가시지요."

"네, 알겠습니다. 그런데 광명까진 무슨 일로 가나요?"

"거래처에 돈 받으러 가요. 여태 돈을 잘 보내주었는데 이번에는 며칠 전부터 전화도 안 받고 연락이 안 돼서 사무실로 직접 돈 받으러 갑니다."

"그렇군요. 난 교대시간이라서 손님 내려드리고 잠실까지 빨리 가야 해요."

"어, 그럼 제가 정반대 방향으로 가는 거네요."

"괜찮아요. 시간이 좀 있으니 광명시까지 갔다가 와도 돼요."

오늘은 아침부터 콜 받고 배신당해서 기분이 좀 찜찜했는데 심는 대로 거두리라 했던가. '아침부터 나를 배신한 콜 손님에게 복을 비옵나이다. 복을 듬뿍 주어서 다른 택시라도 다시는 배신하지 않고 1초만 더 기다렸다가 택시기사들의 마음을 상하게 하지 마옵소서.' 했더니 오늘은 이렇게 손님이 내리면 타고 내리면 탄다. 오늘처럼 영업이 잘되면 택시 하는 보람이 있다.

이 글을 보신 여러분들은 절대 콜 불려놓고 다른 택시 타지 마시옵소서. 콜 손님을 태우기 위해 다른 손님은 태우지도 못하고 갔는데, 눈앞에서 미안하다는 말 한마디만 하고 일방적으로 다른 택시를 가고 가는 손님은 참 야속하게 느껴진답니다.

2013. 01. 25.

며칠 전이었다. 동서울터미널 건너편에서 40대 중반 남자가 택시를 타더니 동부지청 앞으로 가자고 한다. "네." 하고 목적지까지 잘 왔다. 그런데 손님이 하시는 말씀.

"돈이 없는데요."

내가 기가 막혀서 되물었다.

"돈이 없으면 걸어오시지 왜 택시를 타셨어요? 그것도 기본요금만 나오는 짧은 거리를?"

"그러게요. 경찰을 부를까요?"

"아니, 손님. 경찰은 내가 불러야지 왜 손님이 경찰을 부릅니까? 빨리 내리세요."

"네? 그냥 가도 돼요?"

"돈이 없다면서요? 그럼 그냥 가야지 뭘 어떻게 해요?"

손님은 고맙다는 말도 없이 정말로 그냥 간다.

그런데 다음날 명일역에서 40대 중반 남자 분이 지하철역을 잘못 내렸다고 하시며 올림픽공원 남2문으로 가자고 하신다.

"기사님이 너무 친절하시네요."

"네, 다른 분들도 이 택시를 타면 기분 좋고 재미있다고, 다음에 또 탔으면 좋겠다고들 하세요. 손님은 무슨 일을 하나요?"

"사업을 하다가 쫄딱 망하는 바람에 거지생활을 몇 년 하다가 다시 사업을 해서 돈 좀 벌었습니다."

"그렇군요."

마침 어제 택시비를 안 주고 내린 손님 생각이 나서 그 얘기를 들려주었다.

"그래서 기사님, 경찰에 신고는 했나요?"

"아니요, 그냥 가라고 했어요."

"잘하셨어요. 그 사람도 그때는 택시비를 못 주고 갔지만 많이 뉘우치고 있을 거예요. 지금 요금이 6천 원 나왔나요?"

요금을 확인하더니 손님이 만 원짜리를 내미신다.

"기사님, 어제 못 받은 택시비는 제가 드릴게요. 잊어버리시고 지금처럼 손님들에게 웃음을 주면서 안전운전하세요. 저기 저 정형외과 앞에 세워주세요."

"네, 손님. 감사합니다. 안녕히 가세요."

나는 가시는 손님의 뒤를 보고 복을 빌어주었다.

오늘은 생각보다 돈을 많이 벌었다. 세차하고 기름 넣고 회사에 들어가야겠다.

잠깐, 얼마 전 기름을 넣으러 들렀던 주유소 화장실에 재미있는 문구가 붙어 있어서 소개해 본다. 서울의 화장실에 많은 문구가 붙어 있지만 여기에 적혀 있는 문구는 좀 특이하다. 해서 소변을 보면서 메모를 했다.

공덕 오거리에서 서강대로로 가는 길목 주유소에 이러한 문구가 있다.

〈당신이 저를 소중히 다루신다면 제가 본 것을 비밀로 해드리겠습니다. 쉿! - 변기올림 〉

오늘 새벽 2시 좀 넘어서 신논현역에서 탄 손님이 '고맙습니다!'라는 제목의 메일 한 통을 보내왔다.

신천역 맥도날드 부근에서 내려달라고 했었는데 기억하시는지요?

메일을 쓴 이유는 방송을 보고 싶어서입니다.

제가 일하는 직장식구들과 같이!

언제 어디서 하는지 편지엔 나와 있지 않아서요.

추위에 떨고 있는데도 태워주지 않는 한국. 서울 택시. 한 대, 두 대, 세 대….

외면당할 때마다 할머니는 얼마나 슬펐을까요?

얼마나 추웠을까요?

잔인한 추위와 몹쓸 냉대에 점점 지쳐만 갔을 할머니 앞에 드디어 슈퍼맨처럼 짠! 하고 멋있게 나타나주셔서 할머니는 얼마나 기뻐하셨을지!!!

천사 택시기사 선생님. 덕분에 저는 좀 더 희망을 가져보기로 합니다. 고맙습니다. 날마다 행복한 날 되세요!

아산병원에서 40대의 남자 한 분, 여자 한 분이 와서 묻는다.

"기사아저씨, 안산 가실래요?"

"네, 그럼요. 이 택시는 승차거부가 없는 택시랍니다. 타세요."

남자 분이 활짝 웃으며 대답한다.

"기사님이 친절하시니 기분이 참 좋네요. 그럼 이 사람은 안산에서 내려주고 저는 수원까지 가야 하는데 가실 수 있지요?"

"네, 가시지요."

'나야 행운이지요.' 속으로 생각하며 과천의왕고속도로로 봉담길과 안산산업도로로 해서 안산역에 내려드리고, 다시 유턴하여 수원으로 와서 남자 분을 내려드린 후 다시 빈 차로 양재동까지 왔다.

그때 어떤 남자손님이 뛰어오면서 고개를 들이밀고 묻는다.

"아저씨, 너무 추워서 그러는데 화성시 소방서까지 좀 태워주세요."

"네, 어서 타세요."

내가 흔쾌하게 대답하자 손님이 감동을 받았는지 연신 고맙다고 인사를 한다. 이때 시간이 새벽 1시 반. 할증시간인데도 서울에서 경기도 가는 손님이 많다. 나는 언제 어디서든 손님이 가자는 대로 간다.

"손님, 집에 가는 길이에요? 직장은 서울이고요?"

"네."

"그럼 서울로 이사 오시지요. 집이 너무 머네요."

"아니요. 기사아저씨, 화성 가서 보면 알겠지만 신도시에 집도 넓고 공기도 좋아요. 게다가 집도 공짜로 살고 있어요. 몇 년만 더 살면 소유권도 우리들에게 이전해 준대요, 장인장모께서요. 그러니 마누라 말 잘 들어야지요. 장인이 건축업을 하시는데 집이 몇 채 돼서요. 마누라는 외동딸이라서 장인장모님이 우리 부부에게 잘해 줘요. 아들 겸 사위예요. 우리들이 화성시장 근처 장모님 집 곁에 있으니까 든든 하대요. 그래서 서울까지 출퇴근을 하면서 살고 있지요. 항상 택시 타고 다니는 것은 아니고 오늘처럼 회식이 길어져 전철도 버스도 끊 겼을 때만 이용하지요. 그런데 한 번씩 택시 타기가 힘드네요. 특히 요 시간 때는요.”

“네. 자녀분들은 어떻게 되나요?”

“아들 하나 딸 하나씩 두고 있는데 아직 초등학생이라서 고등학교 부터는 서울로 와서 교육 하려고 마누라랑 약속했어요. 마누라와는 수영장에서 만났어요. 그런데 사람의 인연이 참 묘하지요. 착하고 마 음씨가 고와요. 외동딸들은 좀 건방지다고들 하는데 우리 와이프는 겸손하고 여성스러워요. 가정교육을 잘 받은 부잣집 규수랍니다. 내 가 행운아지요. 해서 우리 부부를 보고 물속에서 맺어진 물고기 부부 라고들 해요. 친구들도 나를 부러워해요. 어떤 수영장에서 만났느냐 고, 자기들도 수영장에 가서 여자 만나야겠다면서. 그런데 뭐 그런 행운이 아무한테나 찾아오는 건 아니잖아요. 앗, 기사아저씨. 벌써 화성소방서까지 다 왔네요.”

정말 손님 말대로 밤에 봐도 화성 신도시가 화려하고 어리어리하다.

도로도 잘돼 있다. 손님을 좌회전해서 소방서 건너편에 내려드렸다.

난 저녁식사를 미숫가루를 타서 가지고 다니며 먹는다. 안산 갔다가 수원 갔다가 다시 또 양재동에서 화성소방서 왔다 갔다 하다 보니 새벽 3시 30분이다. 식사를 하려고 미숫가루를 흔들어서 먹고 있는데 콜이 들어온다.

'와, 이것이 어쩐 일이냐. 화성에서 서울 콜이 다 들어오고.'

여태 콜 없이 다녔는데 나비콜을 차에 설치한 지가 며칠 안 된다. 그런데 이런 행운이 찾아오다니. 그렇지만 어떨 때는 콜을 받고 가면 다른 택시를 타고 가는 손님도 있다. 그럴 때는 너무 서운하다. 그래도 어쩔 수 없다. 택시는 서비스니까 끝까지 서비스정신으로 운전을 해야 한다. 나는 미숫가루를 다 먹고 콜 내비아가씨가 안내하는 대로 따라갔다.

손님에게 전화를 해서 "201동 앞에서 비상 라이트를 켜고 있으니 내려오세요." 했더니 바로 나오신다.

"기사아저씨, 빨리도 오셨네요."

"네, 어서 오십시오."

"이태원 해방촌으로 가시지요."

"감사합니다. 여기서도 콜이 다 들어오네요."

"그러게요. 혹시나 하고 나비콜에 전화를 했더니 바로 걸리네요. 저도 고맙죠. 우리 친정아버지 제사 드리고 남편은 직장 때문에 애들

하고 서울 가고, 전 엄마하고 언니들과 수다 좀 떨다가 콜 없으면 내일 아침에 천천히 가려고 했는데, 첫 통화에 콜이 걸려서 지금 가게 됐네요. 아무래도 제가 행운의 택시를 타려고 남편 먼저 보내고 이렇게 기다리고 있었던 건가 봐요. 근데 아저씨, 지금 몇 시예요?"

"4시가 다 돼갑니다."

"벌써 그렇게 됐나요? 수다를 너무 오래 떨었네요. 기사아저씨가 말을 하게 만드네요. 저는 나이 많아서 결혼해 행복하게 살고 있지요. 가정의 행복이란 그저 공짜로 오는 것이 아닌 것 같아요. 그만큼 서로가 노력해야 되지요. 기사아저씨가 머리도 희고 연세도 드신 것 같은데 제가 감히 건방지게 이런 말을 하고 있네요."

"아니요, 나이가 무슨 상관있어요. 말씀 계속하세요."

"우리 남편하고는 동갑내기 갑장이랍니다. 그런데 서로 잘 만났다고들 해요. 상대를 존경하며 말조심하고 행동조심하고 살고 있지요. 우리 남편은 실수를 하고 나면 저보고 그래요. '여보, 미안해. 달인도 10년이 돼야지 달인이라고 한다는데, 우린 결혼한 지가 아직은 10년이 안 돼서 실수가 많아요. 그러니 내가 실수를 하더라도 10년만 참고 이해해 주세요.' 우리는 꼭 말 끝머리에는 '요'자를 붙여요. 그랬어요, 왜 그러세요, 그렇게 하겠어요, 미안해요, 고마워요, 잘할게요, 감사해요…. '요'자를 붙이면 절대 큰 싸움 없이 살아가지요. 시부모님들이랑 친정어머니 계실 때도 '여보, 식사하세요.' '동식이 아빠, 고마워요.' '당신이 최고예요.' 하면 '아, 부인한테 저렇게 인정받고 사는구나.'라고 생각하시는 것 같아요. 제가 남편한테 하는 걸 보고 시부모님들도 제게 말조심하고 잘해 주세요."

"참 현명하게 사는군요."

"그런데 요즘 젊은 사람들은 말도 함부로 하고 결혼도 쉽게 하고 이혼도 쉽게 하고 싸움도 잘하고 고소고발도 잘하고, 제대로 된 인생관이 없어요. 기사아저씨, 어디서 들은 얘긴데 참 기가 막히더군요. 한번 들어보시겠어요?"

"네, 말씀해 보세요."

"시골서 아들 하나 바라보고 논 팔고 송아지 팔고 돼지 팔아서 판사를 만들어 놓은 부모님이 있었대요. 그런데 그 자식이 결혼하고는 부모를 안 찾아와서 자식도 보고 싶고 손주도 보고 싶고 며느리도 보고 싶어, 시골서 있는 것 없는 것 보따리를 싸가지고 서울 자식 집에 올라오셨대요. 이 방 저 방 구경하다가 '우리 아들이 훌륭하게 성장하여 이리도 잘살고 있구나.' 흐뭇해하며 책이 많이 있는 서재에 들어갔는데 한쪽 구석에 가계부가 놓여 있었대요. 며느리가 살림 역시 알뜰하게 잘하는 것 같아 칭찬을 해줄 요량으로 가계부를 한 장 한 장 넘기는데 거기에서 '촌년 10만 원'이란 글귀가 보이더래요."

"에? 그게 무슨 말일까요?"

"부모님도 이상해서 곰곰이 생각해 보니 매달 10만 원씩 생활비 하라고 보내 주던 돈이 생각나더래요. 설마 설마 하면서도 우리에게 보내고 있는 그 돈을 의미하는 건가 싶어 더 이상은 자식 집에 있을 수

가 없었다는군요. 그 길로 시골서 가지고 온 물건들 다 가지고 나와
터미널에서 고속버스를 기다리고 있는데 아들한테서 전화가 왔대요.
아버님 어머님 어디 계시냐고. 부모님 보고 싶어 일찍 들어왔는데 안
계신다면서요."

"쯧쯧, 그래서 아들에게 뭐라고 대답하셨대요?"

"집에 없는 당신들 탓하기 전에 서재에 들어가서 가계부를 살펴보
면 이유를 알 것이라고 했대요. 의아해하며 가계부를 살펴보던 아들
도 곧 '촌년 10만 원'이란 글귀를 발견하고는 자기는 물론이요 부모님
이 서운하셨을 생각에 마누라하고 대판 싸웠다지요."

"그게 끝인가요?"

"아뇨. 며칠 후 장인 생일이 돌아와서 마누라랑 자식들 태우고 처갓
집에 갔다고 해요. 마누라와 자식들은 집에 먼저 들여보내고 자기는
대문 밖에서 담배를 피우고 있는데 장인이 나와서 '여보게, 날씨도 추
운데 안 들오고 여기서 뭘 하나?' 묻더래요. 그래서 대답했대요. '촌
년 아들이 무슨 얼굴로 들어갑니까?' 그러고는 무슨 말인지 몰라 어
리둥절해 있는 장인에게 '그리도 장한 딸한테 가서 물어보시지요. 그
럼 알 것입니다.' 했다는군요."

"허허, 참. 그래서 어떻게 됐나요?"

"집으로 들어갔던 장인이 조금 있다가 장모와 함께 나와서는 '여보
게, 사위. 정말 미안하네. 내가 딸자식 교육을 잘못해서 이런 일이 있
었으니 다 용서하고 이 늙은이들 봐서 집에 들어가세. 다시는 이런
일이 없게 하겠네.' 하더라는 군요."

"그나마 장인장모님은 양심이 있는 사람들이었네요. 부인은요?"

"그제야 부인도 뒤따라 나와서는 자기 생각이 부족해서 그랬다면서 시골 부모님께도 당장 내려가서 잘못을 빌 테니 자기를 용서하고 같이 들어가자고 했다고 해요. 저는 이 이야기를 들으면서 더더욱 말조심 행동조심하며 사람을 귀중히 여기며 살아야겠다는 생각을 했어요. 그리고 삶에도 돈에도 얽매어 살지 말고 인생을 즐기며 많은 사람들에게 행복을 주고 살아갈 때 가족의 건강과 행복이 아름답게 싹튼다고 생각해요."

"옳으신 생각이에요, 손님."

"에고, 기사아저씨. 제가 너무 조잘대고 왔나 봐요. 기사아저씨가 친절하고 좋아서 두서없이 말을 많이 했네요. 결혼은 늦게 했지만 저는 동갑내기 남자와 결혼해서 행복하게 살고 있답니다. 행복은 자기가 만들어 살아가는 것이지요. 기사아저씨, 고마워요."

"네, 손님. 안녕히 가세요."

손님을 해방촌 오거리에 내려드리고 다시 차를 돌려 경리단으로 내려오는데 이번에는 미국인 남녀가 "택시!" 한다. 그러고는 강남 국기원 사거리로 가자고 하신다.

오늘은 정말 운대가 좋은 날이다. 미국 사람들은 팁 문화가 잘되어 있다. 내릴 때 웃으면서 자연스럽게 "아일 러브 유." 하면 미국 손님들은 꼭 팁을 주고 내리신다. 며칠 전에도 광화문에서 천 원을 받았는데 오늘도 천 원을 주고 내리신다. 언젠가 이런 일을 동료 택시기사들에게 자랑했더니 그중 한 명이 자기도 똑같이 해봤지만 팁도 안 주고 그냥 내리더란다. 당연하다. 웃음과 정성을 마음속에 담아 자연스럽게 해야 효과가 있기 때문이다. 손님이 저절로 주고 싶은 마음이 들게 유도를 해야지, 아무렇게나 하면 누가 팁을 주겠는가.

어느 날은 일본 여자 손님에게 사천 원 팁을 받은 적이 있다. 중국 사람들은 안 주는 사람도 있긴 하지만 적어도 오백 원씩은 주고 내리는 사람이 더 많다.

나는 늘 외국 손님들의 기분을 봐가면서 꼭 내릴 때는 인사를 "아일러브 유."로 한다. 영어는 잘 모르지만 몇 가지는 배워서 알고 있다.

어서 오십시오 – Welcome(웰컴)

안녕히 가십시오 – Goodbye(굿바이)

한국에 오신 걸 환영합니다 – Welcome to Korea(웰컴 투 코리아)

오후인사 – Good afternoon(굿 애프터눈)

저녁인사 – Good evening(굿 이브닝)

매우 감사합니다 – Thank you very much(땡큐 베리 머치)

어서 타십시오 – Please get in(플리즈 겟 인)

어느 역으로 가십니까? – Which station?(위치 스테이션?)

자정 이후에는 20% 할증료를 지불해야 합니다 – You have to pay 20% extra(유 해브 투 페이 트웬티퍼센트 엑스트라)

거스름돈 여기 있습니다 – Here is your change(히어 이즈 유어 체인지)

문을 닫아주시겠습니까? - Would you shut the door?(우쥬 셧 더 도어)

다 왔습니다 - Here we are(히어 위 아)

죄송합니다만 여기서는 정차할 수 없습니다 - I'm sorry but I can't(아임 소리 벗 아이 켄트)

지금 교대합니다 - I'm changing shifts now(아임 체인징 쉬프츠 나우)

날씨가 참 좋지요 - What a beautiful day(왓 어 비우리플 데이)

등등이 있다. 아무튼 외국 사람이건 한국 사람이건 친절하게 진심으로 대하면 잔돈을 안 받고 인사까지 하고 가신다.

"안전운전 하세요. 감사합니다. 책은 언제 나오나요. 내용이 다양하고 무척 재미있겠네요. 꼭 사서 볼게요." 하고 가신다.

'사랑의 택시' 외국어 표기

영　어 : taxi of love(택시 오브 러브)

일본어 : 愛のタクシー(아이노 타쿠시)

중국어 : 愛心出租(汽)車(아이 신 추우 쯔우)

2013. 02. 08.

구정연휴 하루 전날이다. 오늘은 서울역, 용산역, 남부터미널, 강남고속버스터미널, 동서울터미널 등으로 가시는 손님들이 많다.

남부터미널에서 60대의 남자 손님이 뛰어와서는 택시에 타신다.

"기사아저씨, 시간을 잘못 보고 내가 너무 일찍 나왔네요. 집으로 가서 우리 어머님 약을 챙겨 놓고 다시 돌아와야겠어요."

"버스 시간이 되시나요, 손님?"

"네, 될 것 같습니다."

"어머님은 시골에 같이 안 가세요?"

"우리 어머님은 가고 싶어도 못 가지요. 몇 년째 치매로 고생하시는데 내가 모시고 있어요."

"장하십니다. 부모님께 잘하시면 복 받아요."

"대변, 소변, 목욕까지 내가 다 하고 있어요. 자식들이 많아도 한 자식은 이렇게 운명을 타고 난 것 같아요. 누나도 있고 형도 있고 여동생도 있는데 내가 이 일을 하고 있네요. 나의 운명이라고 생각하고 어머님을 모시고 있답니다. 아버님이 1년 전에 돌아가시고 아버님 일을 내가 받아서 하고 있는데 내가 안 하면 누가 합니까."

"손님이 고생 많겠어요."

"밥을 금방 드시고도 배가 고프다, 나를 밥도 안 주고 굶겨 죽이려고 하느냐 하시는데 욕이나 좀 안 하셨으면 좋겠어요. 왜 그렇게 치매에 걸린 사람들은 욕을 잘하나 모르겠어요. 제 딴에는 잘 돌봐드리고 있는데도 욕을 하시면 불쌍하기도 하고 서운하기도 해요. 우리 아버님도 어머님 때문에 고생 많이 하시고 돌아가셨어요. 그러나 어쩔 수 있나요. 더 잘해 드려야지요. 부모님 덕택에 이렇게 회사 다니고 가정도 갖고 자식도 보고 잘살고 있는데. 그러니 어머님 은혜에 언제나 감사해야지요."

“형제분들도 도와주시나요?”

“안타깝지만 아니에요. 우리 형제들은 나하고는 다르게 태어났나 봐요. 한 몸에서 태어난 자식이라도 마음 씀씀이가 각각 달라요. 나는 끝까지 우리 어머님 잘 모실 거예요. 무슨 보상을 바라고 하는 것이 아니기 때문에 난 즐거워요.”

손님 말씀을 듣고 있으니 정말 감동받을 만한 훌륭한 분이신 것 같다.

“감동적입니다, 손님. 그런데 집에 들르셨다가 다시 터미널로 오셔야겠네요?”

“네, 약만 챙겨드리고 다시 와서 고향 가야 해요. 아버님 제사 때문에 큰형님 집으로요. 제사만 보고 바로 올라와서 어머님 모셔야 해요.”

“그 사이에 어머님은 누가 모시나요?”

“간병인에게 돈 주고 이틀만 부탁하고 가지요.”

“그럼 손님, 내가 집 앞에서 기다리고 있을 테니까 천천히 어머님 약 챙겨드리고 나오세요.”

“그래 주시겠어요? 10분 정도 걸릴 거예요. 짐은 택시에 두고 빨리 뛰어갔다가 올게요. 오늘처럼 택시 손님이 많은 날에 기다려 주신다니, 정말 고마워요.”

“네, 걱정 말고 다녀오세요.”

정말 오늘은 구정이라 택시 손님이 많은 날이다. 골목에 서 있으니 손님들이 여러 명 와서 운행하느냐고 물어본다. 내가 좋아하는 장거리 손님도 물어본다.

"아저씨, 분당 안 가세요?"

"죄송합니다, 예약된 택시입니다."

내가 모는 사랑의 택시는 돈만 쫓는 택시가 아니다. 저렇게 어머님께 효도하는 손님을 더 귀하게 여겨야 한다. 조금 있으니까 손님이 나오신다.

"기사아저씨, 고마워요. 오던 길로 다시 갑시다."

우리는 터미널까지 많은 이야기를 하면서 왔다.

"손님, 조심히 잘 다녀오세요. 복 많이 받으시고요."

"네. 기사아저씨도 명절 잘 보내세요. 지금처럼 행복하게 운전하시고요."

효심 가득한 손님을 남부터미널에 내려드리고 오늘 수입을 계산해 보았다.

오늘은 주간에만 이십사만 원 벌었다. 야간보다 더 많이 벌었다. 팁도 3~4만 원 정도 된다.

평상시는 보통 11~12만 원, 많이 할 때는 14만 원 정도다. 오늘은 구정이라 특별 케이스다. 역시 좋은 일을 하면 좋은 일이 생긴다.

어떤 손님이 그랬다. 복 받고 싶거든 복된 일을 하고, 좋은 사람을 만나고 싶거든 많은 사람들에게 사랑을 나누며 베풀라고. 그럼 좋을 일만 생길 거라고.

오늘은 구정이다. 난 야간근무이다.

광명시 사거리에서 젊은 사람이 대각선 건너편에서 손을 흔들고 있다. 난 신호가 떨어짐과 동시에 손님 앞으로 갔다.

"서울 택시인데요." 했더니 손님이 대답한다.

"네, 서울 택시인 줄 알고 황토색 보고 손 흔들었지요. 광명시 택시는 안 간대요. 압구정역 5번 출구로 갑시다."

"네네, 감사합니다."

"저도 감사합니다. 기분 좋은 아저씨를 만났네요."

"손님은 압구정이 집이세요?"

"네. 친구들이 광명시에 살아서 결혼 못하고 혼자인 제가 여기까지 왔답니다. 그런데 기사아저씨, 이왕 얘기가 나왔으니 압구정 주민센터 공무원 얘기 좀 해야겠네요. 며칠 전에 텔레비전 뉴스 보셨나요? 할머니하고 손주하고 살다가 생활이 어려워져 전기세를 연체했는데, 한전에서 단전하는 바람에 촛불을 켜놓고 자다가 불이 나 할머니도 죽고 손주도 죽었다는 뉴스 말이에요? 저는 그걸 보고 너무 많이 울었어요."

"네, 나도 봤어요. 가슴 아픈 일이지요."

"저는 시골서 서울로 상경하여 잘살지는 못하지만 그래도 저보다 어려운 사람들을 돕고 살자는 생각을 갖게 됐어요. 그래서 작은 것이라도 정성을 다해 좋은 일 좀 해보자고, 젊은 놈이 창피한 것도 모르고 용기를 내서 2층에 있는 압구정 주민센터를 찾아갔어요. 안으로 들어

가니 남녀직원들이 모여서 떡을 먹고 있더군요. 제가 어렵게 말을 꺼냈지요. 뉴스를 보고 남을 돕고 싶은 마음에 이렇게 찾아왔다고요. 많이는 못하지만 쌀과 라면, 연탄 등은 한 달에 한 번씩 날짜를 정해 놓고 기부하고 싶다고요. 그런데 방법을 모르니 좀 알려달라고요."

"아, 손님이 참 좋은 일을 하려고 했군요."

"그런데요, 아저씨. 제가 그렇게 말을 꺼냈는데도 그 사람들은 내 말은 듣지 않고 자기들끼리 웃으면서 떡만 먹고 있는 거예요. 기분이 나빴지만 제가 뭐 저 사람들 보고 온 것이 아니기 때문에 상관하지 않고 이야기를 계속했더니 전화번호만 적어놓고 가라지 않겠어요. 그래서 꼭 좀 연락해 달라고 하고 나왔는데 그 후 며칠이 지나가도 연락이 없더군요."

"저런, 무슨 공무원들이 그렇답니까."

"연락이 안 오니까 별별 생각이 다 들었어요. 저를 불량자로 봤나 싶기도 하고, 큰 금액만 기부 받는 것일까 싶기도 하고, 참 야속하단 생각이 들더군요. 그뿐인가요. 영화배우 안성기 씨가 불쌍한 아프리카 아이들에게 매달 3만 원씩 기부해 달라는 선전 있잖아요. 그걸 보고 전화했을 때도 전화 받는 아가씨가 어쩜 그리도 불친절한지 화가 다 나더군요. 제가 물었거든요. '아가씨, 나도 많이는 못해도 1만 원씩은 기부하고 싶은데 어떻게 하면 되나요?' 하고요. 그랬더니 퉁명스럽게 '통장 개설해서 매달 빠져나가게 하세요' 하는 거예요. 다시 물었죠. '아니, 내가 직접 매달 송금하면 안 되나요?' 했더니 '그렇게는 안 돼요. 통장이체를 해야 해요' 하고 쌀쌀맞게 대답하는 거예요. 너무 기분이 나빠서 전화를 끊어 버렸어요."

"흠. 정말 문제군요."

"생활에 여유가 있어서도 아니요, 부잣집 자식이라서 그런 것도 아니요, 그저 뉴스를 보고 마음이 아파서 나라도 좋은 일 좀 하며 살자는 마음으로 전화를 했건만, 그런 저를 오히려 이상한 사람 취급하는 이 사회가 원망스럽더군요. 아저씨. 누구한테도 말 못했던 이런 일들을 꼭 책에 실어주세요. 그럼 이 책을 읽은 높은 사람들이 '이런 일도 있구나' 하고 시정할 수 있을 거 아니에요."

"네, 손님. 꼭 그렇게 할게요."

"아저씨. 요즘 세상이 너무 강퍅하네요. 시골에서 자랄 때 저는 부모님께 회초리 맞아가며 엄하게 성장했어요. 부모님이 항상 하시던 말씀이 있어요. 남의 물건 탐내지 마라, 싸우지 마라, 네가 생각해서 나쁜 일이라는 생각이 들면 절대 하지 마라, 너보다 어려운 사람이 주위에 있거든 돕고 살아라. 이런 말씀들을 귀가 아프게 듣고 살아와서 뉴스를 보는 순간 눈물을 흘리며 시골 부모님과 어린 시절을 떠올리면서 용기를 내 찾아갔건만…. 남을 돕겠다는데 마음이 중요하지 돈의 액수가 중요합니까? 이제는 기부를 하고 싶어도 못하겠네요."

"손님이 마음을 많이 다치셨군요."

"네, 이런 말도 있지요. 좋은 농부가 좋은 밭에 좋은 씨를 뿌리면 좋은 열매가 맺어지고, 좋은 부모가 좋은 자식에게 참교육을 시키면 좋은 자식이 나온다는. 부모님들이 자식들을 어떻게 키우느냐가 그만큼 중요한 것 같아요. 그건 그렇고 아저씨는 택시운전을 하시면서 남의 이야기를 듣고 일일이 기억했다가 책으로 만든다고 하시니, 제가 대단히 훌륭한 사람의 택시를 탄 거네요. 전화번호 적어드릴 테니 책 나오면 꼭 연락주세요."

"알겠습니다, 손님. 손님도 안녕히 가세요."

나는 손님의 뒷모습을 바라보며 언젠가는 손님의 착한 심성을 알아줄 날이 올 것이고, 반드시 그 복을 받게 될 것이라고 손님의 행복을 빌어주었다. 그러니 힘내라고.

2013. 03. 14.

긴 겨울에서 봄으로 오는 길목이라서 아침저녁으로 요즘은 일교차가 심하다. 택시운전을 하면서 많은걸 새롭게 배우며 또 다른 세상을 살고 있다.

택시도 운수업이다 보니 잘되는 날이 있고 안 되는 날이 있다. 대지운수 차고지는 잠실에 있다. 잘되는 날에는 교대시간이 가까울 때도 손님이 타서 상암동 디지털단지에서 신촌로터리로 가자고 하고, 그 손님이 신촌에서 내리면 또 다른 손님이 바로 승차하면서 중랑역 동부시장을 가자고 한다. 그 다음 손님은 암사동 토끼굴을 지나 현대아파트로 가자고 하고 계속해서 다음 손님이 타서는 차고지와 가까운 송파역 근처 엄마손 백화점까지 가자고 하는 식이다.

석촌호수 사거리 코너에 LPG 주유소가 있다. 우리 회사차는 거기서 주유를 하고 차고지로 간다. 이렇게 잘되는 날은 주유소까지, 손님들이 바통을 이어받는 것처럼 내리고 타고 내리고 타고 해서 잠실까지 온다.

그러나 안 되는 날은 교대시간이 돼서 잠실로 와야 할 때 손님들마다 반대방향으로 가자고 한다. 그럴 때는 나도 할 수 없이, 원래는 이 택시가 승차거부가 없는 택시인데 부득이하게 교대시간만큼은 그럴 수가 없다고 하면서 양해를 구한다.

대체로 월요일, 목요일, 금요일, 토요일이 잘되는 날이다. 화요일, 수요일은 안 되는 날이다. 그래도 잘되는 날이 4일 있고 안 되는 날이 2일이니 다행이다.

오늘은 잘되는 목요일. 돼도 너무 잘되는 날이다. 해서 오늘 하루 내 택시에 탄 손님들의 이야기를 해볼까 한다.

첫손님이 타시며 "자양사거리로 갑시다." 하신다.

"네." 하고 모셔다 드리니 자양사거리에서 두 번째 손님이 승차하시며 광명시 근처에 있는 천왕역으로 가자고 하신다.

"기사아저씨, 처음 가는 길이니 나에게 묻지 말고 내비 찍어서 내비 아가씨가 가자는 대로 가주세요. 나는 피곤해서 잠 좀 자야겠어요."

"네, 손님."

와~ 오늘은 느낌이 좋다. 장거리 손님을 두 번째 만에 만났으니.

목적지에 도착하니 28,500원이 나왔다. 손님은 잘 왔다고 하시면서 5만 원권 한 장을 주시며 거스름돈으로 만 원짜리 두 장만 달라고 하신다.

"안녕히 가세요."

인사를 하고 골목골목 길을 잃고 헤매다 보니 오히려 잘못 온 게 아니라 잘 온 것 같다. 광명경찰서 사거리가 나온다. 여기라면 잘 아는 곳이다. 건널목에 서울 개인택시가 서 있다가 손님을 태우고 간다.

'어~어 나도 여기 한 번 서 있어 보자.' 하고 있는데 30대 중반의 남녀 한 쌍이 타신다.

"아저씨, 논현 초등학교로 가시지요."

"네, 알겠습니다."

"강남구 논현 초등학교요. 행여 인천으로 가지 말고요."

멀리 가는 것도 고마운데 유머까지 있는 손님들이다.

"어디로 해서 갈까요?"

"기사아저씨 편한 대로 가주세요."

목적지에 다 와서 한 분은 내리셨는데 또 다른 한 분은 "기사아저씨, 죄송하지만 나는 다시 광명시로 가면 안 될까요?" 하고 물으신다.

"교대시간도 아닌데 당연히 가시지요."

나는 콧노래를 부르면서 또 광명시로 간다. 가면서 내내 "잘난 사람 잘난 대로 살고 못난 사람 못난 대로 산다~~~" 신신애 노래를 흥얼거리며 다시 광명시에 도착했다.

손님을 내려드리고 '이번에는 빈 차로 가겠군' 했는데 그때 마침 콜이 들어온다.

쌍문동이다. 아니, 이보다 좋을 수가!

잠시 기다렸다가 콜 아가씨 내비가 안내하는 대로 따라간다. 2분 거리에 손님이 있다.

광명시에서 꽤 먼 거리인 쌍문동 손님을 태우고 오면서 말 한마디 안 하고 왔다. 손님이 말을 안 하면 나도 안 한다. 손님이 피곤해서 택시에서 쉬시나 보다 하고 나도 조용히 해주기 때문이다.

쌍문동에서 손님이 내리시고 골목으로 내려오는데 여자 한 분이 뛰어와서는 구의사거리로 가자고 하신다. 어쩜, 오늘은 이렇게 딱딱 맞아떨어질 수가 있을까. 정말 오늘 같기만 해라.

구의시장 입구에 손님을 내려드리고 코너를 도는데 또 한 손님이 천호동 구길 천방마트로 가자고 하신다.

이번에도 천방마트에 도착해 손님을 내려드리고 유턴해서 천호동 로데오거리로 오는데, 어떤 사람이 길을 건너와 뒤로 돌아서 있다. 딱 봐도 택시를 잡으려는 사람이다. 택시를 손님 앞에 세우니 아니나 다를까.

“성남 모란역 좀 가시지요.”

“네, 손님. 어서 오세요.”

“기사아저씨, 삼사천 원 더 드릴 테니 기분 좋게 가시지요.”

“그럼요, 이 택시는 사랑의 택시랍니다. 오히려 손님이 사랑의 기를 받아가세요.”

“아저씨, 참 재미있네요.”

“손님도요. 말씀도 잘하실 것 같고요.”

“그럼 성남까지 가면서 재미있는 이야기나 하고 갈까요?”

“네, 그러시지요. 손님은 결혼하셨나요?”

“그럼요, 했지요. 딸도 하나 있는걸요.”

“지금 시간이 4시에 가까운데 이 시간에 집에 들어가도 부인한테 혼나지 않나요?”

“그럴 일은 없어요. 우리 부인은 용인에서 미장원을 하고, 나는 성남에서 직장에 다니면서 직장 근처에 방 얻어놓고 생활하고 있지요.”

“왜 부인하고 싸웠나요?”

“아니요.”

“그럼 언제 부인도 보고 자식도 보고 집에 가나요?”

“토요일에 가서 일요일까지 집에 있다가 다시 성남으로 오지요.”

“주말부부네요. 손님 보니까 말씀하시는 것도 부드럽고 좋으신 사람 같아요. 목소리도 꼭 라디오 성우 목소리 같아요.”

“그래요? 허허.”

기분 좋게 웃고 있는 손님을 쳐다보며 부인과는 어떻게 만났느냐고 물었다.

"우리 마누라와는 고등학교 때부터 만나서 사귀였지요. 군대 갔다가 올 때까지 기다려 줘서 결혼해서 자식 낳고 이렇게 잘살고 있지요."

"네. 다들 군대 가면 고무신 거꾸로 신고 도망가는데 손님 부인은 무척 착하시네요."

"그게 다 이유가 있어요. 내가 군대 있을 때는 도망가지 못하게 아버님께 소개해서 우리 아버지 회사 경리로 근무하게 했지요. 그래서 도망갈 시간적 여유가 없었답니다. 될 성싶은 나무는 떡잎부터 알아본다고 했던가요? 우리 아버님이 그때 마누라를 보고 어디를 봐도 손색없는 규수라면서 당신이 직접 데리고 있으면서 미용기술도 배우게 했어요. 그 덕분에 지금은 마누라도 자기 가게를 내서 열심히 살고 있고요. 게다가 가게 근처에 장인장모가 살고 계시니까 집 걱정은 안 해도 돼요."

"그런데 자식 하나 더 두시지, 왜 하나만 두셨나요?"

"다른 것은 마음대로 해도 자식만큼은 마음대로 안 되네요. 아들이든 딸이든 하나만 더 갖고 싶어 여러 방법을 다 써봤는데 실패했어요. 그런데 기사님, 요즘은 애들이 너무 빨리 성숙되나 봐요. 딸 하나 있는 것이 벌써 생리를 해요. 초등학교 6학년인데요. 너무 빠르지 않나요? 나 참, 주책없이 별 얘기를 다하네요. 나도 모르게 이야기가 술술 다 나오네요. 나는 지금 성남에 혼자 있으니까 친구들이 많아요. 지금도 우리 집에 친구 하나가 찾아와서 내가없어도 자기 집인 냥 혼자 자고 있네요."

"손님, 친구도 좋지만 결혼했으면 친구관리도 잘하시고 마누라, 자식도 생각하시고 잘 챙기세요. 그리고 빨리 동생 하나 더 가지세요. 아들 하나 딸 하나 가지면 부모가 좋고, 아들아들 딸딸 같은 성을 가지고 태어나서 형제가 같이 살아가면 부모보다 자식들이 좋대요."

"그래요. 오늘의 행복을 모르는 사람은 내일의 행복도 모르고 살아가지요. 이런 얘기가 있더군요. 세상을 살아가는데 두 사람이 있다. A란 사람은 한 달 월급 천만 원을 가지고 살아간다. 그런데 갑자기 월급이 팔백만 원으로 줄어들었다. 그럼 그 사람은 이백만 원 빚을 내서 생활을 하게 된다. 그렇지만 팔백만 원 월급 받는 사람이 갑자기 천만 원의 월급이 생기면 팔백만 원만 쓰고 이백만 원은 저축하고 산다."

"맞아요, 손님. 우리네 인생은 자식 욕심, 돈 욕심, 세상 욕심 내지 않고 세상 흐르는 대로 물결치면 치는 대로 바람 불면 부는 대로, 가다가 바위가 있으면 돌아가고 세상 탓하지 않고 즐겁게 살아갈 때 주름살 없는 삶을 영위할 수 있다고 생각해요. 손님, 이야기하다 보니 어느새 다 왔네요."

"기사님 덕분에 즐겁게 왔네요. 그럼 조심해서 올라가세요."

"네, 손님도 안녕히 가시고 경기도에서 서울 오실 때는 빨리 오고 친절해서 좋은 나비콜을 호출해 주세요. 나비콜 전화번호는 1599-8255랍니다."

봄이 오면 온 강산에 푸른 새싹이 돋고, 여름이 오면 들판의 곡식

익으라고 태양이 이글거리고, 가을이 오면 단풍으로 사람들의 눈을 즐겁게 해주고, 겨울이 오면 온 세상이 새하얀 눈으로 가득하고. 자연이 순서대로 돌아가듯이 인간도 똑같은 순서대로 살아가야지, 삶의 대열에서 이탈하지 않고 운명의 날까지 잘살다가 아름답게 떠날 수 있다.

나는 앞으로도 택시운전을 천직으로 생각하며 '사랑의 택시'라는 이름에 걸맞게 손님들에게 봉사하는 마음으로 운전대를 잡을 것이다.

어이없는 손님들

주간근무를 하러 나오니 일원동에서 첫 손님이 타신다. 삼성의료원으로 가자고 하신다.

"네!" 힘차게 대답하고 뛰뛰빵빵 즐거운 마음으로 핸들을 잡으며 달린다.

삼성의료원 본관에 손님을 내려드리고 빈 차로 나오기가 좀 그래서 삼성의료원 장례식장으로 택시를 몰고 갔다. 건물에서 어떤 젊은이가 뛰어나오더니 강서구 곰달래길로 가자고 한다.

야~ 오늘은 운수가 좋다. 장거리 손님이다. 콧노래를 부르며 청담대교 남단을 지나 올림픽대로로 강서대교 남단을 지나 강서구청 쪽으로 가는데, 손님이 계속 시비를 건다.

고작해야 30세 정도나 됐을까. 내가 60이 넘었으니 30년 이상 차이가 나는데도 반말을 한다. 왜 돌아가느냐, 여기가 어디냐, 자기가 어디서 타고 왔느냐 등등.

그때부터 알았다, 손님 상태가 정상이 아니라는 것을.

‘햐, 이것 참 큰일 났네’ 하며 불안한 마음으로 목적지까지 왔다. 그런데 그렇게 사납게 막말을 하던 사람이 갑자기 공손하게 말을 한다.

"기사아저씨, 저기 24시 가게에 좀 세워주세요. 목이 말라 물 좀 사서 먹고 가야겠네요. 옷이랑 스마트폰 놓고 갈 테니, 걱정하지 마세요."

내가 반신반의하며 기다리고 있는 동안 물을 사가지고 나와서 다시 택시에 타더니 골목골목까지 들어가서 택시를 세운다.

"다 왔어요. 저쪽 빌라 입구에 세워주세요. 택시비 얼마 나왔어요?"

"네, 25,500원 나왔는데요."

"그래요? 고맙습니다. 잘 가세요."

내가 하도 어이가 없어 손님을 쳐다보며 물었다.

"손님, 택시비 줘야죠."

"아저씨, 돈이 없어요."

그리고는 택시에서 내려 손까지 흔들면서 그것도 천천히 걸어간다.

나는 뒤를 쫓아가 택시비를 달라고 하고 싶었지만 그냥 참았다. 화가 치밀긴 했어도 자식 같은 젊은 사람이 왜 저렇게 살까 싶은 게, 불쌍한 마음이 더 들었기 때문이다. 신고하면 경찰은 금방 온다. 그런데 그러고 싶지 않다.

회사에 와서 이야기를 했더니 다들 나보고 바보라고 한다. 경찰에 신고하지 왜 그냥 보냈냐면서, 그러면 다른 택시기사들에게도 그런 방법을 쓸 테니 내가 잘못한 것이라고 한다. 그러나 나는 오늘 일을 잘했다고 생각한다. 한 젊은이의 삶을 경찰에 고소하지 않고, 한 번 더 기회를 준 것이다. 마음은 아프지만 그래도 나는 행복하다. 앞으로도 이러한 일이 생기면 똑같이 행동할 것이다. 누가 뭐래도 도망간 저 자를 용서할 수 있는 마음을 가지고 싶다.

"삼성의료원 장례식장에서 강서구청 곰달래길까지 택시요금 안 내고 도망간 젊은이! 잘 살기를 바라요. 지금부터라도 세상에 베풀면서 사랑으로 살아가세요. 그리고 이 글을 보거든 생활이 좀 나아졌으면 꼭 연락해서 택시요금 돌려주세요."

2.

라마다 호텔에서 일본 분이 서울역으로 가자고 하신다.

오늘도 손님께 활기차게 인사를 하고 올림픽도로로 반포대교를 지나 3호 터널을 경유해서 서울역으로 갔다. 일본 분을 내려드리고 잠시 정차하여 돈을 세고 있는데 50대 남자 손님이 타시며 "갑시다." 하신다.

"네, 손님. 어디로 모실까요?"

"아무데나 가요."

대답이 이상해서 백미러로 손님 모습을 보니, 세수도 안 하고 머리는 산발에 신발은 쓰레기더미에서 이제 막 나온 사람처럼 꼴이 말이 아니다. 보아하니 서울역 노숙자다. 나도 왕년에 목포 역전에서 이틀 동안 노숙생활을 해봤던 터라 그런 모습에는 익숙하다.

"손님, 내리세요."

가능한 한 점잖게 얘기를 했더니, 손님이 내리지는 않고 오히려 나를 째려본다. 할 수 없이 내가 뒷좌석으로 가서 문을 열고 조금 강경하게 말했다.

"손님, 목적지 없는 손님은 택시가 못 갑니다."

내가 덩치가 좀 있는 편이다. 그래서인지 나를 위아래로 훑어보더니 그제야 못 이기는 척하고 몸을 움직인다. 그런데 손님이 내리면서 하는 말이 더 가관이다.

"하기야 돈도 없는데 택시를 탈 수는 없겠지. 그럼 택시기사 아저씨, 돈 천 원만 주세요. 소주 한잔 먹게요."

그 말에는 대꾸도 하지 않고 내가 노려보자 체념한 듯 내려서는 터벅터벅 걸어간다.

난 옛날부터 놀고먹는 게으른 사람에게는 밥 한 그릇도 공짜로 주면 안 된다고 생각한다. 그런 이들에는 단 일 원도 주기 싫다.

택시기사들은 어떠한 일이 있어도 손님을 왕으로 생각하며 차별 없는 서비스 정신으로 운전을 해야 한다. 그렇게 희생과 봉사의 정신으로 운전을 해도, 가끔씩은 밑도 끝도 없이 부당요금이나 승차거부 등의 명목으로 신고를 당하기도 한다. 그럴 때면 택시기사님들이 너무 불쌍하게 느껴진다. 우리나라 택시는 모든 조건이 손님보다 택시기사에게 불리하게 되어 있다.

이런 일이 있었다.

100원 부당요금으로 신고가 들어와서 그런다고, 어느 날 서울시에서 전화가 왔다.

한 손님이 테크노마트 앞에서 강동역 4번 출구까지 가자고 했다. 나는 평상시처럼 즐겁게 인사하고 열심히 운전하여 목적지에 도착했다.

그런데 손님이 준 카드에 문제가 생겼다. 여러 번 긁었는데도 불발이다. 손님은 법인카드라고 했다. 그렇지만 안 되는 카드라는 것을 그 손님은 알고 있었을 것이다. 그래도 계속 해보다가 혹시 택시카드기에 이상이 있나싶어 100원을 추가해서 긁어보니, 그때서야 '사용할 수 없는 카드'라는 음성이 나온다.

"기사아저씨, 왜 100원을 추가합니까? 경찰에 신고해야겠는데요."

어이가 없어 내가 되물었다.

"아니, 신고는 사용할 수 없는 카드를 준 손님을 내가 해야지, 왜 손님이 하십니까?"

그 말에 잠시 가만히 있던 손님이 묻는다.

"경찰이 오면 어떻게 되는 거죠?"

"무임승차로 고발되죠. 혹시 다른 카드나 현금은 없나요?"

"네, 아무것도 없어요."

하는 짓이 괘씸하여 내가 신고를 하고 경찰이 곧 온다고 하니까, 카드도 현금도 없다던 사람이 금방 다른 카드를 주면서 긁어보라고 한다. 새로운 카드로는 한 번에 결제가 된다. 대부분의 택시기사들이 몇 번 결제하다가 큰돈이 아닐 때는 귀찮고 시간을 낭비하게 되므로 그냥 내리시라고 한다. 그것을 알고 손님도 이 방법을 쓴 것 같다.

그런데 이렇게 저렇게 하다 보니 처음 카드가 안 됐을 때 추가된 백 원을 손님에게 돌려줘야 하는 걸 깜박하고 영수 처리한 것이 화근이 되었다. 손님이 그 백 원을 부당요금으로 서울시에 신고해 버린 것이다. 그때 내가 서울시 담당직원과 통화를 하고 팩스로 보낸 진술서가 여기 있다.

〈진 술 서〉

서울 33아 2650 대지운수 : 백중선

사건내용 :

젊으신 분이 테크노마트에서→강동역 4번 출구까지 왔습니다.

택시요금이 4,600원 나왔는데 손님이 준 법인카드로는 결제가 되지 않았습니다. 카드 결제기에 계속 긁어도 안 되고 택시를 앞으로 옮겨 봐도 안 됐습니다. 혹시나 카드 결제기에 이상이 있나 싶어 백 원을 추가해서 긁어봤더니 '사용불가'란 음성이 나왔습니다. 그렇게 카드 확인을 하기 위해 백 원을 추가해서 나온 금액이 4,700원이었는데 그 백 원을 부당요금으로 신고한 것 같습니다.

처음에 결제가 되지 않아 손님에게 다른 카드나 현금이 없냐고 묻자 없다고
하시더니, 무임승차로 고발될 수도 있다고 하니 그제야 다른 카드를 주셨고
,그 카드로 결제를 했습니다.
추가된 백 원을 손님께 지불하고 와야 하는데 62세가 넘다보니 깜박깜박합
니다.

결론 :

2650 택시는 그동안 승차거부나 부당요금 한 번 안하고 손님을 기쁘게 하
며 다니는 재미있는 택시입니다. 서울시청 직원이라고 하시며 친절택시로
추천하겠노라고 제 이름하고 전화번호 까지 적어가신 분도 있습니다. 2010
년 11월경입니다. 이번 일을 거울삼아 백 원을 십만 원으로 알고 손님을 배
려하며 봉사하는 정신으로 더욱 더 열심히 하겠습니다. 선처를 부탁합니다.

참고 :

요즘 젊은 사람들 중 일부러 결제가 되지 않는 카드를 내미는 사람들이 부
쩍 늘어났습니다. 소액은 택시기사들이 귀찮아서 그냥 내리라고 할 때가 많
다는 것을 알고 이를 이용한 것입니다. 저뿐만 아니라 다른 택시기사님들도
이런 경험을 자주 했다고 합니다.

3.

남성역에서 이수역으로 내려오는데 마을버스 타는 데서 여자 한 분
이 "택시!" 하며 앞좌석에 타신다.

“기사아저씨, 서울대입구역 쑥고개로 가주세요.”

“네.” 하고 사당역 사거리에 와서 “손님, 우회전합니다.” 했더니 “아니요, 곧바로 직진해서 평촌 한림대병원으로 가주세요.” 한다.

가는 동안 여자 손님이 이야기를 꺼낸다.

“기사아저씨, 나는요 중국에서 왔는데 공항에서 택시를 타고 오다가 어떤 사람에게 강간을 당했어요. 그 바람에 정신이 이상하여 의사 처방전 받아 약 지으러 가는 길이에요. 서울에는 이 약이 없대요.”

“그렇군요. 세상에, 그런 나쁜 놈이 있나….”

손님의 말을 들으니 참 안됐다. 어느새 한림대병원 앞에 왔다.

“저기 약국 앞에 세워주세요. 조금만 기다리세요. 금방 약 지어 올게요.”

한참 있다가 약국에서 나온 손님이 울먹거리며 다시 택시에 탄다.

“기사아저씨, 서울로 다시 가요.”

“아, 왜요?”

“약 지으려고 하는데 돈이 좀 부족해서요.”

“얼마가 부족한데요?”

“칠만 원이오. 저, 아저씨. 서울 가서 돈 가지고 와서 약 지으면 이중으로 돈이 들어가니, 아저씨께서 먼저 돈 좀 빌려주시면 어떨까요?”

“예, 그렇게 하지요.”

나는 젊은 아가씨가 안됐다 싶어 칠만 원을 빌려주고 약국 앞에서 기다렸다. 얼마 안 가 나온 손님이 약을 지었다면서 빨리 서울로 가자고 한다. 처방전하고 약병도 보여주고, 메모지에다가는 집 주소와 집 전화번호, 핸드폰 번호까지 적어주면서 나를 안심시킨다.

나는 하나도 의심 없이 가자고 하는 대로 태평백화점 건너편 프라자빌딩에 세워드렸다. 택시에서 내리면서 손님이 이층 내과원장만 만나보고 바로 나올 테니 만 원만 더 빌려달라고 한다. 집에 가서 빌린 돈을 주겠다면서.

"기사아저씨, 고마워요. 우리 집에 갈 때 같이 가세요. 그때 꼭 드릴게요."

나는 손님의 말만 믿고 기다렸다. 그런데 10분, 20분, 30분이 지나도 안 나온다. 슬슬 불안하다. 메모지에 적어준 번호에 전화를 했더니 없는 전화번호다. 집 전화번호도 안 된다.

정말 나처럼 어리석은 사람이 또 있을까. 택시 문을 잠그고 비상 라이트를 켜놓고 이층 내과병원으로 가서 빨간 옷 입고 25세 정도 된 아가씨가 왔느냐고 물었더니, 그런 사람은 못 봤다고 한다. '아차, 속았구나!'

일층 약국에 들어가서 물어봐도 모른다고 한다. 그렇게 믿었건만 점점 화가 치밀어 오른다. 이런 사람은 가만두면 안 되겠다 싶어 곧바로 경찰에 신고를 했다.

금방 남성지구대에서 경찰차가 와서 사건내용을 다 듣고 건물소장 님을 불러 건물에 있는 CCTV를 확인해 본다. 시간대별로 봐도 빨간 옷을 입고 지나가는 사람이 없다. 그 아가씨는 CCTV가 어디에 있고 어디로 가면 안 찍히는지를 다 알고 있는 듯했다.

그때 약국에서 한 분이 나오더니 사건 얘기를 듣고는 내게 대뜸 묻 는다.

"아저씨는 얼마나 주셨어요?"

"현찰 8만 원하고 택시비 38,000원 해서 12만 원입니다."

"어, 액수가 점점 올라가네요. 아저씨가 여섯 번째군요."

"뭐요?" 곁에서 같이 듣고 있던 경찰관도 놀라서 묻는다.

"이 택시기사님이 여섯 번째로 당했다고요."

나보다 더 흥분한 경찰관이 죄질이 아주 나쁘다면서 꼭 잡아야 되 니 방배경찰서로 가서 정식으로 신고를 하라고 한다. 그렇게 되면 형 사가 배당되어 범인을 잡을 수 있다는 것이다.

"그렇지만 경찰아저씨, 나는 법인택시 입금하기도 바쁜데 신고해서 와라가라 하면 일도 못하고 안 돼요. 그러니 범인 잡으면 연락해 주 세요."

그렇게 내 전화번호를 남겨놓았고, 그때 만났던 남성지구대 경찰관 전화번호도 가지고 있다.

그 후 남성대 방향으로만 가면 마을버스 정류장에서 혹시나 하고 찾아보게 된다.

아가씨, 나는 당신을 용서합니다. 이 책을 보시거든 그때 그 돈 달라고 하지 않을 테니 꼭 한 번 만나요. 당신의 삶에 행복을 빌고 싶어요. 재물에 축복을 주어 다시는 남에게 나쁜 짓 하지 말고 착하게 살게 되기를 빌어요.

할증시간에 도봉산역 건너편에서 택시를 보고 와서는 젊은 남녀가 목적지를 대며 물어본다.

"양주시까지 가는데 카드도 됩니까?"

"네, 됩니다. 이 택시는 승차거부가 없습니다."

남자 혼자 택시에 오르면서 애인인 듯싶은 여자와 인사를 한다. 장거리라서 가는 동안 이런저런 이야기도 하고 서로 보고 웃으며 즐겁게 잘 왔다.

"아저씨, 저 골목길에 세워주세요."

"네" 하고 손님이 준 카드로 결제를 하는데 잔액부족으로 나온다.

"기사아저씨, 요금 얼마 나왔어요?"

"18,000원입니다."

"어, 카드에 돈 있었는데 왜 이러지….."

"집에 가족 있지요? 가족보고 가져오라고 하세요."

"엄마하고 둘이서 사는데 엄마가 늦게까지 장사를 해서 집에는 아무도 없어요."

"그럼 어떻게 해야 되나요?"

"기사아저씨 계좌번호 가르쳐 주세요. 장사하는 친구가 있는데 지금 좀 보내달라고 할게요."

"그러세요."

내가 계좌번호를 가르쳐 주니 손님이 친구에게 전화를 건다. 계좌번호도 또박또박 불러주면서 "야, 꼭 좀 보내주라. 내일 보내줄게." 한다.

전화를 다 하고는 "아저씨, 서울 가시다가 돈이 들어오면 나한테 연락 좀 해주세요." 하며 자기 전화번호를 내 핸드폰에 입력해 준다.

나는 알겠다면서 인사까지 하고 서울로 돌아오는데, 돈이 안 들어온다. 그래도 계속 기다려 본다. 아무 소식이 없다. '또 당했다. 상습범이군.' 친구한테 전화한 것도 거짓말로 혼자 한 것 같다.

다음날 손님이 알려준 번호로 전화를 걸었다. 안 받는다. 열 번 이상을 해도 안 받는다. 나중에는 전화기가 꺼져 있다. 문자를 했다. 답이 없다. 일주일 동안을 전화를 해도 통화를 할 수가 없다. 결국은 내가 포기하고 핸드폰에 양주행 젊은 남자라고 입력을 해놓았다. 010-4930-★★★★

2011년 4월 27일 수요일 03시 04분에 택시 타고 양주까지 가신 손님! 혹시 이 글을 본다면 연락하세요. 나는 아들이 없어서 젊은 남자들을 보면 무척 좋아해요. 택시비는 못 받아도 좋아요. 그렇지만 젊은이가 세상을 그렇게 살면 안 돼요. 정직하게 사세요.

지금 봐도 손님 얼굴 알 수 있어요. 나는 당신을 위해 기도합니다. 당신을 잘되게 해달라고, 당신에게 복을 주시라고. 그때 그 손님은 핸드폰 번호 보면 알 거예요. 뒷자리 전화번호는 별표로 해두었습니다. 당신의 인격을 존중하기 때문이지요.

5.

아침 일찍 용산역에 손님을 내려드리고 용산역 주위를 보니 빈 택시가 너무 많다.

할 수 없이 다른 곳으로 이동하려고 건널목에 서 있는데 콜이 들어온다. 재빨리 클릭을 했다. 2분 거리의 지점에 손님이 있다고 해서 내비 지시대로 가니, 저기 저쪽에 손님의 모습이 보인다. 좌회전만 하면 된다.

그런데 손님 앞에 빈 차가 하나 서 있다. 그때 콜 손님한테 전화가 온다.

"네, 다 왔습니다. 손님이 보이네요."

"아, 아저씨 미안해요. 시간이 급해서 다른 택시 타고 갑니다."

"그러면 안 되지요, 손님. 다 왔는데…."

내 말이 채 끝나기도 전에 손님은 "죄송합니다." 하고 일방적으로 전화를 끊어버린다. 그러고는 내가 보고 있는 앞에서 다른 택시를 타고 간다.

나는 이럴 때마다 무척 서운하다. 택시의 콜 문화가 이 정도밖에 안 된다. 바로 잡았으면 한다. 콜 손님이 부르는 목적지까지 가기 위해 다른 손님도 받지 않고 왔는데, 그 1초를 못 기다리고 다른 택시를 타고 가는 것은 도리가 아니다.

그러나 어떻게 하랴, 할 수 없지. '그래, 이런 손님도 있구나.' 하고 바로 직진하여 건널목에 서 있는데, 한 손님이 타시며 강남구청으로 가자고 하신다. 꽤 먼 거리 손님이다.

역시 마음을 좋게 쓰면 좋은 바람이 불어온다고 했던가.

그 후부터 계속 손님이 내리면 다른 손님이 타고, 건널목에 신호대기하고 있으면 기다렸다는 듯 "기사님, 가시지요!" 하며 손님들이 탄다.

아침부터 콜 받고 배신당해서 기분이 좀 찜찜했는데 단박에 기분이 좋아진다.

오늘 약속을 지키지 않으신 콜 손님!

손님에게 복을 빕니다. 복을 듬뿍 받으셔서 앞으로는 절대 콜 불러 놓고 다른 택시 타지 마시고, 예약된 손님을 태우기 위해 다른 손님이 손을 들어도 못 태우는 택시기사님과의 약속을 지켜주시기 바랍니다.

손님에게 지혜롭게 대처하기

1.

한 손님이 자하문터널에서 교대 곱창집 앞으로 가자고 하신다. 내가 먼저 손님에게 가는 길을 이야기했다.

"1호 터널을 지나 한남대교로 가서 강남역에서 우회전해서 갑니다. 손님이 마음에 안 들면 원하는 길을 말씀해 주세요."

"네, 알아서 편한 쪽으로 가세요."

그런데 내가 말한 대로 강남역에서 우회전을 하니까 그때부터 시비를 걸어오기 시작한다. 왜 돌아오느냐고, 요금이 많이 나왔다고. 그러더니 택시 세우라고 성질을 내며 큰소리로 다그친다.

"손님, 이런 일이 생길까봐 조금 전 출발할 때 가는 방향을 이야기했지 않습니까? 마음에 안 드셨다면 그때 말했어야죠. 이 택시는 아무데나 세우는 택시가 아닙니다. 목적지까지 가서 세울 테니 싸우고 싶으면 거기서 싸우세요. 그리고요, 택시요금이 많이 나왔다고 생각

되시면 손님이 내고 싶은 대로만 내고 내리세요.”

내가 화를 누르면서 조곤조곤 이야기하니 손님이 갈등이 생기나 보다. 아무 말 없이 조용히 있다가 목적지에 도착하니 카드 되냐고 묻는다.

“네, 물론이죠.”

요금도 나온 대로 다 계산해 준다. 그러고는 인사까지 하고 내리신다. 내가 지혜롭게 대처를 잘한 것 같다.

“조심해서 운전하세요.”

“네, 감사합니다. 건강하시고 또 만나요.”

이 택시는 승차거부 없고 부당요금 없는 택시랍니다.

2.

강남논현역에서 젊은 여자 손님이 시외버스를 타야 한다며 잠실 버스정류장까지 가자고 하신다.

“아저씨, 올림픽도로로 해서 가주세요.”

“네, 손님. 오늘따라 길도 막히지 않네요.”

“아, 그래요? 여기서 쭉 가면 우리 집인데…. 지금 눈 수술한 곳이 너무 아프네요.”

“집이 어딘데요?”

“하남시에요. 보통 강남에서 타면 24,000원 정도 나오는데, 만 원밖에 없어서 버스 타고 가려고요. 카드도 아빠가 가위로 다 잘라버려서 없거든요."

백미러로 뒷좌석을 보니 딸 같은 마음이 들어 안쓰럽다. 정말로 눈이 아픈 듯했다.

"그래요. 그럼 손님, 만 원만 주고 가세요."

하남시청에 도착하니 손님이 있는 돈을 다 꺼내어 만 원짜리 한 장과 백 원짜리 다섯 개, 오백 원짜리 한 개를 주면서 연신 고맙다고 인사를 한다.

"정말 감사합니다, 아저씨. 계좌번호 알려주시면 나머지도 꼭 보내드릴게요."

"손님, 말씀은 고맙지만 그냥 가세요. 손님은 약속대로 꼭 보내줄 사람처럼 보이지만, 혹시나 잊어버리고 송금이 안 될 때는 내 마음이 더 아파요. 그러니 내 얼굴 잘 기억했다가 언젠가 다시 만날 때 주세요. 그럼 안녕히 가세요."

내가 마음을 좋게 썼기 때문일까. 서울까지 빈차로 안 오고, 하남 신장시장에서 방배역 사거리까지 장거리 손님을 태울 수 있었다.

3.

요즘은 부쩍 휴대폰을 흘리고 내리시는 손님들이 많다.

특히 새로 나온 스마트폰은 중고로 팔아도 20~30만 원씩은 받을 수 있어, 개중에는 습득하고 나서도 모른 척하는 사람이 많다고 한

다. 분실된 스마트폰일 경우 그 안에 저장된 개인적인 자료까지 몽땅
외국으로 수출되고 있다 하니 정말 큰일이 아닐 수 없다. 그래서 나
는 어떻게 해서든지 주인을 찾아주려고 노력한다.

얼마 전 선릉역에서 타신 손님과 재미있는 이야기를 하며 용인까지
간 적이 있다.
손님을 내려드리고 서울로 올라와 세차를 하고 있는데 스마트폰이
보였다. 조금 전 손님이 흘리고 내리신 것 같다.
야간근무라 어떻게 할 수가 없어 일 끝나는 대로 집에 와서 자고 오
후 3시경에 일어나 보니 전화가 여러 통 와 있다.
조금 있으니까 손님 부인한테서 전화가 왔다.

"기사아저씨, 제가 그 스마트폰 주인 부인인데요, 전화기 좀 수원
까지 갖다 주실 수 없나요?"
"내가 일을 해야 하니 그건 안 됩니다. 우리 회사에 보관할 테니까
찾아가세요."
"저도 장사를 해서 서울까지 갈 시간이 없네요. 예약을 누르고 오세
요. 그럼 왕복요금을 드릴게요. 수원 경희대학교 정문 쪽으로 오셔서
전화하시면 금방 나갈게요. 부탁드릴게요."
"네, 그럼 할 수 없죠. 알겠습니다."

남편에게서 연락이 왔으면 좋았을걸. 남편에게 직접 주고 와야 하
는데 부인에게 주고 와서 그것이 좀 마음에 걸린다. 택시에 남편이

두고 내린 스마트폰을 부인이 찾았으니 그 집은 틀림없이 부부싸움이 날 것이다. 그렇지 않아도 스마트폰을 받아가면서 부인이 이를 갈고 간다.

"남편 분한테 직접 드리고 싶었는데 남편은 어디 있어요?"

"말도 마세요, 기사님. 지금까지 곯아떨어져 있지요. 그렇게 밤새 도록 술을 먹었으니 일어날 수가 있나요. 어쨌든 갖다 주셔서 고마워 요. 서울 잘 가세요."

그래도 내게는 친절히 인사하고 가신다. '야~ 큰일이다. 저 집은 오늘 전쟁이겠구나.'

내내 걱정을 하면서 서울로 올라왔다.

수원 경희대학교 건너편에서 스마트폰 건네받은 손님 부인, 혹시 이 책을 보실 기회가 있거든 연락하세요.

남편들은 술 먹으면 다들 그런 실수 한 번씩은 해요. 부인이 보기에 는 철없는 것 같지만, 자기 부인이 엄마 같고 친구 같고 누나 같아서 더 기대고 의지하는 거예요. 그러니 부부싸움은 하시지 마시고 행복 하게 사세요.

4.

북아현동에서 50대의 손님이 서 있다. 서 있을 때는 말짱한 것 같 았는데 택시에 태우고 보니 이미 취한 상태다.

택시기사 선배들이 술에 취한 손님을 알아보는 방법에 대해 말해 준 적이 있다. 혼자 꼼짝하지 않고 가만히 서 있는 사람이 있거든, 1미터 전방에 택시를 세워야 한다는 것이다.

그때 택시 타러 비틀거리면서 오면 백 퍼센트 술 취한 사람이란 것이다. 그런 사람을 태우면 잘못했다가는 택시비도 못 받고 욕은 물론이요 뒤에서 때리기까지 한다고 한다.

나는 운 좋게도 아직 그런 손님은 한 번도 없었다. 그런데 오늘 이 손님은 상태가 좀 안 좋은 듯하다.

"손님, 어디로 모실까요?"

"서부 면허시험장으로 가요."

"네, 그럼 서강대교 북단에서 강변북로로 가서 월드컵경기장으로 들어갑니다."

"아니, 왜 그리 가요?"

첫마디부터 시비조로 나오는 것이 상태가 안 좋은 사람이라는 감이 온다.

"그럼 연희 아이시로 갈까요? 서부 면허시험장으로 가려면 두 군데가 있는데 어디로 모실까요?"

"그걸 내가 왜 가르쳐 줘요? 그럴 거면 내가 운전을 하지요. 알아서 가세요. 내 참, 택시기사가 길도 모르고 무슨 운전을 해요? 밥 먹고 사는 것이 신기하네요."

아, 큰일 났다. 이 손님은 도저히 목적지까지 못 모셔다 드리겠다. 이런 손님은 처음이라 내가 어떻게 대처해야 할지 모르겠다.

'그래, 신촌로터리 우측에 지구대가 있었지.' 아무래도 안 되겠다 싶어 지구대 앞에 택시를 세우고 자동차 키를 챙긴 다음 지구대 문을 두드렸다. 자동차 키를 택시에 두고 내리면 술에 취한 손님이 차를 몰고 그대로 내빼버린다는 얘기를 들었기 때문이다.

그런데 순찰을 나갔는지 지구대에 아무도 없고 문이 잠겨 있다. 비틀거리며 따라 내린 손님이 그때부터 계속 욕을 해대기 시작한다.

손님이 아무리 시비조로 나와도 나쁜 말도 안 하고 아무 말 없이 여기까지 왔는데, 나보고 나쁜 놈이라고 한다. 내가 그래도 환갑을 넘은 사람인데 나보다 한참 젊은 손님에게 욕을 먹고 있으니 기가 막힌다. 대꾸도 없이 잠시 어찌할 바를 모르고 서 있는데 생각이 떠올랐다.

"손님, 차가 좀 이상하네요. 잠시 여기에 서 계셔 보세요."
"뭐요? 차가 이상하다고요?"
술에 취해 혀꼬부랑 소리를 내면서도 말짱히 잘 서 있다. 지구대 앞이니 손님도 더 이상 다른 사람들에게 행패를 부리진 않을 것 같아, 나는 자동차 시동을 걸고 바로 문을 잠그고 차를 출발해 버렸다. 물론 요금도 안 받았다. 그때부터 손님이 "야! 이 새끼야!" 하면서 따라온다. 그러다가는 얼마 못 가 제풀에 꺾여 씩씩대기만 한다. 나는 좌측 사이드미러를 보면서 쓴웃음을 지었다.

손님을 끝까지 모셔다 드리지 못한 것은 죄송하지만 이럴 때는 방법이 없다. 똥이 더러워서 피하지 무서워서 피하나. 술에 취한 손님과는 시비를 가려봤자 시간만 아깝다. 더욱이 택시기사들에게는 시간이 곧 돈이기 때문이다.

도대체 자기들이 기분 좋게 술 마시고, 왜 열심히 일하고 있는 애먼 택시기사에게 그 분풀이를 하는지 모르겠다.

5.

택시 한 대를 배당받아 일을 하면 내가 사장이다.

나 혼자서 누구의 간섭도 받지 않고 다니기 때문에 다른 일보다 자유롭다. 그래서 나는 택시가 좋다.

버스나 지하철이 있어도 꼭 택시를 타는 손님들이 있다. 돈은 많이 나와도 골목골목까지 들어갈 수 있어 편리하기 때문이다. 그래서 나는 골목까지 손님을 모셔다 드리는 것을 싫어하지 않는다. 그것이 택시기사의 의무라고 생각하기 때문이다.

그렇지만 어떤 손님은 차도 돌릴 수 없는 막다른 골목까지 들어가게 해서는, 고맙다는 말도 없이 가버리시기도 한다. 그럴 때는 좁은 골목길을 아슬아슬하게 후진하여 한참을 내려와서 차를 돌리곤 한다.

언젠가는 그런 골목길에서 후진하다가 뒤 라이트를 들이박고 내 돈 주고 수리한 적도 있다.

서울에는 이처럼 복잡한 골목길들이 여러 군데 있다. 그중 몇 군데를 소개한다. 용산 용마루고개 좌측 골목, 관악구청 쑥고개 우측 골목, 신림동 산동네, 장위동 동방고개 등등이 그것이다.

나는 특히 자정 넘어서부터는 손님들을 골목골목 대문 앞까지 태워다 드리고, 손님들에게 부담을 주지 않으려고 일부러 웃으면서 말한다.

"손님, 나는 서울의 골목도사랍니다!"

그러면 대부분의 손님들이 미안하게 생각하면서 "덕분에 잘 왔어요. 잔돈은 됐습니다." 하고 내리시며 감사의 인사까지 하고 가신다.

이렇게 자신이 손해 보는 것을 기꺼이 감수하며 봉사하는 마음으로 운전하면, 오히려 그것이 해가 아닌 득이 되어 돌아오는 경우가 많다.

택시운전은 장사나 마찬가지다. 장사가 잘 되는 날이 있고 안 되는 날이 있다.

장사가 잘 되는 날에는 손님이 내리고 돈을 확인하고 있을 때 바로 다른 손님이 타시고, 빈 차로 올 것을 각오하고 경기도 손님을 모셔다 드리면 올라올 때 서울 손님을 만나기도 한다.

반대로 장사가 안 되는 날에는 저 앞에 손님이 서 있어서 내가 가서 태우려고 하면 골목에서 택시가 한 대가 나와서 싣고 가버린다. 또 내 차 앞뒤로 빈 차가 있을 때 앞의 차와 뒤의 차에는 타는데 가운데 있는 내 차에는 손님이 안 탄다.

그런 날은 조심해야 한다. 사고의 징조다.

택시운전을 할 때는 무엇보다 '그래, 오늘 못하면 내일 잘하겠지.' 하고 마음을 넓게 먹고 운전해야 한다. 운전하면서 절대 성질대로 하면 사고의 원인이 된다. 절대 안 된다.

바람 불면 바람 부는 대로 물결치면 물결치는 대로 흐름에 따라 살아야 사고 없이 잘할 수 있는 것이다.

나를 포함한 모든 택시기사님들이 명심하고 또 명심할 일이다.

택시 단상

서울을 벗어난 곳의 할증요금에 대한 의견

저는 2012년 현재 경력 3년차인 법인택시기사입니다. 택시영업에 관한 한 전문가라고 자부할 수 있는 기간이지요.

어느 신문에서 「볼펜 굴려 만든 정책에 경기 직장인들 택시전쟁」이라는 제목의 기사를 읽었습니다. 쓰고자 하는 의도는 알겠는데 도대체 고개가 끄덕여지지 않았습니다.

기사 내용은 기존에 있던 시외요금 할증제가 폐지된 후 택시기사들의 승차거부로 인해 경기도민들의 택시이용이 불편하니, 차라리 할증제가 부활되어서라도 택시이용이 편했으면 좋겠다는 것이었습니다. 나무는 보고 숲은 못 본다는 생각이 들어, 이제부터 숲에 관한 의견을 말씀드리고자 합니다.

정말입니까? 제가 알고 있기로 우리나라 택시는 타도他道영업을 엄격하게 금지하고 있습니다. 다시 말해 서울택시는 경기도에서의 영업이 금지되어 있고, 경기도 택시 또한 서울에서의 영업이 엄격히 금지되어 있습니다. 때문에 서울에서 경기도로 간 택시는 즉시 차를 돌려 서울로 오게 되어 있습니다. 오는 도중에 운 좋게 서울 가는 승객을 만날 경우에만 영업이 허용되어 있습니다. 정차하여 손님을 기다리는 행위 역시 금지되어 있고요.

예외적으로 경기도 내에 하차하는 승객일지라도 서울로 올라오는 길에 하차할 경우는 영업이 허용되고 있으나, 오해의 소지가 있는 관계로 대부분 승차시키지 않고 있습니다. 서울로 올라오는 길에서 100미터만 벗어난 곳에서 하차할 경우에도 타도 내 영업으로 처벌을 받기 때문입니다.

설사 타도영업이 허용되어 있다 하더라도 서울에서 경기도로 갈 때에는 할증요금을 적용하지만, 경기도에서 서울로 오는 서울택시에는 할증요금을 적용하지 못하도록 되어 있습니다. 그러므로 서울택시의 경쟁력 강화란 말은 얼토당토않은 것입니다. 이와 같이 서울택시와 경기도택시 간에는 경쟁구도가 성립되지 않습니다.

기사내용에 따르면 서울과 경기도에 있는 십 수만 명의 택시기사가 알고 있는 사실을 서울시 공무원만 모르고 볼펜 굴려 만든 정책이라는 건데, 서울시에서 정정보도 요구를 하는지 지켜보고 싶을 뿐입니다.

그럼 왜 서울택시의 기본요금을 2,400원으로 인상할 때 서울과 맞닿아 있는 의정부, 고양, 김포, 부천, 안양, 인천, 성남, 하남, 구리, 남양주 지역의 할증요금 제도를 폐지했을까요?

이건 제 개인적인 생각입니다만 그간 이 지역에 사시는 분들의 민원이 끊이지 않았기 때문입니다. 주소만 경기도지 사실 서울과 다를 게 뭐 있느냐는 것이지요. 실제로 서울시계市界에서 이 지역들의 끝까지 간다 해도 하남의 경우 10분, 성남과 구리의 경우 20분 등 서울 시내에서의 영업과 별 다를 게 없는 거리에 있는 것 또한 사실이 아닙니까? 거기다 강변북로, 동부간선도로, 내부순환로, 외곽순환로 등 도로망도 잘 되어 있습니다. 이런 이유들이 위 지역의 할증요금 폐지에 상당한 영향을 주지 않았나 싶습니다. 기사에도 이와 같은 내용이 실려 있었습니다.

하지만 그 시간대(자정 무렵부터 새벽 1시까지)의 광화문, 종각, 강남역, 건대입구, 신촌, 신림동, 대학로 등에서는 서울시민도 똑같이 택시잡기 전쟁을 벌여야만 합니다.

밤 12시에 강남역에 가보십시오. 빈 차도 수두룩하고 승객도 수두룩합니다. 거기다 단속요원까지 수두룩합니다. 심지어 그곳에서 빙빙 도는 택시도 있습니다. 대전이나 춘천 가는 손님을 노리는 것도 아닌데 말입니다.

  술집이 몰려 있는 홍대나 강남역에서 신논현역 사이, 종로 2가, 선릉역 4~8번 출구, 신림역 사거리 등에서는 인파가 갑자기 몰려나옵니다. 자연스럽게 택시잡기 전쟁이 벌어질 수밖에 없습니다. 아침 출근시간도 마찬가지입니다.

  이처럼 특정 시간대, 특정 지역이 아닌 경우에 경기도민이 할증요금제 폐지로 불편함을 겪어야만 그 정책이 잘못되었다고 지적할 수 있는 것입니다.

  단언하건대 현재 경기도민은 할증요금 없이 서울택시를 자유롭게 이용하고 계신다고 말할 수 있습니다. 그 좋은 장거리 손님을 택시기사가 마다할 이유가 없습니다. 최소한 그 시간 서울에서 버는 돈의 1.5배는 벌수 있으니까요.

  제일 택시 잡기 힘들다는 자정에 그것도 강남역에서 의정부 가시는 승객을 태웠다고 가정을 하면, 한남대교를 지나 강변북로로 해서 동부간선도로를 타고 의정부까지 30분이면 가능합니다. 요금은 2만원이 훌쩍 넘습니다. 그곳에서 빈차로 장안동(군자교)까지 나올 때도 20분이면 충분합니다. 더 여유를 부려도 1시간이면 충분합니다.

  서울시내에서라면 2만원 벌기가 벅찹니다. 과거 할증요금이 있었을 때도 할증요금 시간대에는 시외지역이라 해도 추가할증은 못 받게 되어 있었습니다. 그러면 그때 의정부 사시는 분들은 집에 못 가셨을까요? 아닙니다. 가시긴 가셨는데 할증요금이라는 제도 때문에 억울한 웃돈을 지불하고 가신 것입니다.

■ **서울시가 폐지한 시외요금할증제에 찬사를 보내는 이유는?**

시외요금할증제를 교묘히 이용하는 불법행위를 근절시켰기 때문입니다 사실 시외요금할증제는 있으나 마나 한 제도였습니다. 시외요금할증제가 없어진 지금도 경기도민은 불편함 없이 택시를 이용하고 있다는 사실만으로 증명이 됐다고 말할 수 있지 않습니까?

과거에도 택시기사는 시외요금할증제 때문에 경기도로 간 것이 아닙니다. 그냥도 갈 수 있는데 할증요금을 받으라니까 굳이 마다하지 않은 것입니다. 그런데 이 할증요금이 기사들을 만족시키지 못한 것입니다.

예를 들어 서울 강동구 천호동에서 경기도 하남시를 갈 경우 요금이 대충 8천 원 정도 나옵니다. 그런데 천호동에서 서울시계를 넘는 상일 IC까지 약 5천 원 정도 요금이 나옵니다. 할증요금은 서울시를 벗어나는 지점부터 적용하는 것이므로, 할증요금은 나머지 3천 원이 됩니다.

"어디 가세요?"

"성남이오!"

"성남은 경기도라 좀 더 주셔야 합니다."

"얼마나요?"

"알아서 주세요!"

자세한 법규를 모르는 승객은 생각합니다. '요금이 8천 원 정도 나오는데 할증이 20%니까 그럼 1,600원이네?'

"아저씨, 2천 원 드리면 될까요?"

"네."

이렇게 해서 가까운 경기도는 2천 원, 조금 먼 경기도는 3천 원, 더 멀다고 느껴지는 경기도는 5천 원식으로 할증요금이 고착되기 시작한 것입니다.

굳이 할증요금 버튼을 누르라는 승객에게는 경기도라 갈 수 없다는 얘기로 하차시키거나(이럴 경우는 승차거부에 속하지 않음), 심지어 할증요금 시간대인 자정부터 새벽 4시까지는 할증버튼을 누른 상태에서도 추가로 2천 원에서 5천 원을 더 받았으니까요. 법적인 할증요금 외에 웃돈도 받았다는 얘기죠.

막상 서울택시를 타고 경기도로 가는 승객은 그게 부당한 일인 듯 생각하지 못할 수도 있습니다. '내가 내리고 나면 아저씨는 서울까지 빈 차로 가실 텐데….' 하고 말입니다.

하지만 경기도민이 바봅니까? 6백 원만 지불해도 되는 할증료를 2천 원씩 지불하면서 느끼는 부당함은 지속적인 민원으로 이어지기 시작했습니다. '경기도 사는 게 죄냐?' 하면서 말입니다. 서울에서 빈 차가 많은 시간대에는 심지어 할증 없이 가자는 승객도 늘기 시작했습니다.

수요와 공급의 법칙에 의해 승객의 요청을 받아들이는 택시가 늘기 시작하면서 "어~이, 택시! 덕소 메타 오케이?(택시기사님! 덕소까지 할증 없이 가실 수 있습니까?)"식의 '메타 오케이?'라는 유행어가 돌기 시작했습니다.

여러분, 어떻습니까? 제 얘기가 더 피부에 와 닿지 않습니까?

■ **요금을 낮춘다고 할증요금을 없앴지만 오히려 웃돈이 생겼다?**

이 기사를 쓴 기자님, 그 말에 책임질 수 있습니까? 실무자인 저로서는 이해가 안 되는 말이기 때문입니다. 그야말로 전형적인 탁상취재라고 분통을 터뜨릴 수밖에 없습니다.

할증 없는 요금으로는 택시기사들이 안 가니까 집에 가려면 당연히 웃돈을 줄 수밖에 없다는 논리라 생각됩니다. 그러나 그 논리가 옳다면 제가 시외요금할증제도를 폐지한 서울시에 찬사를 보낼 리가 없습니다.

과거에는 할증요금제도가 있어 그것을 이용해 웃돈까지 받는 불법이 가능했지만, 지금은 그 자체가 불가능하게 되어 있기 때문입니다.

기자님, 실제로 택시를 타셔서 "분당이오!" 해보세요. 웃돈 얘기하는 기사 없습니다. 물론 안 간다는 기사는 있습니다. 만에 하나 웃돈 달라는 기사도 있겠지만 그건 정말 바보인 경우입니다.

시외요금할증제가 폐지됨과 더불어 도입된 제도가 택시요금 카드 지불제입니다.

카드로 택시요금을 지불할 수 있게 된 것이지요. 아직도 일부는 카드결제가 안 되지만 거의 대부분의 택시에는 카드 결제기가 설치되어 있습니다. 이 제도가 택시문화, 특히 요금 시비 문제를 깨끗하게 해결한 일등공신이 된 것입니다. 현행법은 서울택시가 경기도행을 거절할 수는 있지만 가는 조건에 웃돈을 받는 것은 금지하고 있습니다. 그것을 위반할 경우 부당요금징수(20만 원 이하의 과태료)로 엄하게 처벌하고 있습니다.

현금으로만 거래하던 과거에는 택시기사와 승객 간의 부당거래를 입증하는 데 어려움이 많았습니다. 할증제도가 있었기 때문에 교묘한 방법으로 부당요금도 받을 수 있었습니다. 하지만 카드로 결제할 경우 미터기 요금 외의 금액은 추가요금이란 명목으로 따로 기재되어 합산하게 되어 있습니다. 다시 말해 추가요금은 부당요금이라는 증거가 되는 것입니다.

손님이 진심으로 웃돈을 주었든 술 취한 상태에서 기분으로 주었든, 다음날 손님의 마음이 바뀌면 무조건 부당요금징수가 되는 것입니다.

더구나 지금은 전화는 물론 문자로도 신고접수가 가능합니다. 승객들이 보기에는 택시기사들이 횡포도 심하고 막 나가는 것 같겠지만, 우리 택시기사들의 입장은 나름대로 엄격한 통제 하에 있습니다.

민원이 접수되면 "다음부터는 조심하세요."라는 주의 정도로 끝나는 게 아닙니다. 일일이 문서로 해명해야 하고 그 해명이 부족하면 처벌을 받습니다. 2천 원 더 벌자고 20만 원을 담보로 하지는 않는다는 말입니다.

마지막으로 콜택시도 경기도행을 기피한다고 쓰셨는데, 서울시내에서의 승차거부는 불법이지만 현행법 아래에서 콜택시 회사가 서울시계 외의 승객 목적지를 기사들에게 알려주는 것은 기본에 속하는 일입니다. 택시기사와 승객 간에 싸움붙일 일 있습니까? 제가 이 글을 쓰기로 마음먹은 것은 어느 신문의 영향력 때문입니다.

많은 국민이 신문을 신뢰하고 있는 것은 믿음의 사실입니다. 그중에 정책을 결정하는 분들도 다수 있을 겁니다. 이 기사를 읽고 경기도민의 불편을 덜어주고자 시외요금할증제도를 다시 부활하고자 하는 일이 생길 수도 있다는 생각이 들었습니다.

경기도민은 할증요금 없이도 서울택시를 편안히 이용하고 있습니다. 할증요금보다 더 많은 웃돈을 내고 말입니다. 그러니 경기도민을 위해서라도 웃돈 없는 할증만이라도 내고 집에 갈 수 있게, 서울시와 경기도 교통과 책임자는 협의해 주시기 바랍니다.

■ 조건부 합승제도는 어떨까요?

저는 3년을 운전하면서 승차거부 한 번 안 하고 손님을 모셨습니다. 그런데 마음이 아플 때가 있습니다. 손님이 추운 데서 떨며 택시를 잡고 계시는데 빈 택시가 없을 때입니다. 이럴 때는 조건부 합승을 허락을 해주었으면 합니다.

시간대 관계없이 서울역, 서부역, 강남고속터미널, 종로2가 먹자골목, 강남대로, 남부터미널, 아산병원, 동서울터미널, 용산역, 영등포역 등지는 특히 그렇습니다.

이들 지역에서는 언제나 손님들이 20~30명씩 줄을 서서 택시를 기다립니다. 택시 한 대가 들어와 제일 앞에 있는 한 사람만 싣고 가면, 나머지 손님들은 또 다른 택시가 들어올 때까지 기다려야 합니다. 너무 불합리하게 보입니다.

이럴 때는 조건부 합승을 허락해서 택시당 네 명이 타도 되니 같은 방향으로 가는 손님들을 태워서 요금을 20~30% 할인해 주면, 손님도 할인받으면서 택시 빨리 타서 좋고 택시기사도 수입이 올라가니 좋고, 이거야말로 일거양득이지 않을까요.

제가 손님들에게 설문조사를 해봤습니다. 제 택시를 탄 손님들은 100% 다 그렇게 했으면 좋겠다고 대답하셨습니다.

그리고 자정 12시부터 4시까지도 같은 방향 손님일 경우에는 합승을 허락했으면 합니다.

택시기사들이 강남이나 종로에서는 구파발역, 419탑, 상계동, 망우리고개, 신정역 등은 잘 안 가려고 합니다. 물론 승차거부 안 하는 기사님들이 훨씬 많지만요.

얼마 전이었어요. 종로2가에서 새벽 2시경이었는데 30대 남자손님이 택시기사하고 싸우고 있었어요. 내가 차를 앞에다 세우며 "싸우지 말고 타세요." 했더니 바로 올라타셨어요.

손님의 이야기를 들어본즉 망우리고개 가자고 하니까 택시가 안 간다고 해서, 술도 한잔 한데다 화도 치밀어서 담배꽁초를 택시 안으로 던져버렸다는 거예요. 그랬더니 기사아저씨가 성질을 내며 경찰한테 신고를 해서 경찰이 오는 중이랍니다. 그러니 빨리 가달란 것이었어요. 그때 마침 또 다른 망우리 가는 손님이 "같이 타면 안 되나요?" 하고 묻는 것을 제가 "합승하면 안 됩니다, 죄송합니다." 하고 대답했지요.

이럴 때 조건부 합승제도를 만들어 놓으면 훨씬 효율적이지 않을까요? 요즘은 역전마다 2~3명 팔뚝에 완장을 차고 기차에서 내리는 손님들의 짐을 택시까지 실어주는 역전아저씨들이 계십니다. 그 아저씨들이 줄 서 있는 손님 중 같은 방향 손님들을 골라서 택시에 태워주시면 어떨까 합니다.

이글을 보시는 서울시청 택시교통계 담당이나 시의원님들은 참고해 주시면 대단히 감사하겠습니다. 제 개인생각을 건의하는 것입니다.

마음 착하고 손님들께 친절한 기사님들도 많이 계십니다. 그러니 12시간씩 운전석에 앉아 손님들을 안전하게 집까지 모셔다 드리는 택시기사님들의 고충도 이해해 주시고, 손님이나 택시기사나 서로서로 잘해 주었으면 좋겠습니다.

대지운수 2390호 이재현

어제는 어제대로 오늘은 오늘대로 내일은 내일대로

평생 무역 일을 하다가 실패하여 근 3년을 방황하고 좌절하며, 죽고 싶은 생각에 자포자기 하고 있었다. 지방의 골재사업을 제의받아 4억 이상을 투자한 일이 실패로 돌아간 것이다.

그러던 어느 날 고향친구로부터 "택시 한 번 해봐!"라는 제의를 받고, 곧바로 교통회관에 필기시험을 보러 가 합격을 한 뒤 택시를 하게 되었다.

교통비나 시간을 절약하기 위해 집에서 가까운 곳을 가기로 마음먹고, NC 소프트 김택진 사장 아버지가 운영하는 대도통상에서 일을 하게 되었다. 처음에는 입금을 못할까봐 걱정이 되기도 했지만 한 달을 해 보니 기우였다.

택시도 직업이다. 이거 아니면 못 먹고 산다는 각오로 일을 하고 있으며, 술을 매일 많이 마시는 스타일인데도 정상출근을 원칙으로 하고 있다. 그 결과 2013년 01월 25일 자로 택시 경력 3년이자 무사고 기사가 되었다.

57세의 나이에 이만한 직업은 없다.

지금 택시를 할까 말까 망설이는 분들은 주저하지 마시고 가까운 택시 회사에 당장 방문해라. 그 자체가 50% 성공의 길로 들어선 것이다. 그래도 답이 안 나오면 필자에게 문의하여도 좋다.(02-472-2940)

택시기사는 참 흥미 있는 직업이다. 매일 출근하면 젊은이, 할머니 할아버지, 예쁜 여자, 멋진 남자, 가식적인 사람, 대학교수 등등 다양한 사람들이 택시를 타고 내린다. 3년 가까이 해오면서 요금을 못 받아본 경우는, 야간할증으로 사당동에서 명륜동으로 갔던 적 딱 1번뿐이다. 택시운전에는 이처럼 외상이 없지 않은가!

그리고 절대 방어운전을 해야 기사도 노동조합도 회사도 살아갈 수 있다. 나는 주간근무를 할 때만 점심을 사먹고 야간에는 3끼를 집에서 먹으며 야참은 과일로 해결한다. 가급적 기사식당을 이용하지 않고 살이 찌는 음식을 피한다. 헬스클럽에서 운동을 한 지가 2년 가까이 되었고, 일주일에 한 번은 필수적으로 검단산에 오른다.

택시 특성상 주·야로 하는데 야간 때도 월~목까지는 낮에 헬스클럽을 가고 금·토요일은 충분한 휴식과 수입 극대화를 위해 가지 않는다. 물론 수입 극대화도 무사고와 체력관리가 우선이다. 택시를 하는 분들이 읽으면 이상하게 생각할 수 있으나, 우스개 반 진실 반으로 "택시밖에 할 게 없어!"라는 말을 자주한다. 나는 야간 금·토요일에는 흥분이 되기도 한다.

택시 일로 수입 극대화를 할 수 있는 방법

기본을 갖추는 것이 무엇보다 중요하다. 야간근무일 경우에는 다음과 같은 사항을 명심해야 한다.

1. 잠을 충분히 자라.

2. 잠이 오면 시간과 장소에 관계없이 무조건 자라.

3. 손님과 다투지 마라.

4. 긍정적인 생각과 웃음을 잃지 마라.

5. 짧은 거리라도 고마워해라.

6. 거점을 확보해라.(동서남북)

7. 반드시 주·야를 권하고 싶다.(하나를 얻으면 하나를 잃기 때문)

택시 교통정책 당국에 대한 건의

현재 택시 일을 하시는 분들은 매우 열악한 보수에 야간 12시간씩 일을 하고 있다.

학생에게 무조건 '공부해라!' 하면 하겠는가? 그 학생은 지금 배가 고프다. 배고픈 학생에게는 먹을 것을 주면서 고민을 해결해 주고 '공부해라!' 하면 한다.

이 점은 승차거부 단속에 대한 택시의 경우도 마찬가지다.

선배들 얘기로는 지금 요금이 가스 값 1리터에 400원 할 때의 요금이라고 한다.

1. 택시 요금 30% 인상

2. 택시 30% 감차(보유 대수 비율대로)

3. 공용 주차장 확보

4. 콜 제도 정착

A. 콜 거부 시 승차거부 간주

B. 콜 신청 시 아무 택시나 이용하는 승객에게도 불이익을 줄 것

5. 정부든 지자체든 예산지원 하지 마라

우리는 반면교사로 버스를 보지 않았는가. 먹고 살게 해주면 택시도 구두에 넥타이 매고 5살 꼬마에게도 반말하지 않고 조카같이 손자같이 잘 모실 수 있다.

무역하는 관계로 외국을 자주 왕래하여 보았지만 우리같이 후진국형 택시는 없다.

교통정책당국자들도 외유를 해서 배워 와야 한다. 그 참에 관광도 하고 머리도 식히고 세계 10대 경제대국에 걸맞는 교통정책을 수립해 주기를 간곡히 바란다.

대지운수 노동조합위원장 백병기

다산콜센터 120번에 택시 승객이 일방적으로 신고만 하면 접수가 되어, 택시기사의 잘못으로 간주되는 것을 시정해 주길 바란다.

왜냐하면 택시기사는 승객을 목적지까지 안전하게 모시면 그 책임을 다한다고 할 것이며, 승객과 다투어야 할 이유가 없기 때문이다.

그러나 승객은 특히 야간근무 시에는 술을 마시고 승차하는 고객이 75%에 달한다.

이러한 승객 중에는 기사에게 함부로 반말을 한다든지 욕설을 하며,

폭언과 폭력을 일삼을 때가 종종 있다.

그러므로 취객의 다산콜센터 민원을 무조건적으로 받아들여서 기사에게 불이익을 주는 것은 바로잡아야 할 것이다.

이 점, 서울시 관계자께서는 택시기사가 불이익을 받지 않도록 많은 노력을 기울여 주시길 부탁한다.

승객에게 하고 싶은 말

승객을 출발지에서 목적지까지 무사히 모셔다 드리는 것이 기사의 의무이다. 그러나 승객 중에는 운행 중인 기사에게 언행을 함부로 하는 분들이 많이 있다. 승객이 술을 마셔서 기분이 나쁘면 기사에게 스트레스를 푸는 것 같다.

택시기사는 어려운 여건 속에서도 한 가정의 가장으로서 열심히 살아가고 있다. 승객 분들도 택시를 이용할 때 이왕이면 기사에게 아름다운 말씀 한 마디 해주신다면, 택시기사 역시 승객에게 최선의 서비스를 다할 것이다.

저는 택시회사에 2005년도에 입사하여 현재 2013년도까지 근무를 하면서 그동안 승객과의 생긴 일을 잠시 적어볼까 합니다.

영업을 하던 중에 차에 타자마자 기사에게 갖은 욕설을 하는 승객, 또한 손찌검을 하는 승객, 그리고 나서 기사에게 "돈을 얼마를 주면 될까요?" 하는 승객, 운행 도중에 이러한 사건들이 비일비재합니다.

기사 입장에서는 승객을 폭행하지도 못하고 운전 중에 사고가 날까 방어하기도 힘듭니다.

또는 승객 중에 요금을 내지 않고 도망가는 승객도 종종 있습니다.

술을 마시는 승객 중에는 차 안에다가 토를 하는 승객, 그러고도 기사에게 큰소리치는 승객도 있습니다.

이러한 승객 분들은 제발 없었으면 합니다.

기사는 승객에게 서비스 정신으로 최선을 다했으면 합니다. 또한 승객은 기사에게 존중을 해주었으면 합니다.

대지운수 노동조합 사무장 양낙경

택시기사가 본 택시법에 대하여

요즘 택시법에 대해 세간에 많은 이야기가 나온다. 언론과 정부, 서울시 등 많은 기관에서 택시법 정책을 쏟아내고 있다. 하지만 우리 기사들 생각과는 너무도 동떨어진 정책을 내고 있다.

택시 대중화에 1조 7천억을 지원해 준다는 등 많은 소리가 나오는데 이런 문제는 우리 기사들에게는 현실감이 없다.

택시 기사에게는 현실을 직시할 수 있는 정책이 나와서 생활에 보탬이 되는 것이 좋은 정책이라고 생각한다.

우리의 바람은 정책하는 사람들이 조금 더 밑에 있는 우리 기사들의 애환을 보고, 느끼고, 부대끼며 어려움을 몸소 느꼈으면 하는 바람이다.

모든 서민정책은 우리나라 정책 하시는 분들이 책상에 앉아서 하는 것이 아니고, 발로 뛰면서 서민들의 아픔을 읽어 낼 때 진정한 정책이 나온다고 본다.

택시운전을 하려면 집에서 걸어서는 30분 정도, 자전거로는 20분 정도 거리에 있는 회사를 택하는 게 가장 좋다고 생각합니다. 그 정도 운동은 꼭 해야 하니까요.

사정은 있겠지만 기사님들 중에는 지하철 타고 버스 타고 심지어는 택시 타고 출퇴근하는 분들도 계십니다. 그렇게 쓰는 만큼 수입은 줄어드는 것입니다. 열심히 일하는 기사는 돈 쓸 시간이 없습니다.

회사가 결정되면 그 회사에서 끝을 본다는 각오로 일을 하시면 됩니다. 이 회사 저 회사 옮겨다녀봤자 그 회사가 그 회사입니다. 왜냐고요? 우리의 일터는 다니는 택시회사가 아니라 서울 시내 도로니까요.

그런데도 회사를 옮기는 분들이 꽤 있습니다. 제 생각으로는 차량 때문이 아닌가 싶습니다. 회사에 있는 수십 대에서 수백 대의 차량은 천차만별입니다. 어제 나온 신차가 있는가 하면 주행거리가 60만km를 훌쩍 넘는 폐차 직전의 차까지.

그중 어제 나온 신차가 배정되길 바라고 기대하는 것이 자연스러운 일이겠지만, 새로 입사한 분들께는 신차가 배정되지 않습니다.

회사는 회사대로 어떤 기사인지 알아볼 필요가 있는 것이고, 더 오래 근무한 기사를 배려할 필요도 있는 것이고, 나름대로의 경영방침도 있는 것이기 때문입니다.

저는 2010년 04월 입사 후 줄곧 3년 정도를 일하고 있습니다만, 신차를 배정받은 것은 입사 30개월이 지난 후였습니다. 물론 그 사이

일 자체를 즐기면서 했지만, 24시간 차를 배정받는 제도 등으로 해서 고생도 많이 했습니다. 그러나 회사에 불만을 표시한 적은 한 번도 없었습니다. 불만을 표시한 기사에게 신차를 줄 리는 없으니까요.

60만km가 넘었지만 그 차가 손님 끌어오는 데는 명마였습니다. 나는 이 차로도 많은 돈을 벌수 있다고 믿었고, 노후 차량도 신차보다 좋은 점이 분명히 있을 것이라 생각했습니다.

첫째, 마음이 편합니다. 밤길 골목에서 담벼락을 긁고 지나가도, 후진하다 전봇대를 받아도, 흠집 하나 추가되는 것뿐이니까요. 신차라면 어림도 없는 일이지요.

둘째, 승객들이 노후 차량과 신차를 차별하지 않는다는 거죠. 가끔씩 차별하는 승객도 있지만 신경 쓸 정도는 아닙니다. 오히려 "이런 차를 모시는걸 보니 택시 하신지 얼마 안 되신 모양인데 고생이 많으시네요. 잔돈은 됐어요." 하는 분들도 계십니다.

신차를 아직도 안주신다고요? 회사 사장님은 오늘도 미안한 마음으로 당신을 바라보고 계실 겁니다. 그러니 당신은 열심히 일만 하세요. 당신이 열심히 일하는 모습을 지켜보면서 사장님도 다음에는 신차를 주어야겠다고 생각할 것입니다.

■ 택시기사 수입은 자기 하기 나름

흔히들 택시기사를 마지막 직업이라고 얘기합니다. 모든 것을 잃고 몸 하나 남았을 때 할 수 있는 직업이라 그러는 모양입니다.

저는 처음에 할 수 있는 일은 이것뿐인데 이것마저도 제대로 못하여 가족들에게 "그럼 그렇지, 당신이 택시를 한다고? 두 달도 못하고 그만둘 일을?"라는 말을 들을까봐 너무 두려웠습니다. 가족에게 무시당하는 일만큼 힘든 일이 또 어디 있겠습니까?

다행히 우리 큰딸은 회사에서 사람들 통솔하던 아빠가 손님들 기분 맞추며 택시운전을 한다고 오히려 "우리 아빠, 대단하시다!" 하며 격려를 해주었습니다.

그렇지만 택시 시작한 지 얼마 안 돼 그만두는 사람이 부지기수이고, 한 달 수입도 100여만 원밖에 안 된다는 얘기들이 무겁게 저를 짓눌렀습니다. 100여만 원은 도대체가 답이 안 나오는 금액이었기 때문입니다.

답답한 마음의 회사 배차부장님께 물었지요.
"김 부장님, 정말 100여만 원밖에 벌이가 안 됩니까?"
"자기 하기 나름입니다. 더 버시는 분도 많습니다."
부장들의 대답이 현재의 저를 있게 만들었습니다. 다시 물었습니다.
"죽었다 깨날 정도로 열심히 하면 얼마까지 벌수 있습니까?"
"그런 각오라면 300만 원 이상도 벌 수 있습니다."

3년이 지난 지금 저는 거짓말 조금 보태서 매월 250만 원을 벌고 있습니다. 택시를 시작하는 날 맹세했습니다. 오직 가족만을 위해서 일하겠다고. 가족에게만큼은 인정받겠다고. 그렇게 일하다 택시에서 죽어도 영광이라고 말입니다.

그때부터 제 별명은 '일벌레'가 되었습니다. 저는 저에게 배정된 하루 12시간을 지키기 위해 최선을 다하고 있습니다. 또한 나머지 12시간도 일하는 12시간을 위한 충전의 시간으로 지키기 위해 최선을 다하고 있습니다.

회사 내에서는 그 누구와도 시간을 보내지 않습니다. 출근하자마자 차 갖고 나오고, 일 끝나자마자 집으로 갑니다. 가족 외에는 밖에서 식사도 안하고 술도 혼자 마십니다.

저는 친구도 많지 않습니다. 고향에서 서울 와서 유일하게 연락하고 지내는 김남조 작가하고 회사를 같이 경영했던 이덕원이라는 친구뿐입니다. 그 친구들도 저와 술을 마시려면 저의 집 근처로 와야만 합니다. 그래야 제가 집에서 쉬는 시간이 확보되니까요.

휴가도 주간근무 때만 사용하고 연차휴가 15일도 다 사용하지 않습니다. 게다가 친척 결혼식, 장례식 등에도 참석하지 않습니다. 인간의 도리를 다하며 살지 못해 죄스럽지만 어쩔 수 없습니다. 죄인이 된 자세로, 그것도 3년 정도의 징역을 언도받은 죄인의 자세로 살고 있습니다.

사실 죄인은 죄인이지요. 가족에게만큼은 큰 죄인이지요. 죄인은 시간 되면 작업장에 나가야되고 일 끝나면 감방으로 돌아와야지, 지인이나 친척이 죽었다고 장례식장에 갈 수 있겠습니까? 죄인이 친구가 보고 싶다고 나갈 수 있겠습니까? 면회 올 때까지 기다려야죠. 비유가 좀 지나쳤나요….

어쨌든 저는 "아빠, 이제부터 택시운전 하련다."라고 말했을 때의 초심을 잃지 않기 위해 최선을 다하고 있습니다. 그렇게 해서 250만 원을 아내에게 줄 수 있다면 저는 그렇게 할 것입니다.

여러분도 저와 같은 심정으로 택시를 하게 된다면 잘하실 수 있을 것입니다.

하루 12시간 운전하고 돌아와 잠에 곯아떨어지는 당신의 모습을 보며, 아내는 무슨 생각을 할까요? 그렇게 해서 남편이 번 돈 250만 원을 받으면서 아내는 무슨 생각을 할까요?

당신을 존경하고 더 사랑하게 될 것입니다. 한우갈비에 막걸리 한 병이 식탁에 오르는 날, 당신은 믿음직한 가장으로 되돌아와 있는 자신을 발견하게 될 것입니다.

Taxi of Love
Theater of Life

2부
가시덤불 속에서
인내로 성공한 삶

시골뜨기 소년에서 성공한 기업 사장으로

나는 1950년 3월 10일 호랑이해에 한반도의 최남단 고흥반도에서 태어났다. 도시지역과 멀리 떨어져 있어도 볼거리 먹거리가 푸짐하고, 물 좋고 산세 좋고 공기 맑은 청정지역이다.

아들만 6형제의 제일 큰아들로 태어나 그리 유복한 어린 시절을 갖지는 못했지만, 개구쟁이여서 동네 말썽이란 말썽은 다 피우고 다녔다. 언젠가는 친구들과 닭서리도 모자라 토끼와 염소까지 잡아먹는 바람에 전남일보에 실리기도 했다.

야간재건학교에 다닐 때는 주산부장을 하기도 했는데 나는 주산 1급 자격증을 갖고 있다. 야간재건학교 다니는 주산부들은 자격시험이 있을 때는 벌교 상고에 가서 시험을 보곤 했다. 태권도와 합기도도 배웠으나 괜히 운동했답시고 건들거리고 다녔으니 지금 생각하면 한심한 놈이었다.

다음해 서울에 입성하여 약 만드는 회사의 경리로 잠시 일하다가 신문과 중국집 배달에 건축현장 노동일까지 가리지 않고 일을 했다. 그러다가 느닷없이 배우 신성일처럼 되겠다고 남대문 대연각 옆 영화배우 학원에 몇 달 다니다가 포기하고, 그 후부터는 매일같이 술을 끼고 지냈다. 약수동, 창신동, 을지로, 동대문, 장춘당 공원 등이 그때는 다 내 무대였다.

하루는 술에 취해 청계천 4가 천일극장 앞을 지나다가 구두닦이 통을 발로 뻥 걷어차 버렸다. 화가 난 구두닦이가 쫓아와서는 칼로 내 어깨를 찌르려 하는 바람에 대로에서 싸움을 크게 했다. 다음날 술에서 깨어 보니 동대문경찰서 철창 안이었다. 눈을 비비고 옆을 보니 어제 나하고 싸운 놈이 설렁탕을 먹고 있지 않은가. 다행히 조금 있다가 경찰이 와서 우리 둘을 붙들고는 "빨리 여기서 나가. 다시는 이런 데 들어오지 말고." 하면서 내보내 주었다.

그때 주민등록증도 못 찾고 급하게 경찰서 뒷문으로 나와, 지금도 동대문경찰서에 가면 내 주민등록증이 있다. 우리는 그 길로 창신동 사거리 모퉁이에 있는 홍어회집으로 갔다. 홍어는 공짜, 술은 다른 가게보다 좀 비쌌다. 그 집에서 막걸리 한 사발을 하고 헤어지며 우리는 친한 친구가 됐는데, 당시 둘 다 군대 입영영장이 나와서 그 친구는 해병대로 가고 나는 보병으로 입대하여 강원도 양구 2사단에서 근무했다.

나는 군대에 가서도 평범하게 생활하지 못했다.

이등병 때였다. 우리 부대 상병이 나를 불러 식기들을 한 아름 안기더니 이 추운 겨울에 산골짜기 개울가로 가서 닦아오라고 했다. 꽁꽁 언 얼음을 깨 겨우겨우 설거지하고 얼음장된 손을 녹이며 논두렁을 걸어오는데, 또 군대 식기 10개를 더 주면서 다시 가서 이것도 세척해 오라는 것이었다. 나는 너무너무 춥고 화가 나서 그만 그 상병을 돌려차기 한 방으로 논두렁으로 곤두박질쳐 버렸다. 상병은 놀라서 벌떡 일어나더니 도망치듯 달려가 동료 다섯 명을 데리고 왔다. 겁대가리 없던 이등병은 그날 저녁에 정말이지 죽지 않을 만큼 실컷 얻어맞았다. 얼굴은 온통 피범벅이었다.

당시 내게는 경상남도 거제도 출신의 친한 동료가 있었는데, 얻어맞은 것이 하도 분해서 그 친구보고 우리 같이 탈영하자고 사정을 했다. 그랬더니 그 친구는 "군 생활 못하고 탈영하면 인생 끝장이다. 고된 논산 훈련도 참고 견디어 여기까지 왔는데 탈영하면 되겠니? 2년 금방 간다." 하며 나를 설득했다. 그때 그 친구가 없었으면 나는 어떻게 되었을까.

상처를 치료하고 며칠 있다가 연대장한테 직접 찾아가서 사정을 해 6일 휴가를 얻어서, 휴가기간 동안 마음을 다잡고 귀대하여 다시 군 생활을 시작하였다. 당시 군부대 안에 교회가 하나 있었는데 마음이 어지러울 때면 교회에 가서 설교시간에 잠을 자곤 했다.

용케도 3년 만기 군 생활을 다 채우고 제대를 해서 사회 초년생이 되었다.

생각지 않게 일이 잘 풀려 건설현장 하도급 공사를 발주하여 사장이란 직책을 갖게 되었다. 40~50명 정도의 일꾼들을 데리고 무서운 것 없이 의기양양하게 젊음을 과시하던 시절이었다. 고급 양주 집은 다 돌아다니며 온 세상이 다 내 것인 양 거칠 것 없이 살았다.

1980년 어느 날 사이판에 군부대 공사가 있다는 정보를 입수했다. 약 80세대 정도의 공사로 각 분야별로 팀을 구성하여 300명 정도 모집한 후 사이판에 가서 공사하청을 하면 많은 돈을 벌 수 있다는 정보였다. 나는 3일 만에 350명을 모집하였다. 그래서 청량리 위생병원에서 신체검사를 하고 출국 날만 기다리고 있는데, 아니 이럴 수가. 저녁 9시 뉴스에 '사이판 공사 사기'라는 방송이 나온 것이다.

그때부터 나의 인생살이는 암흑의 계곡으로 빠져들었고 도피생활이 시작되었다. 그때는 몰랐지만 지금 생각하면 그때 나의 인생은 오뚝이 인생이었다. 그러고 보면 꼭 찾아보고 싶은 사람이 있다. '갈길 남' 나를 전도했던 사람이다. 산속에 가면 예쁜 여자들이 술상 가지고 한복 입고 나온다고 가자고 해서 따라간 곳이 바로 할얼산 기도원이었고 그곳의 이천석 목사님의 말씀을 듣고 새사람이 되었다. 그때 서독에 가서 목사가 되겠다고 했으니 지금쯤이면 분명 목사가 되어 열심히 목회활동을 하며 전도 중일 것이다. 친구, 보고 싶다. 이글을 보시거든 연락해다오.

만성호 선주가 되다

　처음부터 다시 시작하자고 자신을 다독이며 나는 인천 연안부두로 가서 오징어 배를 타게 되었다. 선주에게 사정사정하여 몇 년 경험자라고 속이고 배에 승선하여 몇 달을 바다에서 보내는데, 끝없이 출렁거리는 파도와 바닷물밖에 아무것도 없는 망망대해가 너무도 무섭고 고통스러웠다.

　서해바다에는 옹기종기 작은 무인도와 섬들이 아주 많았다. 외연도, 대길산도, 중길산도, 소길산도, 대화시도, 소화시도, 녹도, 호도, 추도, 오천면삽시도 등등. 내가 타고 있던 오징어 배는 태풍을 피해 정신없이 항해하여 고군산반도 외연도란 섬에서 바람이 잠잠해질 때까지 머물기로 했다. 다음날 포구 근처를 서성이다 보니 바다에 떠 있는 작은 배 한 척이 눈에 들어왔다. 마침 어떤 아저씨가 계시기에 내가 물었다.

“아저씨, 저런 배는 얼마면 살 수 있나요?”

“젊은 사람이 그런 건 왜 물어봐.”

통명스럽게 대답하시는 아저씨를 뒤로하고 가게로 뛰어가 막걸리와 술안주를 사가지고 와서 다시 물으니 그제야 자세히 설명해 주셨다.

나는 그 길로 육지로 와서 돈을 마련하여 인천 연안부두부터 시작하여 화성, 당진, 서산, 태안, 보령, 대천해수욕장을 지나 어항이란 조그마한 항구에 도착했다. 선착장에서 지친 몸을 이끌고 한숨 지며 앉아 있는데 물속에 배가 한 척 빠져 있는 것이 보였다.

‘그래, 바로 저 배야!’ 하고 내가 바로 주인을 찾아가 배값을 흥정했다. 물속에 잠겨 있다는 핑계를 대고 80만 원 달라고 한 것을 50만 원에 샀다. 그러고는 대천해수욕장 옆 헌 배 수리하는 곳에 수리를 맡기고 선장과 기관장, 선원들을 물색했다. 거기에 작업할 그물들과 주낙 박스, 먹을 것 등을 준비하여 그 다음날부터 고기를 잡으러 나갔다. 비용이 총 700만 원 들었다. 바다에서 잡은 고기를 산 채로 인천항으로 들여와서 서울로 직송하려는 계획이었다. 배 이름은 ‘만성호’라 지었다.

지금도 충청도 대천 어항에서 그 이름을 대면 다 알 것이다. 동네사람들이 이구동성으로 “만성호 선주, 참 큰일 낼 사람이야!”라고 말하곤 했으니 모를 리가 없다.

하루가 다르게 나는 그곳 생활에 잘 적응해 나갔다. 그러던 어느 날

이었다. 달이 무척 밝은 날이었다. 뱃사람으로서의 하루 일과를 마치
고 기분 좋게 술 한 잔 걸치고 숙소 쪽 골목길로 걸어가는데, 다섯 명
정도의 건장한 사내들이 나를 에워싸더니 방파제까지 가자고 협박을
했다.

　나는 어렸을 때부터 겁이 없는 편이라 이번에도 무서울 게 뭐가 있
나 싶어 의기양양하게 그들을 따라갔다. 방파제 끝 쪽에는 옥수숫대
로 만들어 놓은 다발들이 쌓여 있었다.
　사람 한 명 안 보이고 파도치는 바닷물과 하늘밖에 안 보이는 지점
에 나를 세워놓고는 그들 중 한 사람이 칼을 뽑아들었다. 그날은 보
름날이라 휘영청한 달빛에 유난히 칼이 더 번쩍번쩍 빛났다. 그러고
는 나를 에워싸고 있던 다른 사람들도 찰칵찰칵 하며 일제히 칼을 빼
들었다. 그 순간 나는 이제 죽었구나 싶었다. 두목처럼 보이는 사람
이 내게 말했다.

　“여기서 오늘 쥐도 새도 모르게 죽어서 물고기 밥이 될래? 아니면
내일 만성호를 버리고 당장 철수하여 대천 어항 바닥을 떠날래? 선택
은 네가 해라.”

　이런 상황에서는 아무리 담력 있는 사람이라도 주눅이 들어, 그들이
원하는 대로 할 수밖에 없을 것이다. 죽느냐 사느냐 하는 순간에는 둘
중 하나만 택해야 한다. 나는 죽지 않으려고 떠나겠다고 대답했다.
　나의 만성호 세력이 점점 커지니까 동네 이장과 청년들이 나서서 나

를 제거하려는 목적으로 대천 지역 깡패들을 불러들였던 것 같다.

억울한 마음도 들었지만 죽지 않으려면 별 수 없었다. 다음날 가게 아줌마한테 배 팔리면 알려달라고 부탁을 하고 도망치듯 대천 어항을 떠나왔다. 또 다시 방랑의 길로 접어든 것이다.

잡초 같은
야생마 호랑이

호랑이띠인 나는 죽지 않는 운명을 타고난 사람인가 보다.

80년도에 천호동 사거리에서 버스와 트럭이 오토바이를 피하려다 내가 타고 가던 택시와 충돌하여 몇 명이 죽었다. 나는 그런 상황에서도 살아남아 천호 사거리에 있는 고려병원으로 후송되었다. 교통사고자들만 입원하는 곳이었다.

하룻밤 자고 나니 현장조사를 하고 온 형사들이 침상에 누워 있는 나를 보고 깜짝 놀란다. 어떻게 이렇게 멀쩡할 수가 있느냐고. 오후가 되니 버스회사에서 해결사가 나와서 합의를 보자고 한다. 그때 마침 검찰에 있다가 나온 친한 친구가 나 대신에 합의를 보고 왔는데 그때 돈으로 30만 원이었다. 알고 보니 보험 회사에서 빨리 사건을 해결하려고 준 돈이었다. 철이 없게도 우리는 그날 저녁에 천호동 구사거리에 있는 술집에 가서 그 돈을 다 써버렸다.그 친구의 이름은 이

순태. 친구야, 보고 싶다. 어느 곳에서 살든 이 글을 보면 연락 좀 해
다오. 지금이야 술은 안 마시지만 만나면 한 잔 살게.

　이후에도 나는 죽을 고비를 여러 번 넘겼다.

　용인 유도대학교 공사현장에서 일할 때였다. 오후 2시 비행기로 둘
째동생이 김포공항에 도착한다고 하여, 포니 중고차도 하나 장만한데
다가 자동차 자랑도 할 겸 직접 차를 끌고 김포공항으로 향했다. 그
런데 마음이 급해 조금 서두르는 바람에 그만 사고가 나고 말았다.

　용인 톨게이트에서 25톤 덤프트럭과 충돌하여 차가 폐차 지경까지
된 것이다. 그때 양재동에 한경공영이란 회사가 있었다. 그곳 최 사
장님이 공업사에 가서 내 차를 보고 와서는 "백 이사는 정말 육백만
불의 사나이야. 자네는 정말 천운을 타고났구먼. 이제부터는 백 이사
복으로 먹고살아야겠어. 사람이 다섯 명 있는데 네 사람은 지지리 복
이 없고 한 사람은 복이 있으면 그 사람 복으로 먹고산다지 않아." 하
시는 것이다.

　사랑하는 내 아내도 놀라서 총알택시를 타고 와 용인 제일병원에
입원해 있는 나를 보고는 천만다행이라며 안도의 숨을 내쉬고는 이건
정말 기적 같은 일이라고 했다.

　이뿐만이 아니었다.

　청평댐 밑에서도 살아났고, 사는 게 힘들어 이번에는 자살하려고
천호동 고수부지로 가서 물속에 몸을 던지려는 순간 어디선가 조용한
음성이 들려왔다.

"이 어리석은 자야. 죽으려고 하는 힘으로 살아볼 생각을 해봐라."

주위를 살펴보니 아무도 없는데도 귓전에 들려오는 음성은 생생하다. 나는 두 팔을 들고 천천히 일어나면서 나 같은 죄인 살리신 주 은혜 고마워 하염없이 눈물을 흘렸다.

내 목숨도 내가 맘대로 못 하나 보다. 그래, 나의 생명 주신 분이 있는데 쉽게 포기하면 되겠는가.

나는 다시 공사현장의 하청업자로 열심히 살아가기로 마음을 굳게 먹고, 86년 〈대림주택〉이란 회사를 설립하였다. 하왕십리 형제빌딩 203호에 사무실을 두고, 열심히 전단지도 찍어서 조간신문과 석간신문에 넣어 돌리니 공사가 정말 많이 들어왔다.

당시 술을 엄청 마시고 다녔다.

얼마나 많이 마시고 다녔는지 주위에서는 백 사장이 40세까지 안 쓰러지면 현대건설을 따라가고도 남을 거라고들 말하곤 했다. 저녁에는 술 마시고 아침에는 위장약을 호주머니 속에 항시 담고 다녔다. 회사 옷도 대림주택 유니폼으로 맞춰서 입고 다녔다.

오, 그런데 사람의 혼을 빼는 것이 술인가 보다. 그렇게 술만 마시다 보니 부하직원 관리에 소홀했다. 한 직원이 공사현장 주인과 짜고 공사현장 자재와 노임을 속여 왔던 것이다.

도저히 회사를 더 이상 운영할 수 없는 지경까지 이르러, 그날 저녁 이삿짐센터 차를 불러 몰래 주차장에 대고 사무실 집기를 중고시장에 팔아버린 후 도둑고양이처럼 철수했다. 들에 핀 풀꽃 같은 인생이 다시 시작된 것이었다.

들에 핀 풀꽃 같은 인생

나는 사주팔자가 다른 사람들처럼 평범하지 못한 것 같다. 남들은 상상하지 못할 여러 가지 일들을 겪었다.

하청 일을 할 때였다.

시골 현장에서 일을 하고 노임을 수표로 수령할 때는 서울에 오면 수수료가 많이 드니까 주로 현금으로 받는 편이다. 그런데 현금일 경우에는 부피가 너무 커서 밤 12시가 넘어 서울로 가려면 등골이 오싹해지곤 한다.

한번은 노임을 수금해서 오는데 밤도 깊고 겁도 나고 백담사 입구 민박집에서 하룻밤을 묵게 되었다. 그때 나는 요 밑에다 현금 3,000만 원의 돈다발을 다 깔고 나서야 잠이 들 수 있었다. 정말 하청업을 해도 쉬운 일이 없다.

없는 애교 있는 애교 다 떨면서도 뒷거래로 돈을 주어야 한다. 이유는 간단하다. 돈을 주지 않으면 공사를 주지 않는 것이다. 그래서 한때는 뒷돈만 주면 만사형통인 시절도 있었다. 그 시절만 해도 한국에서 공사를 하려면 어느 정도의 비리는 있어야 했다. 오히려 비리 없는 공사는 공사 자체도 고달프기 때문에, 너도 나도 몇 푼 쥐어주고 공사를 편하게 하고 싶어 했다.

그러나 이 일도 오래가지 못했다. IMF를 만나 보증 선 것이 문제가 되어 쫄딱 망하게 된 것이다.

하는 일 없이 천호공원, 송파공원, 오금동공원 등을 배회하고 있을 때 천호동 박 사장이라는 사람에게서 귀가 솔깃해지는 제안이 들어왔다. 돌가루 성분인 일라이트란 발명품이 있는데, 서울시 판권을 줄 테니 2,000만 원에 사라는 것이었다.

지금은 돈이 없으니 다음에 벌어서 주기로 하고 우선 재료를 조흥은행 카드로 100만 원어치 사가지고 왔다. 천연방수제 곰팡이제거제 특허를 내놓으면 놀지 않고 일할 수 있을 것 같아 사무실을 보러 다니기 시작했다.

그러다 나를 소개한 사람이 만나자고 하여 서울시청 뒤 KJ빌딩 26층에 가보니 일본 사람이 기다리고 있었다. 처음에는 2,000만 원이라던 것이 오늘은 5,000만 원을 주어야 서울시, 경기도, 강원도, 경상도, 충청도, 전라도 판권을 줄 수 있다는 것이었다.

'야, 이것은 사기꾼의 수법이구나!' 싶어 나는 그 자리를 박차고 나와 버렸다.

집에 돌아와서 곰곰이 생각하다가 인터넷으로 찾아보니, 세계에서
세 군데만 나온다는 일라이트란 이름이 있지 않은가. 미국에서 한 군
데, 중국 사천에서 한 군데, 한국은 영동지방에서 나온다는 희귀한
광물체였다.

이메일을 보고 약도와 공장 위치를 복사하여 다음날 차를 몰고 충
청도 영동지방으로 갔다. 발명자인 사장을 만나고 협의하고 서울에
와서 다음날부터 일라이트 사업에 열중했다.

샘플로 몇 집의 곰팡이 낀 지하실을 공짜로 해주었는데 반응이 매
우 좋았다. 그때부터 일라이트 사업을 하기 위해 사무실을 얻으러 잠
실, 송파, 천호동 등지를 돌아다녔다.

그러나 내 쪼그라든 주머니 사정에 맞는 사무실이 어디 있으랴. 며
칠을 다니다가 지쳐 있는데 아내가 어제 이 사장이란 사람한테서 전
화가 왔었다며 핸드폰 번호 하나를 가르쳐 준다.

서로 연락을 해서 만나보니 자기도 사업을 하다가 부도가 나서 현
재는 놀고 있다고 해서, 내가 일라이트 서류를 보여주면서 자세히 설
명을 해주었다. 내 설명을 다 듣고 나더니 그럼 같이 곰팡이제거 일
라이트를 특허내서 사업을 해보자고 하여, 우리는 다음날부터 행동개
시로 들어갔다.

이곳저곳 돈을 구하러 다녔으나 여의치가 않아 할 수 없이 내 자동
차를 맡기고 강남신사동에 있는 사채업자에게서 돈을 빌렸다. 그때
는 그나마 신용이 좋은 편이라서 대출도 최고로 해주었다. 천백만 원

에 이자 수수료를 공제하고 은행으로 송금된 금액이 팔백만 원 정도였다.

그 길로 송파 쪽에 열 평 정도의 사무실을 얻어 집기를 들이고, 법인을 설립하자고 하여 나와 이 사장 두 명하고 각자의 부인 두 사람, 모두 네 명이 발기인이 되어 〈주식회사 비앤엘〉을 설립했다.

우리는 사무실을 오픈하자마자 리모델링 공사가 여기저기에서 들어와서 공사를 꽤 하게 되었다. 그런 과정에서 일라이트 성분을 분석하여 특허를 내기로 하고, 아는 지인에게 성분분석을 의뢰했다.

몇 달 후 성분분석이 나와 특허청에 신청을 하려고 하는데, 분석 팀장이 같이 사업을 하자고 제안을 하였다. 그러나 그 사람은 너무 욕심이 많아서 결국 협의에 실패하고 우리는 일단 리모델링 공사만 열심히 하고 다녔다.

종종 협력업체들이 와서 아파트나 건물을 지을 수 있는 땅을 알아봐 달라고 부탁하곤 했는데, 몇 번 알아봐 주니 그 후부터는 여기저기서 땅 지적도와 토지대장을 가져와서는 소개해 달라는 것이었다. 이쪽으로도 나름대로 전망이 있을 것 같아 부동산 컨설팅 면허를 취득하고 이 일에 더 매달리게 되었다.

그러나 내일모레 하며 10개월이 다 가도록 검토만 하다가, 정작 성사된 것은 한 건도 없었다.

돈은 이미 바닥이 났는데 사무실에 손님들은 많이도 온다. 언제부턴가는 점심시간이 되면 겁부터 났다. 점심 값 때문이었다. 누가 와서 점심을 사는 날이면 그날이 행복한 날이었다. 어쩌다가 이 지경까지 왔는지…. 돈만 많으면 오는 사람 모두 다 대접하고 싶다. 나도 남에게 퍼주기 좋아하는 사람이다.

그렇게 하루하루 일이 성사되기만을 기다리며 버티고 있던 날이었다. 집에서 밥을 먹지 않고 와서 옆집 선짓국 집에 가서 아침을 먹는데, 주인장이 당신 살아온 얘기를 풀어놓으신다.

나이는 57세요, 부도 맞고 실패하여 형제 친척들한테 버림받고 죽으려고 하기를 몇 번. 그러나 이제부터는 음지 지나 햇빛이라고 하신다. 어느 날 갑자기 친한 친구가 나타나 사정을 듣고 나더니 그때부터 도와주기 시작하는데 정말로 눈물 나게 도와주었다는 것이다. 지금은 그 친구 덕분에 강원도 진부령에 황태 덕장까지 지어서 운영하고 있으니, 그야말로 사람은 죽으라는 법은 없다는 얘기셨다.

아침부터 이야기를 듣고 용기를 얻어 어깨에 힘주며 사무실로 왔다. 오늘은 토요일, 매주 토요일은 즐거운 날. 다음 주에는 꼭 계약이 될 것 같으니까.

월요일은 어영부영 넘어가는 날, 화요일은 괴로운 날, 수요일은 불안한 날, 목요일은 '와, 내일 또 금요일이네!' 하는 날. 정부가 주5일 근무제를 시행해서 세월이 너무 빨리 간다.

누가 그랬다. 이 사업은 천수를 보고 하면 된다고. 천 개 해서 하나 성사되면 평생 먹고살 것이 나온다고. 정말 그렇다. 최하가 억이다.

그래서 어떤 사람은 억짜리 하나 했다고 온 동네에 자랑을 하고 다닌다. 언제쯤 우리도 그러고 다닐 수 있을지, 정말 미치겠다.

내일? 아니면 모레? 아니면 글피? 들에 핀 풀꽃 같은 나의 인생이 얼마나 더 버틸 수 있을지…. 인정하고 싶지 않지만 나도 한계에 다다른 것 같다.

밤마다 침상에서
눈물로 요를 적시다

이제 지치고 힘들어 더 이상은 못 버틸 것 같다.

돈이 바닥이 나서 우리 집도 경매로 넘어가고 카드란 카드는 전부 신용불량자로 등록이 되었다. 여러 군데 카드회사 채권 팀에서 하루에도 수십 통씩 전화를 걸어와서, 아내와 나는 머리에 지진이 날 정도다. 정말 하루하루 사는 게 지옥이 따로 없다.

우리 부부의 작은 소망이라면 부자도 아니요, 소박하지만 서로 아끼고 사랑하며 나는 당신의 방패가 되고 당신은 나의 방패가 되어 서로를 위해 희생하며 사는 것뿐이거늘.

저녁이면 집에 들어가 그 예쁜 얼굴 어디 가고 수심만 가득한 당신 얼굴 바라보면, 내 심장이 천 갈래 만 갈래 찢어지는 것 같아 몸 둘 바를 모르겠소. 나는 더 이상 눈물이 말라 버려 당신을 위해 흘릴 눈물조차 없다오. 착하고 순한 당신이 남편 뒷바라지 한답시고 여기저기서 카드

서울 송파중앙병원 의사가 나는 다른 사람보다 심장이 훨씬 크다고
했건만, 아내의 고생하는 모습을 보면 그런 나도 견딜 수 없어 아내
몰래 아파트 계단에 앉아 넋두리하며 들어온 적이 한두 번이 아니다.

그러나 안 될 놈은 뒤로 넘어져도 코가 깨진다고 했던가.

그 무렵 때맞춰 정부발표가 있었다. 가계대출을 억제하기 위해 카
드사들의 현금서비스 한도액을 낮추라는 것이었다. 나는 '에라, 이놈
의 세상 될 대로 대라.' 하고 아내에게 강원도 대청봉이나 갔다 오자
고 했다.

다음날 우리 부부는 아침 일찍 등산복 차림에 완전군장을 하고 상
봉터미널에서 버스로 한계령을 지나 오색약수터에 내렸다. 6시간 반
에 걸쳐 대청봉 해발 1,708m 고지를 올라가니 다람쥐에 산새, 요새
같은 구름이 무척 좋았다. 대청봉에서 하루저녁 자고 다음날 내려오
는데 아쉬움으로 발걸음이 떨어지지 않았다.

몇 년 전에도 단양 소백산 비로봉엘 갔었는데 거기도 그렇게 좋을
수가 없었다. 겨울에 갔었는데 해발 1,440m 정상에 올라 김밥을 먹
으려 하니 얼음덩어리가 되어서 먹지 못했던 기억이 난다.

이 산 저 산 다니다 보니 산 정상에서 집을 짓고 살면 얼마나 행복할까 하는 생각이 든다. 서울에 가면 또 근심걱정에서 헤어날 길이 없지 않은가. 외환위기 터지고 4년을 아무 수입 없이 놀았으니 오죽하랴. 남들은 돈 많이 벌어 몰래 감추어 놓고 쓴다고 하는데, 나는 돈한 푼 빌릴 수 없는 지경까지 왔다. 그 잘 나가던 백중선이가 이게 웬말인가.

멀어지는 산 정상을 뒤로하고 마음을 달래며 내려왔다.

어떻게 생각하면 십 원 한 장 빌릴 수 없고 만들 수 없는 우리 형편에는 카드사가 은인이라 할 수도 있겠다. 내가 만든 개인카드가 몇개 되고 법인카드가 2개, 마누라가 만든 카드가 또 몇 개. 그 많은 카드를 이리 막고 저리 막고 집 생활비 하고 회사 운영하고, 카드회사 없었으면 우리는 부도가 나도 벌써 났었을 것이다. 그래서 지금 현실이 바로 지옥이다.

그래도 포기하지 않고 기필코 성공해서 나의 주변 사람들과 하나님아버지 마음을 기쁘게 해 드리라 작정하고 방법을 찾던 중, 그래도 형제밖에 없을 것 같아 동생들한테 도움을 요청했다.

그러나 그것도 허사. 손위 형님한테는 부탁하기가 쉬운데 손아래 동생한테는 정말 말이 안 나온다. 형으로서 동생들을 위해 해준 것이 없는데 어떻게 염치 좋게 돈을 빌려달라고 할 수 있단 말인가. 나는 정말 우리 사랑하는 동생들을 위해 아무것도 해준 것이 없다. 내가 어떻게 큰 형이라고 말할 수 있단 말인가.

나는 부모님한테도 불효자식이요, 동생들한테도 쓸모없는 존재다. 동생들에게 너무너무 미안하다. 우리 동생들은 삶에 굴하지 않고 현실에 만족하며 불평불만 하지 않고 가정에 충실하며 열심히 산다. 어디에 내놔도 하나같이 자랑할 만한 착한 동생들이다. 동생들이 착하고 마음 바르니 부인들도 다 잘 들어와서, 자식교육 잘 시키고 살림 잘하며 남편 공경하고 충실하게 잘살아가고 있다.

나의 든든한 후원자, 아내

나는 1980년에 결혼을 했다. 나도 그렇지만 아내도 나를 많이 사랑했었나 보다.

그래도 몹시 괴로웠을 것이다. 그때만 해도 나는 아버지하나님을 모르고 술만 마시고, 술 취하면 세상을 모두 다 내 것인 양 살던 때였다. 당시 내 주량은 소주가 열다섯 병에 맥주는 구십 병 정도였다. 아직까지도 술 외상값이 영등포 역전 술집과 미아리고개 지나 대지극장 옆 술집에 남아 있다.

그때는 신용이 좋아서 술 먹고 외상하고 오히려 술집에서 돈을 빌려서 집으로 오곤 했다. 물론 다음날이면 틀림없이 돈을 갚아주었다.

술집 아주머니들은 나만 가면 술병을 감춰 놓았다. 너무 많이 마실까봐 걱정을 했던 것이다. 나는 넉살이 좋아서 누구에게든 나이 많은 사람은 엄마, 나이 비슷한 사람은 누나, 조금 적은 사람은 동생이라고 부르고 다녔으니 누군들 내게 외상술을 안 주겠는가.

한번은 만취상태에서 노래 부르며 집에 가다가 남의 대문에다 소변을 보았다. 그 집 아주머니가 신고를 하는 바람에 동대문경찰서 백차가 와서 나를 잡아갔다. 하루저녁 자고 나와 그 집을 다시 찾아가 사과하고는 주인 아주머니하고 술 한잔하면서 친해진 적도 있었다.

건축업을 할 때였는데, 나이는 어렸어도 내게는 사업가 기질이 있었던 것 같다. 사람 만나는 것 좋아하고 같이 술 마시는 것을 좋아했다. 당연히 저녁마다 술이 만취해서 들어갔으니 아내도 무척 힘들었을 것이다. 어떤 젊은 여자가 그리도 술주정 심한 남편을 한평생 내조하고 살겠는가.

지금 생각하면 그때가 정말 후회스럽다. 아내에게 조금만 더 잘했으면 그때부터 술 끊고 성령으로 거듭나 주님과 더불어 새사람이 되어 더 일찍 행복하게 살았을 텐데.

내 아내는 정말 나에게는 과분한 여자다. 착하고 순진하고 한국의 여성으로서 갖출 것은 다 갖춘 여자다. 또한 둘도 없는 나의 친구이자 애인이다. 30여 년 살았어도 말대답 한 번 없고 불평불만 한 번 없는 안사람으로서의 모범이 되는 훌륭한 사람이다. 성공한 남자 뒤에는 꼭 이런 아내가 있어야 한다.

오늘따라 아내가 무척 자랑스럽다. 결혼하면서부터 넉넉지 못한 경제형편과 예상치 못했던 일들 때문에 좀 많이 힘들었다. 물론 누구나 다 쉽지 않은 게 결혼생활이겠지만, 어려운 탓에 사랑하는 아내와 자주 다투기도 했다.

지금 생각해 보면 내 아내는 참 대단한 사람이다. 때로는 친구처럼 내가 힘든 일이 있을 때 옆에서 위로해 주고, 때로는 애인처럼 내가 우울할 때 나에게 사랑을 보여준다. 남편이 돼서 아내 자랑을 이렇게 하는 게 좀 부끄럽기도 하지만, 어쨌든 내 아내는 참으로 든든한 나의 후원자이자 보면 볼수록 대단한 사람이다.

강퍅한 세상을 살아갈수록 점점 깊어지고, 연약했던 마음이 강해지고, 나에 대한 사랑을 끊임없이 키워나가는 모습을 볼 때마다, 나는 아내한테 고맙고 미안하고 부끄럽다. 그래서 더욱 힘내서 열심히 살자고 다짐하곤 한다.

우리 부부는 지금도 이십대의 감정을 가지고 살고 있다. 사랑하는 아내에게 하루일과를 보고하고 아내를 꼭 내 품에 안을 때, 잠들기 전과 아침 출근 전에 아내에게 입 맞추고 꼭 안을 때, 그때처럼 마음이 따뜻해질 때가 없다.

평생을 미안함을 사랑이라고 변명하면서 살아왔는데, 이제라도 진실한 남편이 되기 위해 더욱 노력해야겠다. 언젠가 성공한다면 나는 방송국에라도 가서, 한때의 나처럼 자포자기하며 살고 있는 사람들에게 큰소리로 알리고 싶다.

내게는 이렇게 내조 잘하고 어진 아내와 아이들의 훌륭한 엄마가 있었노라고. 이 여자가 아니었으면 지금의 나는 없었을 것이라고.

가슴으로 쓰는 편지

여보!

나를 만나 고생만 한 당신, 이 못난 남편 만나 단 하루도 마음 편히 쉬지 못하고 그 곱던 얼굴 어디 가고 주름만 훈장삼고 있구려. 그래도 원망 한마디 없이 내조해 주는 당신이 고맙기만 하오.

여보, 난 마음속으로 다짐합니다. 얼마 남지 않은 인생, 오직 당신을 위해 살겠노라고.

여보, 정말 내가 당신 맘고생을 너무 많이 시켰다오. 그동안 고생 많았소.

이제부터라도 살아있는 날 동안 이 한 목숨 다 바쳐 평생을 보답하겠소.

말없이 사랑하여라

서로 사랑하여라.

아무 말도 하지 말고,

겉으로 드러나지 않게 잠자코 사랑하여라.

아무도 모르게 숨어서 봉사하고,

눈에 드러나지 않게 좋은 일을 하여라.

침묵하는 법을 배워서 행하여라.

말없이 사랑하여라.

비판을 받아 변명 하지 말고,

마음 아프게 하는 이에게도 노하지 말며,

무시하는 말을 듣고 마음에 상처를 받아도,

말없이 사랑하는 법을 배워서,

말없이 사랑하여라.

자존심이 상하는 말을 들어도,

마음에 분노가 가득히 밀려와도,

성내기를 더디 하며,

서로 용서하고 악한 것을 생각지 말며,

긍휼과 자비로 묵묵히 사랑하여라.

보고 싶은 큰아빠께!

큰아빠, 몸 건강하게 잘 계세요? 요즘 들어 큰엄마, 큰아빠 생각이 많이 나고 건강은 어떠신지 안부전화라도 하려다 지금은 괜히 폐 끼칠까봐 말았어요. 죄송해요.

언제나 그랬듯 저는 큰아빠를 존경하고 믿어요. 그리고 사람에게는 잠깐 동안 힘든 일이 찾아오기도 하는데, 그 시기를 잘 극복을 하느냐가 관건이라고 생각해요.

큰아빠는 다른 사람보다 마음도 크시고 사람을 용서할 수 있는 넓은 마음을 갖고 계시리라 믿어요. 어떻게 보면 저희가 더 무심하리라 생각돼요. 용서하세요. 하지만 다 가족이기에 사랑하고 그리워하는 거 같아요. 저희 아빠와 작은아빠들도 지금 무척이나 일에 찌들어 한쪽 맘에 외로움과 허무함이 있어 보이세요. 그리고 큰아빠 소식을 내심 크게 기다리고 있다는 걸 저는 느껴요.

큰아빠! 사실 무척 보고 싶어요.

우리 아빠는 가게에서 술 취한 사람들과 싸움을 하기도 하고, 작은아빠들에 관한 다른 동네사람들과의 시비도 있어서 힘들어하고 있어요. 저는 예전을 생각해 봐요. 온 가족이 명절 때 모여서 설악산 여행을 가고, 모일 때마다 웃음소리가 그치지 않았잖아요. 그날이 또 왔으면 하는 소망은 저 말고도 할머니를 비롯한 모든 가족이 갖고 있답니다.

아무쪼록 큰아빠, 힘내세요. 그리고 지금 큰아빠가 용기 내시고 다 잘되기를 바라는 작은딸 다영이의 기도도 잊지 마세요.

사랑하는 큰아빠!

저 다영이예요. 큰아빠 뵌 지 1주일이 지났네요.

혜림언니 결혼식 가서 우리 가족은 정말이지 행복했어요. 그리고 큰아빠, 큰엄마, 영지 무척 반가웠고요. 혜림언니 드레스 입은 모습이 참 예뻐서 많이 부러웠어요. 그렇게 무뚝뚝하신 우리 아빠도 엊그제 혜림언니와의 통화에서 "내가 너 제일 좋아하는 거 알지? 잘살아라!"라고 언니한테 얘기하는 거 보고 가슴이 찡했어요. 그건 바로 아빠가 큰아빠를 맘속 깊이 사랑하고 있다는 증거잖아요.

그리고 그건 큰아빠도 셋째 작은아빠, 넷째 작은아빠도 다 같은 마음일 거라고 믿어요.

전 솔직히 놀랐어요. 저번에 언니와 형부가 인사드리러 왔을 때 다들 달려가 반갑게 인사하는 거 보고요. '이게 핏줄이구나!' 하고 크게 느꼈어요.

넷째 작은아빠의 이번 말실수는 우리 아빠도 치킨집 작은아빠도 다 같이 야단치신 모양이에요. 물론 넷째 작은아빠도 크게 후회하고 계시고요. 큰아빠가 이번만 용서해 주세요.

그렇지만 중국집 작은아빠도 그때 술 드시고 언니한테 하는 말 중엔 큰아빠를 그리워하는 맘이 많이 담겨 있었어요. 당신과 제일 많이 닮았다고. 정 많고 사람 좋아 결국 우린 잘될 거라고요.

큰아빠! 저는 솔직히 우리 집안 중에서 아빠 다음으로 존경하고 좋아하는 분이 큰아빠예요. 언니가 시집가고 조금 외로우시더라도 하시는 일 더 잘되고 건강하시길 맘속 깊이 기도할게요. 큰아빠, 사랑해요.

다영아!

네가 벌써 자라서 오십이 넘은 큰아빠 마음을 움직여 새로운 세상을 보게 하는구나.

거친 풍파 험한 세상 살아가면서 내가 힘들어질 때 앞에서 손 내밀어 주는 사람들이 우리 다영이와 가족이란 걸 알았어. 큰아빠가 마음 아프고 괴로워 눈물 젖는 모습이 될 때 마음 놓고 기대어 울 가슴을 빌려주는 사람들은 오직 가족뿐이란 걸.

실수로 저지른 내 잘못으로 모두가 날 비난하고 내 곁을 떠나가도, 마지막까지 따뜻한 사랑의 눈길을 보내주고 믿어주는 가족이란 제도가 얼마나 소중하고 포근한지 언제나 큰아빠는 하나님께 감사하며 산단다.

그러면서도 마음 한구석에는 죄책감이 자리하고 있어. 아버지 대행은 큰아들이 해야 하는데 그 역할을 다하지 못하고 있으니, 언제나 죄인처럼 마음 졸이며 산다.

둘째의 깊은 마음도 나는 다 안단다. 누가 말하지 않아도 말이지. 셋째의 정 그리워하는 포근한 가슴도 알고, 넷째의 거듭된 말실수 속에 숨어 있는 귀여움도 알지. 단지 술 먹고 도피하며 살아가는 정신없는 다섯째, 우리 막내가 아직 가정을 못 이루고 있으니 그것이 제일 마음 아프고 큰아빠 자신이 부끄럽고 미안하단다.

큰아빠가 부지런히 벌어서 우리 동생들을 도와주며 큰형 역할을 제대로 하다가 인생을 마무리하고 싶구나. 꼭 그렇게 될 거야.

큰아빠 하는 사업이 부동산 컨설팅인데, 지주작업해서 매도자와 매수자 연결하고 용역계약서를 쓰고 정식 계약 체결하면 돈이 들어오는 일이란다. 그런데 20개월 넘게 경험만 쌓고 있으니 좀 힘들구나. 그렇지만 이번 주부터는 몇 건 할 것 같구나. 한 건만 계약되면 줄줄이 일이 성사될 수 있단다. 그럼 돈도 많이 벌 수 있고. 그러니 큰아빠 한번 믿어봐라.

다영이가 벌써 이렇게 커서 큰아빠와 이메일도 주고받게 되었다니 난 참 행복하다.

다영아, 잠시 마음 깊이 생각 좀 해보자.

혹시 하나님을 사랑한다고 하면서 자신의 생각만을 사랑하고 있는 건 아닌지. 이웃을 사랑한다고 하면서 오히려 마음에 상처를 주어 이웃을 아프게 하진 않았는지.

사랑을 하면 사랑을 받는단다. 존경을 하면 존경을 받고, 사랑으로 섬기면 섬김을 받고, 이웃을 대접하면 나도 대접을 받고. 오늘도 남에게 무엇인가를 베풀 때 나 자신을 줄 수 있는 아름다운 하루하루가 연속된단다.

부모 없는 자식이 어디 있고 형제 없는 가족이 어디 있단 말이냐. 서로 사랑하고 아끼며 얼마 남지 않은 인생 위하고 그리워하며 살자구나.

사랑한다. 성내동에서 큰아빠가.

화요일 아침에 사무실에 나오니 이메일로 시골 고향친구한테서 편지가 한 통 와 있다.

가을비가 촉촉이 내리는 깊은 밤, 문득 친구의 모습이 떠오르는군.

산다는 건, 살아간다는 건 세월이 흐른 뒤엔 모두가 허무해지는 것.

돈도 명예도 사랑도 미움도….

그러나 가장 소중한 건 내 곁에 있는 내 한 몸 같은 사람과 마음을 툭 터놓고 사랑으로 감싸주며 건강하게 살아가는 거겠지.

우리가 지금 가는 인생길이 아마 가을쯤 되지 않을까 싶네.

잘 지내게, 친구!

사랑하는 부인님께!

계속되는 무더위에 가족을 위해 열심히 뛰시는 당신의 아름다운 뒷모습 바라보며 살아온 지도 벌써 30년이란 세월이 흘렀소. 그동안 호강 한번 못 시키고 원수 같은 돈 때문에 이리 뛰고 저리 뛰게 만들었으니, 남편 하나 믿고 시집온 당신에게 입이 천 갠들 무슨 할 말이 있겠소.

언제나 돈 신경 안 쓰고 가족만을 위해 헌신하며 여가를 즐기고 살아가게끔 기회만 바라보고 살아온 이 못난 남편의 행동들이 너무 한스럽고 답답할 것이오. 그러나 이런 남편을 믿고 여태 살아왔으니 한 번만 더 믿어주시오.

내 꼭 죽기 전에 당신 호강 한번 시키고, 친구들한테 자랑하고 친척들한테 힘주며 살 수 있게 당신의 위상을 꼭 세워주고 싶소. 오늘은 당신에게 꼭 하고 싶은 말이 있어 몇 자 적는다오.

영지 때문에 그러지요. 우리가 못 배워서 딸이라도 하나 정도는 대학을 가르치고 싶어서 그럽니다. 당신도 대학등록금 때문에 걱정하고 있는 줄 압니다. 요즘 내가 이 사람 저 사람에게 부탁을 해도 다들 돈들이 없다고 하오. 당신이 알다시피 난 우리 형제밖에 없소. 돈이 있어야 주위사람들이 나를 믿지, 돈 없으면 안 믿어요. 나는 더 이상 융통할 데가 없소. 사무실에 입금된 것도 날짜가 지나야 찾아 쓸 수가 있어요. 9월 10일까지는 5천만 원은 쓸 수가 있어요. 그런데 며칠을 못 참아서 영지 공부를 포기한다는 것은 부모의 자격이 없는 것 같소.

자식한테만은 무능한 아빠의 모습과 엄마의 약한 모습을 보여서는 안 되오. 그러니 이번 한 번만 영지 대학등록금 좀 부탁합시다.

　종로3가 단성사 옆 다방에서 당신을 처음 만났을 때부터 지금까지 한 번도 당신을 잊어본 적이 없소. 언제나 돈이 나와서 당신이 껑충껑충 뛰며 "여보, 고마워요!" 하는 말을 꼭 듣고 싶소.

　여보, 정말 부탁이오. 하나 남은 우리 자식 영지를 꼭 대학에 보냅시다. 혜림이 서 서방, 안 서방, 소연이, 정례까지 자식들 한데 모아놓고 "너희들이 도와주어서 이렇게 엄마아빠가 살아왔단다. 고맙다, 자식들아!" 하며 우리가 없더라도 자매간에 사이좋게 살라고 부탁하고, 얼마 남지 않은 우리의 여생을 자식들을 위해 보냅시다.

　난 당신을 위해 한눈팔지 않고, 당신은 서방님을 위해 건강하게 오래오래 옆에 있어줄 것을 바라 마지않소. 정말 부탁이오. 이번만 영지 대학등록금을 부탁하오. 절대 대학은 포기하면 안 돼요. 이번에 학원비를 못 대서 대학을 포기하게 하면, 남은 인생 동안 우리 둘은 하루하루가 괴로울 것이오. 그러니 대학은 어떠한 일이 있어도 꼭 보내고 봅시다.

　여보, 당신을 너무 사랑해서 바로 보고 말도 못하고 이렇게 지면을 통해서 부탁하오. 지금까지는 당신이 나를 돕고 살았으니 앞으로는 내가 당신을 편하게 모시겠소.

　여보, 난 일편단심 민들레요. 내게는 당신밖에 없어요. 그러니 속았다 치고 한 번 더 믿어보세요 꼭 당신의 기대에 어긋나지 않고 보답을 하리다. 멋진 부부의 사랑을 확인하고 자식들에게 모범이 되며, 당신만을 위해 이 한 목숨 아낌없이 바치고 주리다.

사랑하는 남편이 아내에게

마지막으로 부끄럽지만 저의 신앙지침과 가훈을 소개해 봅니다.

1. 정직한 사람이 되자.

2. 진실한 사람이 되자.

3. 어떠한 고난도 참고 견디는 자가 되자.

4. 낮아지고 겸손한 자가 되자.

5. 매사에 감사하자.

다음 글들은 제가 힘들고 지칠 때마다 읽으면서 용기를 얻었던 글들입니다. 여러분에게도 마음을 담아 띄워 보냅니다. 모두모두 힘내시기를!

현재의 삶에 만족한다는 것

어느 한적한 꽃밭 가장자리에 작은 꽃 하나가 피어 있었습니다.

낡디 낡은 파이프 하나가 길게 물탱크와 연결되어 있었고

파이프에 조그만 구멍이 하나 나 있었습니다.

거기에는 한 방울 한 방울씩 물방울이 떨어졌습니다.

작은 꽃은 그 물방울이 떨어지는 바로 밑에 자리 잡고 있었습니다.

도저히 꽃이라고는 피어날 수 없는 척박한 땅인지라

그 꽃이 어떻게 거기에 피어났는지 아무도 알 수가 없었습니다.

꽃밭 중간에 피어 있던 '두려움'이라는 꽃은 늘 그 작은 꽃을 바라보고 있었습니다.

어떻게 그곳에 피어났는지 늘 궁금했던지라 두려움 꽃이 물었습니다.

"작은 꽃아, 너의 이름은 무엇이냐? 어떻게 이런 곳에서 다 피어났니?"

그 조그만 꽃은 밝은 목소리로 대답했습니다.

"내 이름은 기쁘게 받아들임이에요. 저는 여기가 좋답니다."

한 미국인이 가슴에 수술을 받고 난 후 사람들은 그에게 수술자국이
흉해서 싫지 않느냐고 물었습니다.

"흉터 자국이라뇨. 내 가슴에는 남들에겐 없는 스마일 자국이 있을 뿐
인 걸요."

삶에 있어 중요한 것은 무슨 일이 일어나느냐가 아니고
그것을 어떻게 받아들이느냐 하는 것입니다.
삶이 나에게 주는 것이랍니다.

－『삶이 나에게 주는 선물』중에서

Taxi of Love
Theater of Life

3부
눈물로 쓴
기도일기

사랑의 말씀

저는 한때 아주 잘나가는 주식회사의 대표이사였습니다.

그러나 사업실패 후 자살을 하려고 하다가 하나님의 말씀을 깨닫고 새롭게 태어나, 지금은 택시운전을 하면서 사랑의 말씀을 전하고자 합니다.

삶이 의미가 없고 인생이 고달프십니까? 구원의 유일한 예수님을 영접하고 천국의 소망과 진정한 행복을 찾으십시오.

- 세상에서 가장 가치 있는 일은 영혼을 살리는 일이다. 아버지 하나님이 주신 귀한 생명을 함부로 하면 안 된다.
- 천국은 하나님과 예수님과 천사가 함께하는 곳이다. 그곳에 가서 함께 살 우리들이므로 우리는 모든 행동과 행실을 자제해서 좋은 말, 고운 말, 은혜스러운 말을 해야 되고 진리를 말해야 한다.

- 사람마다 저마다 가지고 있는 정신이 있다. 내 모든 마음과 행동을 주관하는 것이다. 그런데 반면에 영이라는 건 왔다 갔다 하는 것이다.

- 영계에도 하나님과 사단, 이렇게 두 존재가 있듯이 우리 사람에게도 두 종류의 영이 왔다 갔다 한다.

- 즉 내가 하나님의 일을 하고 하나님을 생각할 땐 하나님의 영이 임하지만, 우리가 세상에 속하여 세상일을 쫓아가면 사단이 틈을 타서 사단의 지배를 받게 된다.

- 하나님, 예수님이 주시는 것은 ☞ 사랑과 용서, 축복이다.
  사단이 주는 것은 ☞ 저주와 핍박, 비판, 거짓말과 사망이다.

- 성경말씀 : "나더러 주여주여 하는 자마다 천국에 다 들어갈 것이 아니요, 다만 하늘에 계신 내 아버지의 뜻대로 행하는 자라야 들어가리라." (마태복음 7장 21절)

<대한 예수교 장로회 총회>

간증

아버지하나님, 보잘것없고 하찮은 나 같은 죄인도 사랑하신 것은
분명하신데, 왜 이다지도 인생이 고달프고 힘들까요….

나는 배움도 없고 가방끈도 너무 짧아서 조리 있게 말도 못하고 아
버지하나님이 사랑하사 몇 번의 죽음 속에서도 구해 주신 못난이 머
스마다.

대한민국 제일 끝머리에 위치한 전라도 고흥에서 태어나 "꿈을 안
고 왔단다, 내가 왔단다." 노래를 부르며 무작정 서울로 상경하여 성
공해 보겠노라고 정말 열심히 뛰어다녔다. 오뚝이처럼 넘어지면 다시
일어나고 일어나면 다시 넘어지고 하면서 살아온 지가 벌써 육십 년
이다.

우리 집안에는 대대로 신앙이 없었다. 불교도 아니요 유교도 아닌

무신론으로 살아왔다. 그런데 유일하게 나만 주님을 섬기고 있다. 처음엔 교회가 무엇 하는 곳인지도 모르고 살았다.

날씨 좋은 날 대한민국 맨 끝자락 고흥 도화면에 있는 천등산에 올라가면 제주도가 보인다. 그러한 시골 촌놈이 무엇을 알랴. 그러나 나에게도 주님의 사랑의 줄이 닿고 있지 않은가.

그 이름도 빛날 갈길남이란 친구였다. 그 친구는 언제나 옆구리에 성경책을 끼고 다녔다. 그러면서 보잘것없는 나에게 접근하여 예수님 한번 믿어보지 않겠느냐고 묻기 시작했다. 지금 생각하니 그것이 전도인 모양이다.

1980년 7월 2일은 나에게 새 생명을 주시고 제2인생을 살게 하신 소중한 날이다.

장마철이라 비가 너무 많이 왔다. 며칠 전에 해외 사기사건으로 9시 뉴스에도 나오고 신문에도 나왔다. 사이판 군부대 막사 공사사건!

나도 그 사기사건의 피해자 중 하나인지라 텐트에다 쌀, 담배, 소주 몇 병, 작은 라디오, 이불, 옷가지 등을 챙겨서 청평댐 밑에 둥지를 틀었다. '여기가 좋사옵니다!' 하고.

그날 저녁 비가 너무 많이 와서 청평댐 수문을 하나 둘 열기 시작했는데 나는 모르고 있었다.

나는 술에 취해서 한번 잠들면 누가 업어 가도 모르고 잔다. 그날도 술이 취했었다. 아침에 일어나 보니 난리도 아니었다.

한얼산 기도원 입구에 구멍가게 주인아주머니를 나는 양어머니로 삼았다. 그 양어머니가 가게 화물차 운전수를 시켜서 술 취해 잠든 나를 차에 실어 가겟방에다가 재웠다는 것이다. 깜짝 놀라서 내가 "엄마, 나 왜 여기서 자고 있지?" 하니까 "웬 머스마가 청평댐 수문 여는지도 모르고 그렇게 곯아떨어져서 자고 있노? 넌 어제저녁에 송 씨 아저씨 아니면 물에 떠내려가 지금쯤 죽었을 거야. 송 씨 아저씨한데 고맙다고나 해라. 너를 살렸으니." 하고 대답한다.

아저씨께 고맙다는 인사를 하고 텐트 쳤던 자리로 가보니 아무런 흔적이 없다. 어제저녁에 내 옆에서 텐트를 치고 있던 몇 명도 떠내려가서 죽었다고 한다. 어이가 없어 먼 산 바라보고 담배 한 대 피우고 있는데, 키가 큰 건장한 사람이 웃고 서 있지 않은가. 보니 갈길남 친구였다.

언제나 그랬듯 성경책을 옆구리에 끼고 서서 하는 말 "여보게, 이제는 더 이상 갈 데 올 데 없으니 나 한번 따라와 보지 않겠나?" 하며 한얼산 기도원으로 가자고 했다.

나는 기도원이 뭘 하는 곳인지도 몰라 "그래? 거기 가면 술이 있나?" 했더니 친구 하는 말 예쁜 아가씨들이 한복 단정하게 입고 술상을 가지고 온다나. 그러면서 자기는 외상으로 먹을 수 있으니 함께 가자고 했다.

걸어서 기도원 입구에 도착하니 친구는 잠시 어디 좀 갔다 온다면서 나 혼자만 강당에 내버려두고 나가버렸다. 조금 있으니 한 사람이 강당 옆문으로 하얀 옷을 입고 지팡이를 짚고 나오면서 '저 천국 문을 열고 나를 부르네~' 노래 부르며 하시는 말씀.

"내가 바로 동대문시장 깡패두목 이정재 밑에서 월급 받고 살아온 이천석이다. 그런 내가 목사가 됐다."

어쩐지 나하고 비슷한 데가 있었다.

그때 앞자리에서 어떤 아주머니가 일어났다.

"너는 왜 일어나느냐?"

"화장실에 가려고요."

"야, 이 년아. 그냥 거기다가 싸버려!"

말은 험한데도 사람들을 보고 방긋 웃는 이천석 목사님의 모습은 마치 천사 같았다. 나를 당장에 사로잡는 첫인상이었다.

두 시간을 강당에서 말씀을 듣고 나니 지나간 날들이 후회가 되면서 생전 처음으로 많이 울었다. 한참 만에 친구가 옆에 와서 이제 나가자고 했다.

"아니야, 나 더 있을래." 했더니 친구가 갑자기 강당 바닥을 치면서 통곡을 하고 "감사합니다, 감사합니다, 살아계신 아버지하나님!" 하는 것이 아닌가.

지금 돌이켜보니 그것이 은혜요 통성기도였다는 생각이 든다. 나도 울고 친구도 울고 우리는 하나가 되어 "아버지하나님, 감사합니다.

지나간 일들은 용서하시고 지금부터라도 주님 위해 살겠으니 붙잡아
주소서!”라고 기도를 드렸다.

  그때부터 나의 신앙생활이 시작되었다. 서울에 와서 난 착실하게
신앙생활을 했다.
  시간이 나면 한얼산 기도원에 가서 기도도 하고 이천석 목사님께
부탁을 했다. 나 좀 부흥강사가 되게 신앙공부 좀 가르쳐 달라고. 세
번째 가서 부탁드렸을 때는 이 목사님도 “참 희한한 놈이 다 있네.”
하시면서 담임목사님의 추천서를 받아오라고 하셨다. 그러나 나는 추
천서를 받을 수가 없었다.

  그때 내가 처음으로 나가던 교회는 더 큰 부지로 입당을 하게 되었
는데, 교회건물 명의 문제로 교인들의 의견이 대립하고 있었다. 목사
님 명의로 해야 한다는 목사님 편과 교인들 명의로 해야 한다는 장로
님 편이었다.

  나는 결국 그 교회를 포기하고 동대문에 가서 예수님 액자를 사다
가 방에 걸어놓고 기도를 드렸다.
  “아버지 하나님, 앞으로는 이렇게 교회 안 다니고 혼자 기도해야겠
습니다. 아버지하나님은 분명히 제 안에 살아 계십니다.”

  몇 개월 뒤에 이야기를 들으니 나를 전도했던 친구 갈길남은 독일
로 간다고 했다. 그 후부터 연락이 끊겼지만, 그는 분명 독일 가서 목

사가 됐을 것이다. 지금이라도 만나면 한 턱 아니 두 턱이라도 내고
싶다. 그때 나를 전도 안 했으면 지금의 내가 없다고 생각한다. 그 친
구 갈길남, 참 고맙다.

　친구가 독일 가기 전 살던 곳은 안양시 박달동이다. 영어도 유창하
게 잘했다. 키도 크고 남자답게 잘생겼다. 보고 싶다.
　지구 어느 편에 사시다가 이 책을 보시거든 꼭 연락하시게, 친구!

기도일기

언제나 근심걱정 없고 젖과 꿀이 흐르는 축복의 땅으로 갈까.

나는 눈물이 다 마르고 없어 피가 나도록 기도합니다.

세상길 가지 아니하고 저 천국을 향해 오직 주님만 바라보고 살겠노라고.

이 기도일기는 IMF를 당하고 그때부터 피나는 광야를 걸으면서 주님께 올린 내 고난의 삶에 대한 고백입니다.

2003. 03. 16.

주일 교회예배를 드리고 일찍 올림픽공원을 돌았다. 등산코스로 가는데 토끼가 비스킷을 먹고 있다. 저 작은 동물도 살려고 입을 오물거리며 먹고 있는 것을 보니 참 신기하다. 한참을 구경하고 있는데 어떤 할아버지가 와서 토끼에게 말을 걸며 비스킷을 주니까 토끼가 잘도 받아먹는 게 서로 잘 아나보다.

할아버지를 따라 정상에 올라가니 여자들 둘이서 싸움을 하고 있다. 내용을 들어보니 기가 막힌 사연이다. 남자를 하나 두고 둘이서 싸우는데 세상 참 말세다 말세.

그곳을 지나 북문 건너편으로 가니 이번에는 어린애를 업고 여자 거지가 "한 푼 주세요." 구걸을 하고 있다. 나는 그냥 올수가 없어 돈 몇 푼을 주고 오는데 마음이 편치 않다. 남편에게 버림받고 가족에게 버림받고 저 고생을 하고 있을까 싶은 게 우리 부인이 생각났다.

돈 때문에 시달리면서도 투정 한 번 부리지 않는 내 착한 마누라! 여보, 미안해요.

항시 하는 말이지만 '조금만 기다려.' 하고 하늘을 쳐다보고 다짐한다. 행복하게 해주겠노라고 다짐하고 또 다짐한다.

04. 10.

우리네 사는 세상에는 기쁨과 사랑, 즐거움 같은 긍정적인 씨앗이 있는가 하면 짜증, 우울, 절망 같은 부정적인 씨앗도 있다.

우리는 자신이 가진 부정적 씨앗이 아닌 긍정적인 씨앗에 물을 주려고 노력해야 한다.

그것이 바로 자신의 화를 다스리는 평화의 길이다. 화를 다스리는

것은 곧 나를 다스리는 일이다. 내 마음의 수많은 씨앗 중에서 사랑
의 씨앗에 물을 주는 백중선이가 되었으면 좋겠다.

아침 일찍 이 사장이 먼저 나와서 나를 부른다. 이렇게 일찍 회의를
한 적은 없다.

내가 이유를 물어보니 전화가 불통이라는 것이다. 오늘은 중요한
계약 때문에 전화가 많이 오는 날인데, 전화세가 밀리는 바람에 불통
이 됐다면서 정말 큰일이라고 했다.

신용불량자라 주변에는 돈에 여유 있는 사람은 한 사람도 없다. 할
수 없이 마누라한테 사정을 말하고 큰딸 카드를 들고 강동구 전화국
으로 갔다. 카드결제를 하려고 하니 본인이 아니라고 안 된다고 한
다. 우선 급한 대로 한 달치를 계산하고 전화는 통화가 되게 했다.

유일하게 우리를 도와주는 집사님이 한 분 계신다. 우리는 돈이 없
어서 그렇지 크게 될 사람들이라고 믿고 조금씩 빌려주신 9,500만
원이나 되었다. 정말 간 큰 집사님이시다. 그런데도 또 오늘 사물실
전화가 불통이라고 하니 큰일 났네 하시며 100만 원을 보내주셨다.

나는 수중에 단돈 만 원도 없다. 옛날에는 한강물이 말라도 백 사장
호주머니돈은 마르지 않는다고 했건만, 요즘은 형편이 말이 아니다.

고마우신 집사님! 그 집사님 아니었으면 주식회사 비앤엘은 벌써 부도다. 몇 번이고 부도를 내버릴까도 생각했다. 그러나 우리가 하는 일이 장래성이 있고 비전이 보인다. 해서 부도 내지 않고 여태까지 간신히 지탱해 오고 있다.

우리를 도와주는 사람은 부모도 형제도 아니요, 오직 주 여호와 하나님과 고마우신 집사님뿐이다. 꼭 성공하면 보답하리라.

06. 29.

오늘도 여느 날과 다름없이 1부 예배를 드리고 있는데, 같이 동업한 부인이 당뇨로 쓰러져서 천호동 동부병원 513호실에 입원했다는 소식을 들었다.

나는 마누라하고 함께 병문안을 갔다. 다행히 걱정할 만큼 보이지는 않았다.

침대에 대고 기도를 하는데 나도 모르게 눈물이 하염없이 쏟아진다. 은혜의 눈물일까, 서러워서 흐르는 눈물일까, 주님께 드리는 감동의 눈물일까. 너무 많이 울었다.

"주여, 우리에게 주어진 모든 일들을 충실하게 감당하는 날이 되게 하옵소서. 우리에게 위험할 때의 용기와 위급할 때의 지혜를 주시옵소서. 늘 은혜로 지켜주시는 주님, 오늘 하루도 선한 것들을 나누며 살게 하시고 특별히 이웃에게 따뜻한 정을 나누며 살게 하옵소서."

어제는 인천으로 시집간 큰딸이 시어머님이 사주셨다면서 조기와 내가 좋아하는 우럭 회를 떠가지고 왔다. 친정집이라고 왔는데 아빠라는 사람은 사업에 실패하고 아직도 재기하려고 발버둥만 치고 있으니 면목이 없다.

돈이 없어서 어떻게 대접할까 걱정이었는데 다행히 마누라가 사위가 좋아하는 잡채랑 감자탕 등을 해놓았다. 내가 돈도 못 주었는데…. 마누라가 참 고맙다.

마침 교회 가는 길에 어제 하룻밤 친정집에서 자고 일어난 큰딸에게 교회에 나가느냐고 물었더니 아직 안 나간다고 한다.

"주님께 나가는 것에 아직이 어디 있어? 지금 빨리 나와. 아빠가 나가는 교회에 가게."

"아빠, 오늘은 안 가고 다음에 갈게요."

큰딸 작은딸이 교회에 나가지 않는 것이 가슴 아프다.

'주님, 우리 두 딸년들의 마음문을 열어주시고 성령이 임하시어 우리 주님 섬기게 천성문을 열어주소서!'

우리 부부는 망우리에서 이사 와서 송파구 오륜교회로 출석한다. 목사님 말씀이 은혜스럽다. 3부 예배를 드리고 성남 가서 달팽이 즙을 가져오자고 한다. 마누라가 몸이 좀 안 좋다고 하니까 동서가 달팽이농장을 하는데 우리 마누라 잡수시라고 달팽이 즙을 한 첩 다려놨다고 한다. 돈이 풀릴 때까지는 아무데도 안 가려고 했는데 마누라

약이니 어쩔 수 없이 갔다 왔더니 마누라가 즐거워한다. 아침에는 못 간다고 했더니 삐쳐서 말도 잘 안 하다가 내가 같이 성남가자고 하니까 방실방실 어린애처럼 좋아한다.

　우린 돈만 조금 있어도 참 행복한 부부인데, 많은 것도 원치 않는다. 먹고살 만큼만 있으면 된다. 내일 또 계약 건이 있으니까 내일을 바라보며 오늘을 보낸다. 그래, 내일을 기다리자. 오늘이여, 안녕!

2004. 01. 30.
〈모닥불 피워놓고〉
겨울에 일을 하다가 함박눈이 내리면,
일손을 멈추고 마른 나뭇가지를 주워 모닥불을 피웁니다.
이렇게 불을 피우고 둘러앉아서 이야기를 할 때면
나쁜 이야기, 큰 목소리는 나오지 않습니다.
낮은 목소리로 좋은 이야기만 합니다.
몸이 아니라 마음이 먼저 따뜻해지기 때문입니다.
아무리 세상이 춥다 해도 사랑의 모닥불 하나 피우고 둘러앉으면 됩니다.
아무리 삶이 힘들어도 희망의 모닥불 하나 피워놓고 마주앉으면 됩니다.
세상이 따뜻해지고 삶이 따뜻해집니다. 따뜻하다는 것이 얼마나 좋은
지 모릅니다.

1월 30일 금요일입니다.

항상 깨어 있는 마음 되게 하옵소서.

우리에게 깨어 있으라 명하신 주님, 우리로 깨어서 주님의 음성을 듣게 하옵소서.

노아 때처럼 먹고 마시고 춤추며 세상의 즐거움에 취하지 않게 하시고, 주님의 음성에 귀를 기울이게 하셔서 하나님의 깊고 넓고 높으신 사랑을 마음속에 심게 하소서.

주님, 죄악의 깊은 밤이 부활의 태양 앞에서 물러가게 하심을 감사드리옵나이다.

사망과 절망 그리고 온갖 두려움 속에서 살던 상하고 피곤한 우리들에게 환한 감격의 빛으로 채워 주심을 감사드리옵나이다.

이제 골고다의 수치와 슬픔이 우리들에게는 더 이상 필요 없습니다. 이제 마른 뼈들만이 우글거렸던 에스겔 골짜기는 우리들에게는 더 이상 두려움이 아니옵니다.

죽을 것 같은 절망으로부터, 패배할 것 같은 연약한 마음으로부터 저희를 구하여 주시옵소서.

부활의 신앙으로 살게 하는 길이 승리의 길, 영생의 길인 것을 확신하게 하옵소서.

오늘도 부활의 신앙으로 담대하게 살게 하옵소서.

어린이를 품에 안으시고 축복하신 주님, 우리 아이들을 지켜주시옵소서.

저들이 연약할 때 족한 힘을 주시고, 공포 가운데서 방황할 때 넘치는 용기를 주시옵소서.

승리할 때에는 온유와 겸손을 주시고, 실패할 때에는 다시 일어설 수 있는 힘을 주시옵소서.

주님을 알고자 하는 갈급함을 저들에게 주시고, 평안한 길만이 아니라 곤경과 역경에 처하더라도 그 길을 걸어가는 의젓함을 갖게 하시옵소서.

실패한 이웃들을 돕고 싶어 하는 연민을 주시고, 같이 살아가는 세상임을 깨닫게 하시옵소서.

주님, 우리 어린 아이들에게 무엇보다도 은혜를 더하셔서 이웃을 이해하는 풍족한 마음을 주시옵소서.

무슨 일에나 지나침이 없는 신앙과 도덕심을 주시고, 진정한 힘이 무엇인지 깨닫게 하시옵소서.

우리로 그들이 헛되이 살지 않도록 기도하게 하시옵소서.

05. 05.

어린이날입니다.

오늘 어린이날을 맞이하여 최효섭 목사님께서 말씀하신 자식에 대한 부모의 교훈 10가지를 소개하고 싶습니다.

1. 아이들을 너무 빨리 자라도록 하지 말라. 아이들은 아이다워야 한다.

2. 아이를 얕보지 말라. 아이들의 세계는 부모의 관찰보다 훨씬 깊고 많이 알고 있다.

3. 감정을 퍼붓지 말라. 아이와의 대화는 언제나 아이가 중심이 되어야 한다.

4. 아이에게 이기려 하지 말라. 가정은 전쟁터가 아니다.

5. 칭찬을 아끼지 말라. 이보다 나은 보약은 없다.

6. 아이를 나의 소유로 생각지 말라.

7. 모범은 아이의 교재이다. 훈계보다 모범을 보이도록 하라.

8. 아이의 현재만 보지 말고 그 가능성과 미래상을 보라.

9. 아이를 통틀어 보지 말라. 어느 아이라도 개성이 있고 특징과 소질이 있다.

10. 오직 주의 교양과 훈계로 양육하라. (에베소서 6장 4절)

오늘 하루도 사랑하는 자녀들을 위해 기도하고 감사하며 노력하는 부모가 되길 소망합니다.

백사장님께 드립니다.

백사장님과 우리와의 만남은 우연이 아니라 아버지하나님께서 맺어준 필연이라고 생각합니다. 지난 수년간 백사장님께 받은 사랑을 어찌 말로 표현 하겠습니까. 저는 정말 하나님께 간절히 기도로서 대신합니다.

제가 사실 사무실에 가는 것 저의 남편이 싫어하는데 저의 발길은 아버지하나님께서 그곳으로 인도하고 있어요. 정말 백사장님은 아버지하나님께서 간절히 찾으시는 분이고 아버지하나님이 원하시는 분이예요. 진즉에 아버지하나님의 뜻을 전해드렸다면 이 고통도 이렇게 길지는 않았을 거예요.

백사장님. 정말 처음이자 마지막으로 부탁드릴게요. 이제 아버지하나님께 시간의 십일조를 드려보세요. 큰 복이 있어요. 제가 왜 이렇게 희망을 가지고 살아가겠어요. 말씀을 가졌기 때문이에요.

성경은 말하고 있어요. "주여. 주여." 하는 자가 다 천국에 가는 것이 아니라고 <호.6:6> 아버지하나님의 뜻을 알아야 간다고. <호:4:6> 내 백성이 지식이 없어서 망한다고. 백사장님. 정말 아버지하나님의 뜻이 무엇인지 알아보세요.

지금은 자다가 잠이 안 와서 OO아빠 몰래 편지 쓰고 있어요. 정말. 이생의 복과 내세의 복을 받으려면 크리스찬신학원에서 성경말씀을 배워야 합니다. 제가 기도 중에 받은 응답입니다. 그래서 크리스찬신학원에 백사장님을 추천해서 무례하지만 입학원서를 냈습니다.

그래서 면접통보 갈 거예요. 통보 가기 전에 간절히 기도해 보시고 선택하세요. 크리스찬신학원에는 아무나 가는 것이 아니고 선택받은 아버지하나님 자녀만 가는 곳이랍니다.

정말 간이 저리도록 기도해보세요. 그리고 응답 받으셔서 금년의 남은 시간 아버지하나님께 기도해 보세요.

"내 말이 너의 안에 거하면 무엇이든지 구하라고 했습니다."

그리고 무엇이든지 구하세요. 아버지하나님께서 응답하실 겁니다. 꼭 기도하시고 알려고 찾고 구하고 두드려 보세요. 모든 것이 주안에서 이루어질 거예요. 나를 간절히 찾는 자가 나의 사랑을 입으며 복을 받는데요.

주안에서 모든 것이 협력해서 선을 이루시고 만사형통하세요.

11. 03.

벌은 꽃에서 꿀을 따지만 꽃에게 상처를 남기지 않습니다.

오히려 열매를 맺을 수 있도록 꽃을 도와줍니다.

사람들도 남으로부터 자기가 필요한 것을 취하면서 상처를 남기지 않으면 얼마나 좋을까요.

내 것만 취하기 급급하여 남에게 상처를 내면 그 상처가 썩어 결국 내가 취할 근원조차 잃어버리고 맙니다.

사람과 사람 사이에도 꽃과 벌 같은 관계가 이루어진다면 아름다운 삶의 향기가 온 세상에 가득할 것입니다.

주님, 주님 닮기 원해요. 때로는 아름답지 못한 말 한마디에 상처를 입히기도 하고 서운함을 주기도 하지만, 날마다 잠들기 전 반성하며 울면서 기도합니다.

나는 주님으로부터 왔기에, 아버지의 아들이기에, 어느덧 이처럼 성숙하여 당신의 뜻 깨달아 금세 나의 무릎은 당신을 향해 꿇어 있고 간절히 기도합니다.

우리 회사 (주)비앤엘 이 사장 가정과 우리 가정을 붙잡아 달라고
두 손 모아 기도합니다.

오늘은 주일이다. 이사 와서 이 교회에 다닌 지 벌써 1년이 다 되
어 가는데, 우리 가족은 등록도 안 하고 다녔다. 마침 성내동에 새로
신축한 교회로 이사하는 날이어서, 우리 가족도 이사 간 교회에서 첫
예배를 드리고 등록을 하기로 했다.

첫 성전에 첫 예배에 무척 감동적이다. 요즘 성축한 교회는 참 아름
답다.

11시 30분 예배시간의 막이 오르고, 한복 입은 천사님들이 찬송을
부르며 첫 예배가 시작되었다. 나는 너무나 많이 울었다. 지옥과 천당
을 연상케 한다. 천당이 저렇게도 좋을까. 나는 묘한 감정에 사로잡혀
잠시 정신을 잃고 눈물만 흘리며 주님의 위대하심을 새삼 느꼈다.

오늘은 목사님도 감동하여 한 시간 내내 간증을 하며 우시며 설교
하신다. 나는 아직도 눈물이 남아서 오늘처럼 기쁜 날 감사의 눈물을
흘릴 수 있다는 것이 무척 감사했다.

'주님, 나의 삶 속에 어떠한 고난이 닥쳐도 주님만 바라보며 감사한
마음으로 살겠노라고 다짐하면서도, 눈이 어둡고 마음이 약하여 주님

뜻대로 살지 못하는 이 어리석은 자를 용서하옵소서. 앞으로는 어떠한 파도가 온다고 해도 감사한 마음으로 살겠나이다.'

월요일, 새로운 한 주간이 시작됩니다.

눈물을 흘리며 씨를 뿌리는 자는 기쁨으로 거두리로다.

울며 씨를 뿌리러 나가는 자는 정녕 기쁨으로 그 단을 가지고 돌아오리라.

주님, 삶속의 여러 가지 일들로 울고 있는 이들이 있습니다.

좌절하며 실망하는 이들도 있습니다. 그리고 힘겨워하며 잠을 이루지 못하는 이들도 있습니다. 답답하여 하늘만 바라보고 통곡하는 이들도 있습니다.

주님, 이 목마름을 샘물로 채워주시고 메마른 땅에 단비를 내려주셔서 꽃을 피게 하시고 열매로 가득 차게 하옵소서. 낙심한 자들에게는 새로운 힘과 용기를 주시고, 슬픔에 잠겨 있는 자들에게는 소망의 빛을 주셔서, 기뻐하며 감사하는 우리가 되도록 인도해 주옵소서.

12. 15.

주님!

하루를 시작할 때마다 주님을 먼저 생각하며, 입술에는 향기로운 찬양으로 감싸주시며 위로함을 잊지 않게 하소서.

우리에게 주신 이 소중한 오늘 하루도 삶 속에 주의 향기를 발하게 하시고, 어둡고 거친 세상 속에서 빛과 소금이 되게 하소서.

2005. 05. 25.

장모님이 진찰을 했는데 자궁암이라고 한다.

우리 마누라가 큰딸이다. 저녁에 집에 들어가니 마누라가 또 울고 있다.

자기 엄마 불쌍하다고. 젊었을 때부터 여태까지 호강 한번 못하고 고생만 하다가 인생 말년에 이게 무슨 일이냐며 서럽게 통곡을 한다.

그도 그럴 것이 큰딸의 남편이란 작자는 사업한다 하며 아파트도 날려버리고, 지금은 월세도 못 내 쫓겨나서 이 집 저 집 떠돌고 있는 형편이니 더 눈물이 나올 수밖에.

처음에는 천만 원에 월세 80만 원짜리 2층 단독을 얻어 살았는데, 1년이 넘도록 월세를 주지 못해 쫓겨나고 말았다. 할 수 없이 재건축 하려는 단독주택을 공사 시작할 때까지만 보증금 없이 월세 45만 원을 내고 있겠다는 조건으로 집을 얻었다.

그나마 이 집은 주인이 같이 살지 않는 집이라 마음은 참 편하다. 그전 집은 집주인이 1층에서 살고 우리가 2층에서 살았는데, 천주교 신자라는 집주인이 나를 보기만 하면 방세 못 낼 거면 방을 비워달라고 피가 마르게 졸라댔다. 마누라나 딸애한테도 마찬가지여서 가족이 불안하여 하루하루 숨소리도 못 내고 살았었다. 방세를 못 낸 우리 잘못이 크지만, 정말로 돈이 없어서 방세도 밀리고 이사도 못 간 것이었다.

회사일이 내일내일 하면서 계약을 해놓고도 파계된 일이 비일비재해서 돈이 나올 데가 없었다. 보다 못한 마누라가 이불가계 집사님의 소개로 신림동까지 애를 보러 다니게 되었는데, 한 달에 70만 원 받은 돈으로 세금 내고 세 식구가 살아간다. 그나마 큰딸은 1년 전에 인천으로 시집가서 살고 있지만, 작은딸은 고등학교 다니다가 중단하고 집에서 놀고 있으니 부모마음이 오죽하랴.

6월 1일에 장모님 수술날짜를 잡아놓고 돈들이 없으니 처남처제들도 걱정을 한다. 큰딸인 마누라 심정은 어떻겠는가. 이럴 때 도움이 될 수 있으면 얼마나 좋을까….

2006. 05. 19.
결국 사무실을 조건 없이 비워주기로 했다. 그런데 돈이 없어 나갈 준비가 안 되었다.

4년을 넘게 다음 주 다음 주 하던 게 벌써 4년이 훌쩍 넘어갔다. 정말 너무 괴롭다.

우리의 기도가 약한가 보다. 받을 자세가 아직은 안 되었나 보다.

아침부터 건물주인과 이사 들어올 사람이 사무실에 와서는 큰소리로 우리를 괴롭힌다. 사무실에 손님들이 많은데도 막무가내로 소리를 지르며 우리를 사람 취급 하지 않고 벌레 취급을 한다. 서럽고 눈물이 난다.

4년이란 긴 세월 속에 거친 파도 모진 풍파 다 헤치고 살아왔으니 이 정도쯤 하면서도 눈물이 하염없이 나온다.

'아버지하나님, 우리를 버리시나이까. 고통의 터널이 너무 깁니다. 아버지, 잘못이 있다면 용서하시고 주님의 따뜻한 품으로 인도하소서. 지금 걷는 이 길이 비록 좁고 고단해도 주님이 함께 계심으로 멈추지 않고 나아갈 것을 우리는 믿고 있습니다. 연단의 시간 가운데 주님의 뜻을 발견할 것 또한 믿습니다. 주님은 선하신 분이기 때문입니다. 선한 그릇되어 쓰임 받는 우리가 되길 기도합니다.'

2007. 12. 01.

주일저녁 주님이 주신 말씀.

"너는 두려워 말라. 내가 너를 구속하였고 내가 너를 지명하여 불렀나니 너는 내 것이라. 네가 물가로 지날 때에 내가 함께할 것이라. 강을 건널 때에 물이 너를 침몰치 못할 것이며 네가 불 가운데로 행할 때에 타지도 아니할 것이요 불꽃이 너를 사르지도 못하리니 대저 나는 여호와 네 하나님이오."(이사야 43장 1~3절)

사랑의 주님!

우리는 늘 넘어지고 쓰러지며 힘들게 세상을 살아갑니다.

모든 짐을 주님께 맡기라 하셨음에도 내려놓지 못하고 미련하게 바둥거리고 살아갑니다.

오늘 주님께 한 걸음 다가가길 원하니 받아주시옵소서.

성내동 36번지 주인은 인천에서 산다. 그 주인한테서 전화가 왔다. 좀 만나자고 해서 강동구청 앞으로 나갔다.

우리는 사실 임대료를 보증금으로 다 까먹고 몇 개월째 공짜로 그냥 살고 있다. 주인도 나이가 많아 월세 받아서 생활하는데 우리한테 못 받았으니 당연히 생활이 어려울 것이다.

그런데 70세 주인이 하시는 말씀.

당신이 꿈을 꾸었는데 아버지하나님이 우리를 빈손으로 쫓아내지 말라고 했다는 것이다.

그래서 내가 "5백만 원 주세요. 그럼 나가겠어요." 했더니 그건 안 되고 3백만 원 줄 테니 나가라고 해서 알았다고 대답을 하고 자리에서 일어났다.

돌아오면서 하늘을 보는데 또 그렇게 한없이 눈물이 나왔다.

'주님, 내가 뭘 그리 잘못했는지요. 우리 가족 살 처소를 주시옵소서. 갈 곳이 없습니다.'

막상 나간다고 했는데 걱정이 된다. 마누라하고 딸하고는 어떻게 할 것인가. 나 자신이 이렇게도 무능할 수가 없다.

약속을 지키기 위해 다음날부터 방을 구하러 다니는데 그 돈 가지고는 턱도 없다.

할 수 없이 둔촌역 주위의 고시원 투룸을 계약하고 9월 20일에 이사를 하기로 했다. 주인한테 통보하고 마누라하고 나하고는 고시원에서 사무실 돈이 풀릴 때까지 살기로 하고, 작은딸은 큰딸이 시집가서 살고 있는 집에 가서 살기로 했다.

09. 20.

오늘은 이사하는 날이다.

이사를 하는데 말짱하던 날씨에 비가 쏟아진다. 이삿짐을 실을 때 비가 너무 많이 와서 한 줄 싣고 포장 덮고 다시 한 줄 싣고 포장 덮고, 겨우겨우 다 싣고 나니까 비가 거짓말처럼 뚝 그친다.

난 날씨 탓이겠지 했다. 그런데 그것이 아니었다. 아버지하나님은 앞으로의 일들을 다 알고 계셨다. 우리 가족이 눈물로 이삿짐을 싸면서 당분간 교회를 쉬며 기도하기로 마음먹었더니, 비가 그렇게 슬프게도 많이 왔나 보다.

무사히 고시원으로 짐을 옮기고 며칠 동안은 그럭저럭 견딜 만했다. 무엇보다 주인이 와서 밀린 방세 내놓으라고 하진 않았으니까. 그런데 시간이 지나면서 넓은 데서 뛰어놀던 들짐승이 좁은 우리에 가둬놓으면 뛰어놀고 싶어서 환장하는 것처럼, 온몸이 아프고 인내심 강한 마누라까지도 힘들어했다.

딸들도 왜 그러고 있느냐고, 무능한 아빠라고 비난하기 시작했다. 아빠의 권위는 땅에 떨어져서 뒹굴고 있고 마음은 만신창이가 되어 사는 것도 싫고 나 자신도 싫어서 견딜 수가 없었다.

해서 죽는 일이 가장 편한 일이라고 생각하여 죽기로 결심하고, 어떻게 해야 편하게 죽을 수 있을까만 그때부터 생각하고 또 생각했다.

10. 17.

비가 폭풍처럼 지나가도

한 발자국도 나아갈 수 없는

험한 폭풍이 삶에 휘몰아칠 때,

우리는 사람들의 울부짖는 소리와

내면에서 터져 나오는 절망감으로

어찌할 바를 몰라 휘청입니다.

하지만 어떤 폭풍 속에서도
우리는 결코 넘어지지 않을 것입니다.
오히려 견디기 힘든 고통이
우리 삶을 엄습할 때,
우리는 낙심과 절망의 그물을 던져
희망을 낚아 올릴 것입니다.

지나온 시간을 통해 우리 삶을 인도하신
하나님의 선하심과 그분의 인자하심을
누구보다 잘 알고 있기 때문입니다.
세상을 향해 있는 마음의 창을 닫고
하나님의 음성에 귀를 기울이십시오.
그리고 잠잠히 내 삶을 새롭게 이끌어 가실
하나님의 선하심을 바라봅니다.

09. 21.

이삿짐센터에서 전화가 빗발치게 온다. 난 할 말이 없어 전화를 안
받았더니, 1년 전에 보관한 우리 이삿짐을 23일까지 아무 연락이 없
으면 폐기처분한다고 한다. 나는 마음대로 하라고 했다.

그런데 둘째딸이 자기 졸업사진이며 어릴 때 찍은 사진 등등 자기

가 소중하게 여기는 물건들이 거기 있는데, 그걸 폐기처분하면 죽어 버린다고 난리를 치며 마누라한테 전화를 했다는 것이다.

나는 또 나만 생각했다. 너무도 큰 잘못이다. 나는 속도 상하고 자신에게 화가 나서 마누라 몰래 화장실에 들어가 물을 크게 틀어놓고 소리를 질렀다.

'아버지하나님, 언제까지 이렇게 살아야할까요. 사탄이 마지막까지 나의 가까운 사람을 통해 역사한다고 하시더니 딸을 통해 나를 넘어 뜨리려고 하나 봐요.'

그러나 나는 더 이상 흔들리지 않는다. 어떠한 군대마귀가 쳐들어 온다 할지라도 나를 못 넘어뜨린다. 왜냐고? 나는 아버지하나님이 살아계심을 믿으니까.

나의 신앙생활은 감정적 신앙이 아니라 체험적 신앙이다. 해서 누가 뭐래도 나의 신앙은 변함이 없다.

그렇지만 사람이라 가끔 흔들린다. 이스라엘 백성이 애급을 탈출하여 가나안땅으로 올 때도 하나님이 이적과 기적을 보여줄 때는 '감사합니다!', 안 보일 때는 '하나님이 어디 있어?' 원망하고 우상을 만들고 절하고 했다지 않는가. 이렇게 간사스러운 인간들과 내가 다를 것이 무엇인가.

'주여, 나를 붙잡아 주소서. 사탄마귀 득실거리는 세상 속에 속할까 두렵나이다.'

그러고는 전화를 걸어 이삿짐 버리지 말라고 통사정을 했다. 딸 때문이라고 하니 마지못해 사정을 들어준다.

며칠 후면 추석인데 추석 쇠고 보자고 연기하고 다시 또 기도하며 신학공부에 매진했다.

'주님, 감사합니다. 나에게 주시기만 하신 고마우신 여호와 아버지하나님. 말씀 안에서 바로 서도록 솔로몬의 지혜와 지식을 주옵소서. 복은 나중입니다. 그의 나라와 의를 구하고 내가 먼저 깨져 날마다 죽어 낮아지게 하옵고, 손 모아 머리 숙여 기도하게 하옵소서. 나는 지금도 믿습니다. 비록 임대료를 못 내서 이달 말 사무실도 무조건 비워달라고 합니다. 그러나 난 믿습니다. 꼭 풀릴 거라고.'

주위 사람들은 믿지 않는다. 이제 그만 때려치우고 다른 것 하라고.

그러나 안 된다. 여기서 일어나서 금전적으로 꼭 갚아야 할 사람들이 있기 때문이다.

09. 24.

시집간 큰딸이 마누라한테 전화를 걸어왔다고 한다. 아빠한테 잘 말해서 인천 자기 집으로 와서 애기도 보고 살림도 하고 같이 살자고.

난 싫다고 했다. 말은 고맙지만 자유가 없다. 나이 육십에 해놓은 것 하나 없이 인생 말년을 시집간 딸집에 가서 산다는 것은 도저히 마음이 허락지 않는다.

저녁 퇴근시간 무렵 4층에서 주인이 왔다. 이사 갈 준비는 됐느냐고. 말일까지는 꼭 비워달라고 확인하러 왔다. 만약 내가 돈이 있어 누군가에게 임대를 준다면 얼마나 어려워서 이럴까, 조금 더 기다려주겠다. 그렇지만 주인장 마음도 모르는 바 아니다. 사회가 냉정하니까 어쩔 수 없다. 신학공부 하기 전에는 마음대로 하시라고 큰소리쳤는데 신학교 다닐 때부터는 나도 모르게 달라졌다.

'아버지하나님, 감사합니다. 나에게 주신 것밖에 없는데 나는 주님 위해 뭘 했나요. 다시 돌아보게 하신 사랑의 주님! 주님이 부르는 날까지 믿음으로 승리하여 살게 하옵소서.'

날 말씀 배우게 하신 최 권사님이 오신다고 한다. 무척 반갑다. 하나님이 오신 것 같다.

몇 년 동안 날 따라다니면서 말씀을 깨닫게 해주셨으니 이보다 더 귀한분이 있으랴. 물론 영광은 아버지하나님께 드리지만 그분을 통해서 배우게 하셨으니 고맙고 감사하지요. 만일 내가 신학대학을 안 다녔으면 나는 성질이 더러워 벌써 무슨 일이든 내고도 남았을 것이다.

최 권사님과 전도사님이 주일성수를 잘 지켜야 잘된다고 하시며, 이제부터는 성경공부하고 주일성수만 잘 지키면 복 주실 거라고 말씀해 주셨다. 주일예배를 안 드리고 있으니 불완전한 신앙생활을 하는 것이라 하여 이번 주 주일부터는 성경공부 하는 학교에 가서 예배를 드리겠다고 했다. 꼭 가서 예배드리고 새롭게 일을 시작할 것이다. 최 권사님과 전도사님에는 감사한 마음뿐이다.

'한량없이 자비로우신 주님, 세상의 헛된 꿈 다 버리고 하나님만을 바라보며 저 천국을 향해 믿음으로 달려가겠나이다. 아버지하나님, 나와 동행하여 주시옵소서. 그때까지 오직 말씀 안에 진리 안에 살겠나이다. 주를 의지하며 욕심 없이 감사하며 살겠습니다. 때론 잘못도 하고 어려움이 닥칠 때도 주께 모두 털어놓고 기도로 아뢰면 참 자비하신 주님, 날 불쌍히 여기사 바로 세우시니 감사할 뿐입니다.'

<막내딸 백영지 자기소개서>

    누구나 그렇듯이 인자하시고 그러나 때론 엄하셨던 아버지와 모든 것을 다 주셔도 아직 더 줄 것을 찾고 계신 어머니의 막내딸로 태어났습니다. 아버지, 어머니, 그리고 저와 8살 터울인 언니는 항상 저에게 많은 사랑을 쏟으셔서 집에서는 항상 말괄량이, 철부지이지만 밖에서는 내가 받은 관심과 사랑을 나눠주려고 합니다.

    건축업을 하셨던 저의 아버지를 따라 어머니와 저는 국내 여행경험이 많습니다. 설악산 눈 속에 갇혀도 보고 폭우 속에 배도 타 보고 기차 타고 여수에 가서(돌산 항일암은 전국에서 3번째로 일출 명소라고 한다.) 구경하고 서울 올 때는 비행기 타고 돌아오는 등 항상 새로운 환경을 접하였기에 저는 여러 환경에 적응이 아주 빠릅니다. 저희 부모님께서 가장 중요시하는 것은 가족 간의 사랑이었습니다.

    이러한 가정에서 사랑받고 행복한 유년 시절을 보냈을 뿐만 아니라 저희 부모님께서는 모든 일에는 반드시 최선의 대가가 주어진다고 말씀하시면서 자신의 분야에서 항상 최선을 다해야 한다고 강조하셨습니다. 저는 부모님의 이런 가르침을 항상 되새기며 모든 일에 있어서 최선을 다하여 남에게 부끄럽지 않는 삶을 살기 위해 노력하고 있습니다.

    이러한 성장과정에서 때로는 승리하며 때로는 실패를 경험하기도 하였으나 그러한 경험은 제가 성장할 수 있는 미래의 디딤돌에 불과하다고 생각합니다. 이에 언제나 새로운 마음으로 할 수 있는 힘을 얻을 수 있었던 시간이 바로 저의 성장과정이었다고 말씀드립니다.

긍정적인 사고는 제가 가진 가장 큰 장점입니다. 주위 분들에게 밝아서 참 보기 좋다는 말을 자주 듣는데 이것 역시 긍정적인 사고가 원동력이 되어 저를 잘 웃고 밝은 사람으로 이끌어 주는 것 같습니다. 보완점으로는 솔직하다 보니 뜻하지 않게 직설적일 때가 가끔 있습니다. 이런 문제를 개선하기 위해서 말하기에 앞서 다시 한 번 생각하는 여유로운 마음가짐을 가지려고 노력하고 있습니다.

사람은 난사람과 든 사람, 된 사람이 있다고 합니다. 난사람은 권력을 가진 사람이고 든 사람은 해박한 지식으로 명예로운 사람이며 이며 된 사람은 사람이 된 사람이라고 합니다. 저는 된 사람으로 성공하고 싶습니다. 힘들었던 시절이 없던 사람과는 진솔한 대화를 나눌 수 없듯 약간의 가식조차 없는 진실한 사람으로 다가가는 사람냄새 나는 사람이 되고 싶습니다.

"사람은 책을 만들지만 잘 만들어진 책 또한 좋은 사람을 만들어낸다."

"책을 많이 읽은 사람은 지식이 있다. 지혜롭다. 마음이 넓다. 생각하는 차원이 다르다. 그리고 잘 웃는다. 매사에 부정적이지 않고 긍정적이다. 다른 사람을 많이 이해해준다. 성격이 온순하며 삶에 주름살이 없다."

"인생들아, 돈돈 하고 살지 마라. 돈돈 하고 살면 돈이 도망간다."

돈이 나를 알아보고 찾아와야 한다. 행복은 돈 주고도 살 수 없고 누가 가져다주는 것도 아니다. 내가 노력해서 행복을 만들어 가야 한다. 여자와 남자가 만나서 결혼해서 살면서 성격이 안 맞으면 쉽게들 이혼하고 헤어지는데 잘 생각해 보자. 다른 환경 속에서 각자가 20년 이상을 살아오다가 부부가 돼서 살고 있는데 어떻게 성격이 맞을 수 있을까. 한 이불 덮고 한 솥에 밥해서 밥상 차려놓고 마주보며 살다 보면 성격도 같아지고 얼굴도 닮아지며 행동도 비슷해진다고들 하지 않는가.

세상을 원망하지 말고 이웃을 탓하지 말고 남이 나에게 잘해줄 것을 바라지 말고, 내가 먼저 사랑을 베풀고 남이 나를 좋아하게 약간 모자란 듯 틈을 주며, 나에게 접근하기 쉽게 공간을 만들며 언제나 웃고 행복하게 살아갈 때, 마음이 즐거워지고 주름살 없는 얼굴이 본 나이보다 다섯 살은 적어 보이게 한다.

나는 택시 안 좁은 공간에서도 내가 좋아하는 트로트를 틀고 운전대 잡은 양손을 흔들면서 춤을 추며 운전한다. 그럼 11시간 반을 운전해도 피곤하지 않고 아침교대 시간까지 즐겁다. 손님들도 재미있는 택시 잘 탔다고들 한다.

"네, 네. 어서 오십시오. 이 차는 골목을 좋아하는 차랍니다. 구석구석 안가는 데가 없는 택시랍니다. 짐이 많으신 분 몸이 불편하신 분 천천히 타시고 천천히 내리세요. 그리고 『사랑의 택시 인생극장』이란 책을 보세요."

이 책은 사람들이 하는 말들을 모아서 한권의 책으로 만들었기 때문에 세상살이 묻어나는 이야기들만 씌어있다.

젊은 사람들의 부부간 정이나 나이 많으신 할아버지, 할머니 이야기. "기둥 같은 내 남편. 입가에 흐르는 침을 닦아줄 때 나는 그 순간이 행복했었다. 사랑하는 남편 떠난 빈자리가 이렇게도 클 줄이야. 이제 와서 후회한들 무슨 소용 있으랴. 그래서 이 노래가 나왔나 보다. 있을 때 잘해. 후회하지 말고. 있을 때 잘해. 흔들리지 말고. 가까이 있을 때 붙잡지 그랬어. 더 이상 내가 무얼 바라나."라던 침대에 누어있는 식물인간 남편을 둔 아주머니의 이야기 등.

여러 사람들의 인생 이야기를 들으면 문득 한 번 더 생각하게 된다.

서로 사랑하라. 조건 없이 사랑하여라. 내가 손해 볼듯하게 살아라. 그럼 그것이 손해가 아니라 나에게 덕이 되어 다시 돌아온다.

부메랑 같은 인생, 부메랑 같은 사랑. 내가 상대방에게 사랑을 던지면 그것은 어김없이 다시 나에게로 돌아온다. 사랑 역시 그렇다. 사람들이 내게 사랑을 주지 않는다고 불평하는 사람이 있다. 하지만 그것은 자신이 먼저 사랑의 부메랑 법칙을 어겼기 때문이다. 내가 먼저 다른 사람에게 사랑을 줄 때 사랑은 다시 내게로 돌아오는 것이다. 내가 다른 사람에게 사랑을 주지 않으면 사랑은 내게 절대 오지 않는다. 이것이 사랑의 법칙이다. 이유 없이 사랑을 주고 이유 없이 상대방에게 친절하면 그 사랑과 친절은 반드시 다시 돌아올 것이다.

끝으로 열악한 출판 환경에도 불구하고 평생의 소원을 들어주신 도서출판 행복에너지 권선복 대표님과 두서없는 글을 잘 정리해 준 한영미 작가님, 멋진 편집디자인을 하여준 김소영 디자이너에게 진심으로 감사의 말씀을 전한다.

2013년 봄

백 중 선

『사랑의 택시 인생극장』 출간에 보내는 단상

도서출판 행복에너지 대표이사 **권선복**

책을 출간해 달라며 사무실로 찾아온 백중선 님을 처음 뵈었을 때 만감이 교차했습니다. 출간 문의를 위해 어렵사리 출판사 대문을 두드릴 때마다 번번이 거절당하던 저의 옛 모습이 떠올랐기 때문입니다. '한번 이야기나 들어보자'는 심정으로 편안한 분위기 속에서 대화를 시작했습니다.

사연인즉 사업실패로 오랜 세월을 고통 속에서 지내다가, 인생 2막을 열어준 택시운전을 하며 3년간 틈틈이 모아둔 원고를 책으로 내고 싶었는데 통 그 방법을 몰랐다는 것입니다. 여기저기 출판사에 문의를 하여보아도 무시만 당하던 그때, 손님으로 모신 한 기자분이 "책을 내고 싶다면 꼭 도서출판 행복에너지 대표님을 찾아가세요."라고 했다 합니다.

도서출판 행복에너지가 사람들에게 많이 알려졌다는 사실에 내심 기뻤지만, 한편으론 '책을 못 내 드리면 어쩌나' 하는 걱정도 들었습니다. 전문적으로 글을 써 본 경험이 없는 분의 원고를 한 권의 책으로 만든다는 것은 저자에게나 출판사에게나 모두 고된 작업이기 때문입니다. 하지만 커피가 다 식는 줄도 모르고 백중선 님의 구구절절한 사연을 듣다 보니, '꼭 이분의 이야기를 한 권의 책으로 만들어야겠다'는 결심이 섰습니다.

책의 가치는 작가가 무슨 일을 하는가에 있지 않습니다. 그가 어떤 삶을 살아왔고 그의 이야기가 이 세상에 얼마만큼의 행복과 웃음을 줄 수 있는가에 달렸습니다. 항상 손님들에게 웃음을 드리며 많은 사람들의 삶을 행복하게 만드는 백중선 님에게는 분명 자신의 이름을 내건 책을 받으실 자격이 있습니다. 삶을 자꾸 벼랑 끝으로 내모는 현실 속에서 끝까지 희망을 놓지 않고, 더 행복한 세상을 위해 매일매일 웃음을 잃지않는 분이기 때문입니다.

드디어 6개월이라는 긴 시간과 정성을 들여 『사랑의 택시 인생극장』을 출간하게 되니, 제 책이 나온 것처럼 기쁜 마음입니다. 또한 글을 잘 다듬어 주신 한영미 작가, 따뜻한 마음을 느껴지도록 예쁘게 디자인을 한 김소영 디자이너를 비롯하여 노고를 아끼지 않은 행복에너지 임직원들에게 감사를 보냅니다.

백중선 님의 책으로 인하여 행복에너지가 방방곡곡에 전파되리라 믿어의심치 않으며 이렇게 사랑과 배려와 감사로 살아가는 분들의 책들이 더 많이 출간되기를 간절히 기원하며, 행복에너지는 열린 마음으로 출판사의 문턱을 낮추고 '기쁨충만 건강다복 만사대길한 행복에너지 샘솟는 책'을 잘 만들어 대한민국 방방곡곡에 전파해 나갈 것을 다짐합니다.

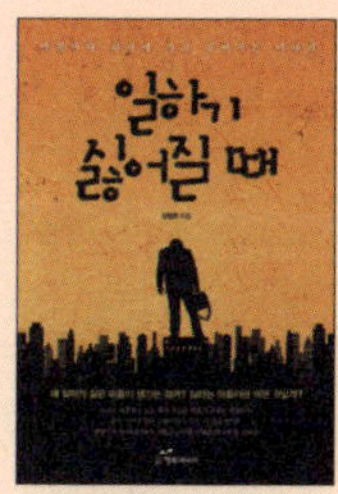

일하기 싫어질 때

김영환 | 280쪽 | 값 15,000원

왜 일하기 싫은 마음이 생기는 걸까? 일하는 마음이란 어떤 것일까?
이제 제대로 된 일 이야기가 필요하다. 답은 일 이야기 속에 들어있다. 우리가 마주하고 있는 일의 모습을 마음의 거울로 비춰보자. 꿈이 사라진 일의 모습이 보인다면, 이 책을 열어라. 연대기적 일 이야기에서 새롭고 신선한 지혜를 만나게 될 것이다.

네 인생을 성형하라

정형기 지음 | 320쪽 | 값 15,000원

얼굴을 성형하면 잘난 외모뿐이지만 인생을 성형하면 잘나가는 인생이 기다린다! 삶의 무게에 힘겨워하는 독자들에게 디딤돌이 되어줄 책, 『네 인생을 성형하라』가 제시하는 '착한 성형' 프로젝트!
보잘 것 없는 작은 지혜들이 모여 이룬 생의 큰 물줄기, 그 감동의 서브젝트!

당신의 행복은 얼마입니까

이경호 지음 | 272쪽 | 값 15,000원

보험영업의 달인, 행복 전도사가 되다!
그저 성공만을 좇다가 진정한 행복은 눈앞에서 놓치는 사람들. 당신 자신을 위해, 당신을 사랑하는 모든 사람들을 위해 이제는 행복해져야 한다. 우리와 똑같은 보통사람의 보통사람을 위한 '행복' 사용 설명서!

공감 소통 공유

장규홍 지음 | 378쪽 | 값 17,000원

기자가 만난 사람들의 삶과 세상을 보는 눈.
싸이부터 박근혜까지. 정치, 경제, 문화 등 이 시대가 주목하는 각계의 저명인사에게 듣는 공감과 소통의 이야기. 20년 기자생활을 집대성한 SBS CNBC 장규홍 보도본부장의 역작이다.

그래, 중국으로 떠나자

황성룡 지음 | 344쪽 | 값 15,000원

번듯한 직장과 따뜻한 가정을 뒤로하고 홀로 떠난 24,000km 93일간의 여행. 『그래, 중국으로 떠나자』는 동경과 기대감에 반짝이던 어린 시절의 눈빛 그대로, 중국을 마주하고 사람을 마주한 한 사나이의 이야기이다. 삶에 지쳐 훌쩍 떠나고 싶은 독자들이라면 이 책을 덮는 순간 중국 전역을 여행한 듯한 감동을 받을 것이다.

내가 들어줄게

우영제 지음 | 국판 | 값 15,000원

현실에서 방황하는 청춘들, 그 세상 모든 후배 A를 위해 현 고등학교 교사이자 '행복노하우'를 전파하는 강사로 활동 중인 '영제쌤'이 팔을 걷어붙였다. 아무도 듣지 않는 당신의 이야기, 아무도 나누지 않는 삶의 짐을 함께 들어줄 진정한 멘토의 열정 강의. '20대가 진정 갖춰야 할 경쟁력'이 무엇인지, 『내가 들어줄게』에 그 답이 있다.

돌격영웅전

박근형 지음 | 신국판 | 값 15,000원

젊은이여! 위로는 끝났다. 신세타령 그만하고 일어나서 돌진하라! 시대를 앞서간 30인의 전세계 영웅이 전하는 열정과 도전의 메시지. 중요한 것은 생각이 아닌 실천. 온몸을 던져 세상에 도전하고 그에 대한 평가는 시간에 맡기자. 그 열정이 세상을 이끌어 가는 원동력이다.

열정으로 유혹하라

강규남 지음 | 신국판 | 값 15,000원

대한민국 최초 여성 대통령 시대 개막! 21세기 대한민국이 주목하는 여성 리더십! 특유의 감성과 포용력을 바탕으로, 사업 각 분야의 전위에 나서는 여성 리더들의 노하우는 무엇일까. 성공한 리더가 되기 위해 필요한 것은 오직 '열정' 하나임을, 30년 CEO 경력 저자의 목소리를 통해 들어보자.

그대 발끝에 이마를 대다

금해 스님 포토에세이 | 신국판 | 값 15,000원

금해 스님이 이 세상에 보내는 우주를 들여다보자. 작고 어여쁘지만 깊은 뜻이 담긴 말씀들, 사진에 담은 찰나의 아름다운 풍경들. 금해 스님은 이를 통해 독자들이 스스로 '하나의 온전한 세상'이 되길 바란다. 그 어떤 상처라 해도 '나'라는 우주의 일부임을 깨닫게 된다면 그 거룩한 마음 앞에 아픔은 저절로 물러서는 것이다.

한 줄기 햇살 굴려 여기까지 왔다

김기순 지음 | 국판변형 | 값 13,000원

이마에서 어른거리는 한 줄기 햇살. 살아 있는 자만이 누릴 수 있는 행복이자 특권. 힘겨웠기에 더 발버둥 쳤고 살아 있기에 더 아름다웠던 순간들. 수필집 『한 줄기 햇살 굴려 여기까지 왔다』는 한 권의 여행서이다. 간이역마다 길게 그림자를 드리운 기억들을 지나, '여기'라는 종착역에 이르기까지의 기록이다.

죽고 싶어질 때

김진황 지음 | 신국판 | 값 15,000원

꽃씨는 누구도 탓하지 않는다. 기름진 땅이든 황무지이든 뿌리를 뻗기 위해 안간힘을 쓴다. 행여 운이 나빠 싹을 틔우지도 못한 채 말라죽을 수도 있다. 그러나 처지를 비관하거나 운명을 탓하지 말자. C'est la vie! 그것이 인생이다.

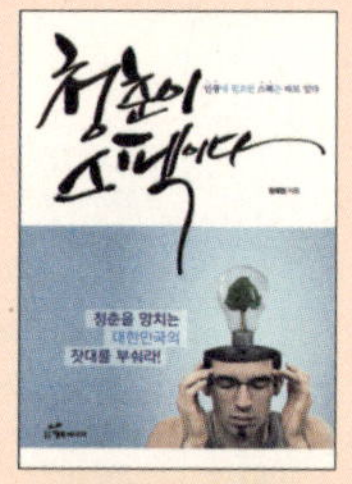

청춘이 스펙이다

정태현 지음 | 신국판 | 값 15,000원

청춘을 망치는 대한민국의 잣대를 부숴라!
평사원으로 시작해 포스코 건설의 임원직까지 오르고, 이후 글로벌 기업 에어릭스의 대표가 된 정태현 저자가 이 시대의 청년들과 과거 청년이었던 모두에게 바치는 청춘의 노래. 이제 의미 없는 스펙의 굴레에서 벗어나 진짜 인생을 위한 스펙을 쌓아보자.

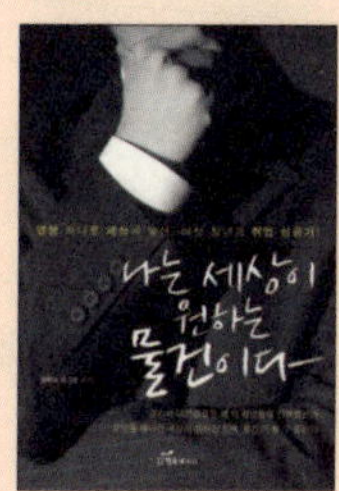

나는 세상이 원하는 물건이다

권혁유 외 5명 공저 | 신국판 | 값 15,000원

삼성, LG, 현대, CJ, 아모레퍼시픽 등 굴지의 대기업에 입사한 여섯 청년. 열정 하나로 세상과 맞선 그들의 취업 성공기!
왜 세상은 그들을 선택했는지. 무엇을 해야만 세상이 원하는 진짜 물건이 될 수 있는지 알아보자.

머니 힐링

조성목 지음 | 신국판 | 값 15,000원

돈과 빚 그리고 잃어버린 꿈에 신음하는 사람들의 회복을 이야기하는 한 권의 책. 이 책 『머니 힐링money healing』은 현재 금융감독원의 국장으로 재직 중인 조성목 저자가 집필한 실용 경제서적으로, '돈'을 둘러싼 분쟁과 다툼 그리고 그 사이에서 큰 상처를 받는 피해자들을 조명하고 실질적인 회복, 회생 노하우를 들려준다.

춤추는 별

김달국 지음 | 국판 | 값 13,000원

여기 로맨스와 불륜의 경계를 가로지르는 또 하나의 아름다운 사랑이 펼쳐진다.
금지된 사랑의 곡조에 춤을 추는 아름다운 두 개의 별, 그 흔들리는 빛의 아지랑이 속으로 당신을 초대한다.

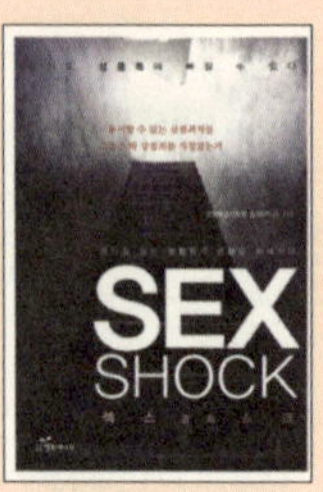

섹스 쇼크

김성 지음 | 신국판 | 값 15,000원

모든 성범죄의 근원에는 성중독이 자리하고 있다?

성중독심리학자 김 성 박사(Ph.D)가 밝히는 충격적인 성중독의 세계.
대한민국 최초로 공개되는 성중독의 개념과 그 사례를 통해 그간 그냥 지나쳐왔던 그릇
된 한국의 성문화에 대한 문제점을 파악하고, 그 치유 방법을 논의해보자.

평화대통령 한한국

이은집 지음 | 신국판 | 값 17,000원

조선시대 대표 서예가 한석봉의 후손으로 태어나 8살 때 붓을 잡아 마침내 세계 예술계에
서 주목하는 국제 예술가로 우뚝 선 서예 회화 미술가 한한국 작가의 삶의 기록을 담았다.
세계 각국에서 극찬을 받고 세계평화작가라는 타이틀을 얻기까지 우직하게 걸어온 고독
하고 처절했던 투쟁 같은 삶과 그의 예술 철학을 엿보고, 소름끼치는 예술혼과 피와 눈물
로 점철된 그의 작품들이 어떤 파장을 일으켰는지를 재조명해본다.

여전한 인생 vs 역전한 인생

구건서 지음 | 신국판 | 값 15,000원

누구나 원하는 인생역전, 하지만 인생은 조금도 변할 기미가 보이지 않는다. 이제 무기력
한 당신의 인생에 여덟 개의 키워드[꿈·인맥·도전·재능·행동·기본기·준비·열정]를
입력하라. 가난과 짧은 학력을 이겨내고 꿈을 이룬 구건서 노무사가 제시하는 인생항해
를 따라 나만의 인생설계도를 완성한다면 인생역전은 당신의 것이 될 것이다.

알아서 잘하는 아이는 없다

채수문 · 조수경 공저 | 신국판 | 값 15,000원

"꼴찌에서 맴돌던 아이가 30등으로 10등으로 올라가더니 어느새 전교 1, 2등을 다투기 시
작했다. 왕따 아이가 어느 새 반장, 회장을 도맡아 했다." 이 책 『알아서 잘하는 아이는 없
다』는 대한민국의 평범한 주부이자 두 자녀의 엄마인 저자가 실제 겪은 이야기들을 고스
란히 옮겨 적은 자식교육서로, 책의 제목 그대로 가정에서 엄마의 역할이 얼마나 중요한
지, 그리고 제대로 된 가정교육이 왜 필요한지를 일러주고 있다.

두 바퀴로 떠나는 전국일주 자전거길

박강섭 · 양영훈 지음 | 180*230 | 값 15,000원

'두 바퀴로 떠나는 전국일주 자전거길'은 4월 22일 개통된 총 길이 1757㎞에 이르는 국토
종주 자전거길을 이용하는 사람들을 위해 만들어진 책으로, 아름다운 우리나라 국토와 4대
강을 자전거길로 둘러보는 국토종주 자전거길과 자전거길 주변의 볼거리, 먹거리, 잠자리
등 종합 이용정보를 함께 수록하여 오직 자전거로만 만끽할 수 있는 여행으로 독자들을 안
내하고 있다.